독사를 죽였어야 했는데

Yılanı Öldürseler / *Ağrıdağı Efsanesi*

Yaşar Kemal

Yılanı Öldürseler
Copyright © 1976 by Yaşar Kemal

Ağrıdağı Efsanesi
Copyright © 1970 by Yaşar Kemal

Korean Translation Copyright © 2005 by Moonji Publishing Co., Ltd.
All Rights Reserved.

This Korean edition was published by arrangement with Yaşar Kemal c/o
Unionsverlag AG through Best Literary & Rights Agency, Korea.

이 책의 한국어판 저작권은 베스트 에이전시를 통해 원저작권자와 독점 계약한
(주)문학과지성사에 있습니다.
저작권법에 의해 보호 받는 저작물이므로 무단 전재 및 복제를 금합니다.

[야샤르 케말

오은경 옮김

대산세계문학총서 041

독사를 죽였어야 했는데

문학과지성사
2005

대산세계문학총서 041_소설
독사를 죽였어야 했는데

지은이 야샤르 케말
옮긴이 오은경
펴낸이 이광호
펴낸곳 ㈜문학과지성사
등록번호 제1993-000098호
주소 04034 서울 마포구 잔다리로7길(서교동 377-20)
전화 02) 338-7224
팩스 02) 323-4180(편집) 02) 338-7221(영업)
전자우편 moonji@moonji.com
홈페이지 www.moonji.com

제1판 제1쇄 2005년 8월 12일
제1판 제7쇄 2019년 3월 29일

ISBN 89-320-1625-9
ISBN 89-320-1246-6 (세트)

이 책은 대산문화재단의 외국문학 번역지원사업을 통해 발간되었습니다.
대산문화재단은 大山 愼鏞虎 선생의 뜻에 따라 교보생명의 출연으로 창립되어
우리 문학의 창달과 세계화를 위해 다양한 공익문화사업을 펼치고 있습니다.

차례

독사를 죽였어야 했는데 ······ 7
아으르 산의 신화 ······ 109

옮긴이 해설 ······ 234
작가 연보 ······ 249
기획의 말 ······ 254

독사를

죽였어야 했는데

하산의 아버지가 살해된 것은 하산이 여섯 살인가 일곱 살쯤 되었을 때, 그러니까 하산이 아주 어릴 때였다.

아나바르자 돌산 위 허공에 독수리들이 머리를 맞대고 선회하고 있었다. 아스포델 꽃들이 태양을 향해 하얗게 얼굴을 내밀었다. 저 멀리서 새하얀 구름이 뭉게뭉게 모여들더니 늪을 덮었던 그림자가 둠르 쪽으로 스르르 미끄러지듯 사라져버렸다. 아스포델 꽃들에는 벌들만이 남았다. 검은 벌, 반짝이는 벌, 들벌, 꿀벌, 파란 점박이 벌……

삐죽삐죽 뻗친 가시덤불이 바위 틈 사이로 고개를 내밀었다. 하산은 바윗돌 틈새를 미끄러지듯 빠져나왔다. 발밑은 동쪽으로 뻗은 낭떠러지였다. 갑자기 머리가 핑 도는 것만 같았다. 낭떠러지 아래 독수리 둥지로 내려갔다. 역시 헛일이었다. 그곳에서는 알은커녕 독수리 둥지 하나 찾을 수 없었다. 하산을 목격한 독수리들이 서로 신호라도 보내는 것처럼 커다란 날개를 가파른 절벽 면에 부딪히며 소란스럽게 울어댈 뿐이었다. 봄 햇볕에 바윗돌이 따뜻했다. 바위 틈새에 고운 봄꽃들, 파아란 등대풀 속, 노오란 사프란, 보랏빛 클로버 꽃이 피었다. 진한 향내가 풀풀 번져나고 있는 것을 보면 아마 백리향이 가까운 어딘가에서 꽃망울을 터트렸나 보다.

하산은 절벽 아래 있는 둥지에 마지막 희망을 걸었다. 그러나 둥지로 내려간다는 것은 언제나 어려운 일이었다. 한번은 바위에 대롱대롱 매달려서 거의 죽을 뻔한 일도 있었다. 어렵사리 살아나기는 했지만 무척 애를 먹었었다. 그날 이후 하산은 절벽 아래로 둥지를 찾아 내려가는 일은 아예 엄두도 내지 못했다. 만약 그때 무화과 나무 뿌리에 걸리지 않았거나, 나무 뿌리가 뽑히기라도 했다면 아마도 하산은 살아 있지 못했을 것이다. 절벽 아래는 몇십 미터나 되는 낭떠러지였다. 바닥까지 다 떨어지기도 전에 몸뚱어리가 산산조각이 났을지 모를 일이었다.

사방에 온갖 냄새가 가득했다. 하산은 이것이 무슨 냄새인지 잘 알고 있었다. 아나바르자 돌산에 있는 바윗돌에서 나는 냄새였다. 벌이나 도마뱀, 꿩, 새끼 독수리, 방울뱀, 물뱀한테서도 이런 냄새가 났다. 봄 햇볕에 어우러진 달콤하면서도 향기롭고, 그러면서도 혼미한 냄새였다. 아나바르자 돌산에 비가 내릴 때면 축축하게 젖은 바윗돌에서는 어김없이 이 냄새가 났다. 구름에도 냄새가 있었다. 그러나 그 냄새는 사뭇 달랐다.

하산은 언제나 이 바윗돌 냄새를 떠올리곤 했다. 그리고 그날 밤, 그 어둠, 칠흑 같은 어둠 속에서 번지던 화약 냄새를 떠올렸다. 들판에서 맡던 여느 화약내하고는 또 달랐다. 그날 밤도 이런 냄새가 번져났다. 한밤중 아주 먼 곳에서 '탕! 탕! 탕! 타앙 탕!' 하고 요란스런 총소리가 울려퍼졌었다.

아나바르자 돌산 자체가 하산에게는 그 메아리였고, 그 총소리였으며, 바로 그 냄새였다. 하산은 피에 굶주린 독수리들이 휘이휘이 돌던 그날을 아직도 또렷이 기억할 수 있었다. 그에게는 그날이 가장 무서운 기억이었다. 그날 밤의 총소리, 그 메아리, 허공을 선회하던 독수리 떼……

너무도 더운 여름날이었다. 마을 사람들은 모두 밭으로 나갔다. 하산만 집에 혼자 동그마니 남아 있었다. 무엇을 해야 할지 몰라 안절부절하면서도 하산은 엄마를 쳐다볼 수가 없었다. 하산은 아홉 살이었다. 마을 사람들은 하산을 보기만 하면 "하산이 뭘 알겠어!" 하고 입을 모아 말했다. 그런 날 엄마와 눈이 마주치기라도 하면 미칠 것만 같았다.

아침이면, 엄마는 채 먼동이 트기도 전에 하산에게 아직 응고되지 않은 말랑말랑하고 따뜻한 버터를 받아다 주었다. 하얀 거품이 뽀글거리는 버터 물을 하산은 갓 구운 빵에 발라 저 멀리 석류나무 아래로 가서 먹어치우곤 했다. 요사이는 아예 엄마에게 눈길도 주지 않았다. 얼굴은 말할 것도 없고 걸어 다니는 것도 보기 싫었다. 차라리 보지 않는 게 마음이 편했다.

아침이면 늘 그랬다. 뭔가 마음 한구석이 불편했다. 무얼 해야 할지 마땅히 떠오르는 것도 없었다. 미친 사람처럼 마을 안을 휘젓고 다녀보기도 했지만, 그러고 나면 또 무엇을 해야 하는지 막막할 뿐이었다.

총을 선물 받은 것은 아마 하산이 일곱 살 때였을 것이다. 손잡이에 자개가 촘촘히 박힌 장총이었는데, 아주 비싼 것이라고 했다. 그 후부터 하산은 뭐든지 닥치는 대로 쏘아댔다. 마구마구 방아쇠를 당겼다. 새, 고양이, 독수리, 참새, 심지어 사람을 향해서까지 방아쇠를 당겼다. 하산에겐 삼촌이 셋 있었는데 아무도 하산을 나무라지 않았다. 하산이 살고 있는 마을은 사람들 대부분이 이렇게 저렇게 친척인 아주 작은 마을이었다.

떠돌이 생활을 하다가 마을 사람들이 여기에 뿌리를 내린 것도 그리 오래되지 않은 일이었다. 삼촌과 아버지도 하산 나이였을 때는 빈보아 지방에서 양을 치던 목동이었다고 했다. 삼촌들은 각이 일곱 개나 되는 천막을 가지고 다녔다며 하루도 빼놓지 않고 입에 침이 마르도록 자랑이 대단

했다.

　석류 밭으로 간 하산이 버터를 다 먹어치웠다. 이제 배가 불렀다. 하산은 손에 장총을 움켜쥐었다가 슬그머니 제자리에 내려놓았다. 총 자루에 촘촘히 박힌 자개가 아침 햇볕에 푸른빛으로 반짝였다. 한동안 꼼짝도 않던 하산은 두 팔은 아래로 쭉 늘어뜨린 채, 목만 오른쪽으로 돌려서 총을 내려다보았다. 총은 반짝이다가는 빛을 잃곤 했다. 이리저리 분주히 움직이는 엄마가 보였다. 엄마는 아주 미인이었다. 그리고 여전히 젊고 고왔다. 엄마는 어린 소녀같이 청초한 모습이었다. 엄마에 비하면 아버지는 백발이 성성한 노인네 같았다. 엄마는 머리가 아주 길었는데 긴 머리는 허리까지 찰랑거렸다. 사람들은 입을 모아 추쿠로바 지방에서 엄마보다 예쁜 여자는 없을 거라고 칭찬을 해댔다. 아마도 세상에서 제일 예쁠 거라고⋯⋯ 추쿠로바 지방에서 아마 엄마를 마다할 남자는 없을 터였다. 그러나 엄마는 단호했고, 누구의 청혼도 받아들이지 않았다. 엄마의 단 한 가지 소원은 그저 아들 하산과 사는 것이었다. 엄마가 떠난다 해도 하산은 여기서 살아야 했다. 삼촌들이 엄마에게 하산을 내주지 않았기 때문이었다. 엄마는 엄마대로 단 하나뿐인 피붙이를 버리고 재혼을 하려는 생각은 없었다. 만약 엄마가 이곳을 떠난다면 그대로 영영 이별을 의미하는 것이기도 했으므로.

　눈에 띄게 줄어든 제이한 강물이 은빛으로 반짝이며 흘렀다. 하산은 들판에서 벌새만 쫓아다녔다. 아침부터 밤까지, 밤이 새도록 새가 잡힐 때만을 고대했다. 촘촘하고 얇은 그물을 구해서 뱀 구멍처럼 뚫린 구멍 입구에 놓았다. 새들이 걸려들도록 꾀를 낸 것이다. 하산은 박으로 만든 새장에 대가리가 뽀송뽀송한 파란 새들을 넣었다. 한참 동안 그렇게 새를 쳐다보았다. 갑자기 파란 새들이 보이지 않게 되었다. 하산은 한 무리 파란 새들에 섞여, 파아란 꿈의 세계로 들어갔다. 푸른 꿈은 사방으로 흩어져 온 세상이 꿈이 되는 듯했다.

제비는 좀처럼 잡히지 않는다. 그래도 이 마을이 생긴 이래 제비를 잡을 수 있었던 사람은 오로지 하산뿐이었다. 하산은 어떻게 해서든지 매일 적어도 대여섯 마리는 잡아야 속이 후련했다. 제비를 잡아 다리를 실로 칭칭 묶어서 잡아당겼다. 매번은 아니어도 그러다가 저녁이 되면 다리가 묶인 제비들을 공중으로 날려 보내곤 했다. 하산은 아나바르자 돌산에 있는 동굴 속에 독수리 새끼들도 키우고 있었다.

하산은 매일 아침 눈을 비비고 집에서 빠져나와 어둑어둑 땅거미가 깔릴 때쯤이 되서야 집으로 돌아갔다. 늘 자개가 촘촘히 박힌 기다란 장총을 지니고 다녔는데 그 총을 한시도 손에서 떼놓지 않았다. 마치 그러면 큰일이라도 날 것처럼 굴었다. 벌이며 구렁이, 심지어는 아나바르자 돌산에 사는 새들 모이인 벌레도 하산이라고 하면 벌벌 떠는 듯했다.

하산은 이 마을에서 도망쳐 어딘가 먼 곳으로 떠나고 싶었다. 일주일에 한두 번씩은 저 멀리 다른 마을까지 갔다가 공연히 무서운 마음이 들어 다시 돌아오곤 했다. 지난번에는 양치는 목동과 말동무가 되어 코잔 너머에 있는 파삭에까지 갔다 왔다.

하산은 도대체 무엇을 어떻게 해야 할지 알지 못했다. 단 한 가지 알고 있는 것은 하루 빨리 이 마을을 벗어나야 한다는 것뿐이었다. 아니면 엄마라도 떠나야 했다. 엄마는 가야 했다. 마을 사람들 모두가 엄마를 미워했고 엄마에게는 전부 적이었다. 이런 인간관계는 숨이 막힐 뿐이었다.

마을 사람들의 엄마에 대한 적대감은 하산도 가만히 놔두지 않았다. 하산은 미칠 것만 같았다. 팽팽한 적대감 속에서 산다는 것은 생각만 해도 미칠 지경이었다. 할머니, 고모, 삼촌들, 숙모들, 친척들, 누구도 엄마에게 말을 거는 사람은 없었다. 그런데도 엄마는 무엇을 바라고 여기에 버티고 있는 것일까. 그렇게 예쁜 얼굴을 하고서 무엇이 아쉬워서…… 세상에서 제일 예쁜 여자가…… 엄마가 마을을 떠나지 않는 게 하산의 자존심을 지켜주는 일이기는 했다. 엄마에 대한 하산의 감정은 늘 그렇게 혼란스러웠다. 들리는 바로는 제일 나이 어린 삼촌이 엄마를 색시로 삼으려고 한다고 했다. 그러나 엄마는 완강히 버티고 있었다.

하산은 극도의 긴장 상태에 놓여 있었다. 그때마다 새와 벌레에게 분풀이를 했다. 이 세상에서 마음을 기댈 누군가를 찾고 있었다. 아무에게도 자기 자신을 터놓지 못했기 때문이었다. 누가 와서 때려죽인다고 해도 입을 열지 않을 작정이었다. 하산은 사방이 벽으로 둘러싸인 공간에 갇힌 것만 같았다. 어디를 가도, 무엇을 어떻게 해도 이 포위망에서 빠져나갈 수가 없었다. 그것은 아무리 머리를 짜내도 뚫을 수 없는 촘촘한 올가미였다.

매일 도망칠 궁리만 했다. 그리고 매일 독수리, 벌레, 구렁이 등 이런 것들만 떠올렸다. 친구라고는 한 명도 찾을 수 없었다. 동네 아이들은 하산을 멀리했고 하산 또한 그 애들을 피했다. 살리라는 애가 있었는데 벙어리였다. 차라리 하산에게는 살리가 편했다. 하산은 말 못하는 그 애를 붙들고 속이 풀릴 때까지 지껄이고 또 지껄여댔다. 결국 그것이 그 애 머리만 복잡하게 할 뿐이었다. 그래도 하산에게는 누구에게 말을 옮길까 두려워하지 않아도 될, 자기 얘기를 지치지 않고 들어주는 친구가 있다는 게 얼마나 다행스러운 일인지 몰랐다.

하산은 뭔가 미치광이 짓이라도 하지 않고는 견딜 수가 없었다. 아직

대가리도 미처 여물지 않은 밤톨만 한 새 새끼, 하늘을 나는 독수리, 똘똘 말린 구렁이, 그리고 벙어리 살리마저 없었더라면 벌써 죽어버렸을지 몰랐다.

밖에서 뭔가 바스락거리는 소리가 들렸다. 아버지는 귀를 쫑긋 세웠다. 손에 수저를 든 채 한동안 그렇게 밖의 동정을 살폈다. 엄마를 한번 힐끗 쳐다보았다. 엄마는 밥상 쪽으로 고개를 숙였다. 하산은 번갈아가며 두 사람 얼굴을 바라볼 뿐이었다. 잠시 후 아버지의 손이 순간적으로 떨리며, 턱이 움찔하는 것을 놓치지 않았다. 소리는 점점 가까워져 오고 있었다. 그러다가 갑자기 소리가 멎었다. 밤이었다. 아버지와 엄마, 하산, 이렇게 셋이 둘러앉아 저녁을 먹는 참이었다. 밥상에는 타르하나 수프[1], 닭튀김, 불구르 필라브[2]가 차려져 있었다. 하산은 그날, 밥상 위의 불구르 필라브 냄새를 잊을 수가 없었다.

창문 밖으로 불이 한 번 켜졌다가는 꺼지고, 다시 켜졌다가 꺼졌다. 소리는 한참이나 나중에 들려왔다. 적어도 하산에게는 그렇게 느껴졌다. 총소리가 사방을 뒤집어놓았다. 온 집안이 연기에 휩싸였다. 밥상, 엄마, 아버지…… 아버지의 비명 소리가 들렸다. 엄마의 울부짖음이 한 차례 들려왔다. 이내 모든 것이 싸늘한 정적 속에 파묻혔다. 하산이 정신을 차린 것은 연기가 가시고 아나바르자 돌산에서 나는 총소리를 듣고 나서였다. 희미해진 총소리는 메아리가 되어 울려퍼졌다. 마을 안에서도 웅성거리는 소리가 들려왔다. 피가 보였다. 아버지가 밥상에 얼굴을 박고 엎어져 있었

---

1 토마토, 고추, 양파를 우유나 요구르트에 넣고 밀가루를 약간 섞은 후 향신료를 뿌려 만든 수프로 대표적인 터키 음식 중의 하나.
2 삶은 밀로 지은 밥.

다. 머리카락이 불구르 필라브가 담긴 그릇 위에 떨어져 있었다. 퐁퐁 샘솟던 피가 흥건히 고였다.

하산은 방 안으로 들어왔던 남자의 놀란 듯 커다랗게 뜬 두 눈만을 기억해낼 수 있었다. 엄마는 연기 속에서 하산을 찾아내 구석진 곳으로 끌고 갔다. 하산은 구석에 웅크리고 앉아 꼼짝도 하지 않았다. 아버지의 몸에서 솟구치는 피만 멀거니 바라보았다. 아나바르자 돌산에서 총소리가 사람들의 웅성거림과 함께 들려왔다. 그러고는 갑자기 '우' 하고 소리를 지르며 사람들이 집 안으로 모여들었다. 하산은 할머니의 자지러지는 통곡 소리를 듣고서야 아버지의 죽음을 알게 되었다. 그리고 이 일이 엄마 때문이라는 것도 알게 되었다. 하산은 아침이 될 때까지 밤새도록 그렇게 구석에 웅크리고만 있었다. 잠이 오지 않았다. 이렇게 밤을 샌 것은 태어나서 처음 있는 일이었다. 밤을 새는 게 어떤 것이라는 걸 그때 처음으로 알았다. 사람들이 오고 갔다. 울고불고 하는 소리, 멀리서 들려오는 총소리, 웅성거리는 사람 소리가 귀에 웅웅거렸다. 반짝였던 불꽃들이 희미하게 멀어져갔다.

채 먼동이 트기도 전이었다. 사람들이 마을 공터 한가운데로 시체 한 구를 던져 놓았다. 죽은 시체는 어젯밤에 보았던 것처럼 놀란 듯 눈을 크게 뜨고 있었다. 하산은 이 시체가 누구인지 알고 있었다. 여기 놓여진 시체는 압바스였다. 엄마와는 한 고향 사람이었다. 마을 공터에 피가 잔뜩 고였다. 하산은 처음으로 연둣빛 파리를 보았다. 지금까지 연두색 파리들이 눈에 띄지 않았던 것은 왜일까. 파리떼가 시체에서 흘러나온 피 위로 날아들었다. 하산은 이가 하나도 빠지지 않은 서슬이 퍼런 칼날을 아주 무서워했었다. 면도날도 제대로 쳐다보지 못했던 하산이었다. 시퍼런 칼날이라니 생각만 해도 끔찍했다. 쳐다보기만 해도 토할 것만 같았다.

사람들이 엄마도 끌고 왔다. 삼촌들이 엄마에게 발길질을 해대고 두들겨 패어 난장판이 벌어졌다. 엄마의 온몸이 시퍼렇게 멍이 들었다. 새하얀 머릿수건이며 머리카락 할 것 없이 온통 피로 범벅이 되어 있었다. 입고 있던 치마도 갈기갈기 찢겨 넝마가 되었다. 만신창이가 된 엄마에게 남녀노소 할 것 없이 다들 달려들어 두들겨 패고 침을 뱉었다. 하산은 어찌 된 상황인지 도무지 영문을 알 수 없었다. 그러다 갑자기 사람들에게 덤벼들기 시작했다. 삼촌의 손을 깨물었다. 얼마나 세게 깨물었는지 이빨 자국이 뼛속까지 박혔다는 것을 나중에서야 들었다. 그리고 또 미친 듯 사람들에게 덤벼들어 엄마를 구해냈다. 엄마에게 침을 뱉은 사람에게는 똑같이 침을 뱉었다. 엄마를 때린 사람에게는 똑같이 주먹질을 했다. 그러나 하산이 그런 자신의 행동을 기억해낸 것은 그야말로 한참 시간이 흐른 후였다. 그렇게 미친 듯 날뛰다가 삼촌이 한 발로 냅다 걷어차는 바람에 나가떨어졌다는 것도 나중에 들은 얘기다.

하산이 나가떨어지자 웅크리고 있던 엄마는 쏜살같이 덮쳐 바닥에 내팽개쳐진 하산을 끌어안았다. 엄마는 얼어붙은 듯 굳게 다물었던 입을 열어 신음 섞인 말로 소리치기 시작했다.

"내 아들에게 손대지 마!"

그리고 모여든 사람들을 향해 꼿꼿하게 말했다.

"내가 죽인 게 아니란 말이에요. 난 할릴을 죽이지 않았어요! 이 사람이 죽였다구요. 할릴을 죽인 건 바로 이 사람이란 말예요!" 하고 땅에 널브러져 있는 압바스의 시체를 가리켰다. 엄마는 압바스의 머리맡에 쪼그리고 앉아 까맣게 뜨고 있는 그의 눈동자를 빤히 바라보며 서럽게 말했다.

"아아, 압바스! 아아, 당신이 이렇게 죽다니……!"

그러고는 그저 또렷이 앞만 쳐다본 채 옆에 있는 사람들에게 눈길 한

독사를 죽였어야 했는데 17

번 주지 않고 집으로 돌아갔다고 했다.

나중에야 헌병대가 도착했다. 장교 한 명이 군화 뒤꿈치를 부딪쳐가며 명령을 내렸다. 곧 의사가 도착했다. 하얀 가운을 입고 있었다. 의사의 눈빛은 비수처럼 차가워 보였다. 의사는 뽕나무 아래에서 죽은 압바스의 옷을 찢었다. 그리고는 편편한 바위 위에 눕힌 채 양 잡듯이 시신을 해부하였다. 그런 다음에 커다란 바늘로 다시 제자리를 꿰맸다. 하산은 토할 것만 같았다.

삼촌은 여러 토막이 난 압바스 곁으로 엄마를 잡아끌었다. 엄마는 완강히 버티고, 또 버텼다.

"자, 와서 네 두 눈깔로 똑똑히 보란 말이다. 이 화냥년 같으니라고!"

"네년 눈으로 어찌 되었는지 보란 말야! 네가, 우리 형을 죽이라고 시켰지? 이놈 꼴이 지금 어찌 되었는지 말이다. 네년하고 놀아난 이놈 꼴을 잘 봐두라고!"

엄마는 땅에서 먼지가 풀풀 나도록 질질 끌려다니고 있었다. 헌병대들은 장교고 병사고 할 것 없이 모두 꼼짝도 하지 않은 채 이 광경을 지켜보고만 있을 뿐이었다. 엄마는 신음 소리 한 번 내지 않았다. 그저 끈질기고 완강하게 시체 곁으로 끌려가지 않으려 버티기만 했다.

구성진 장송곡과 함께 아버지는 땅에 묻혔다. 할머니는 그 후 곧 몸져 누웠다. 앓아눕기 전에 남은 아들 셋을 불러모았다. 그리고는 애원하듯 당부했다.

"내 아들을 죽인 건 압바스가 아니야. 바로 그년, 에스메가 내 아들을 죽였어. 이 원수를 꼭 갚아다오. 아마도 난 이대로 죽을지도 몰라. 할릴의 원수를 갚지 못하면 내 어찌 편히 눈을 감겠느냐! 그년을 살려두면 안 된다. 원수를 갚아야지!"

내가 하산을 알게 된 것은 감옥 안에서였다. 그 애가 들어온 건 한밤중이었는데, 간수들이 모두 하산 옆에 붙어 앉아서 "이젠 다 지난 일이야. 괜찮아!" 하고 수없이 달래고 위로했다. 그래도 하산은 입도 벙긋하지 않았다. 그저 딱딱하게 굳어 있을 뿐이었다. 간수들은 물과 따뜻한 수프를 날라다 주었다. 하산은 수프에도 손을 대지 않았다. 하산을 지켜보던 죄수들도 하나 둘씩 등을 돌리고 잠을 자기 시작했다.

그 사건 이후 하산은 곧 도망을 쳤다고 했다. 그리곤 아나바르자 돌산에 숨었다고 했다. 동네 사람들이 전부 나서서 3일 밤낮을 찾았지만 헛일이었고, 며칠 후 아나바르자 돌산에 개를 풀어놓았는데 하산이 키우던 개가 옛날 로마 시대 돌비석 안에서 웅크리고 있는 하산을 찾아냈다고 했다. 하산은 안간힘을 다해 돌비석 뚜껑을 닫고 3일 동안 그곳에 꼼짝도 않고 숨어 있었다고 했다. 만약 개가 발견하지 못했다면 손톱만큼도 움직일 수 없는 돌비석 안에서 하산은 아마 몇 날 며칠을 그렇게 있었을지 모를 일이었다.

헌병대 한 명이 하산의 뺨을 후려갈겼다. 마을 사람들은 두려운 눈으로 지켜볼 뿐이었다. 동구 밖을 빠져나올 때도, 모두들 길 한쪽 옆으로 비켜서서 멀거니 쳐다만 보고 있었다. 마치 괴상한 짐승이라도 구경하는 듯했다. 한편으로는 신성한, 또 한편으로는 두려운 어떤 저주의 대상이라도 대하는 듯한 그런 눈빛들이었다.

감옥 안에서도 마찬가지였다. 하산은 감옥에 들어온 이래로 지금까지 아무하고도 얘기를 하지 않았다. 많은 사람이 하산에게 접근을 시도했지만 하산은 아랑곳하지 않았다. 마치 하산은 딴 세계 사람인 듯했다. 정신도, 혼도 없이 그저 껍데기만 남은 듯했다. 뭔가 먹기 시작한 것도 얼마 되지 않은 일이었다. 깡마른 하산의 큰 눈은 더 퀭해 보였고, 얼굴도 길쭉해 보였다. 얼굴은 갈수록 더 길어져만 갔다. 키도 컸고, 귀도 기다래 보였다. 살가죽만 남은 하산은 큼지막한 죄수복 때문에 옷에 끌려 다니는 것처럼 보였다.

하산은 아무것도 원하는 것이 없었다. 그리고 누구에게 말을 걸지도 뭔가 물어보지도 않았다. 조그만 화로에 아침저녁으로 수프를 데워 혼자서 벽을 보고 돌아앉아 커다란 빵을 수프에 적셔 먹어치울 뿐이었다. 삼촌들, 친척들, 마을 사람들이 거의 매일같이 면회를 하러 왔지만 좀처럼 입을 열려고 하지 않았다. 그저 고개를 푹 숙이고 뭔가 진심으로 듣는 체할 뿐이었다. 나도 한두 번 하산에게 말을 걸었지만 한번 고개를 돌려 힐끗 쳐다보고는 눈을 아래로 내리깔고 가버렸다.

하산에 관한 매일 새로운 얘기가 들려왔다. 죄수들은 하나 둘씩 마치 그게 자기 임무이기라도 한 듯이 영웅심에 불타 하산에 대해 마구 지껄였다. 하산은 떠벌여대는 사람들의 얘기를 그저 말없이 듣고만 있을 뿐이었다. 몇 번 눈썹을 이리저리 만지다가는 꼼짝도 하지 않았고, 얼굴은 딱딱하게 굳어 있었다. 얼굴 표정만 봐서는 무얼 생각하는지 도무지 알아차릴 수 없었다. 눈을 항상 아래로 내리깔고 입술은 꼭 깨물고 있었기 때문이었다. 커다란 귀만 배 닻처럼 머리 밖으로 삐죽 삐져나와 있었고, 얼굴색만 간간이 울그락불그락할 뿐이었다.

하산이 입을 열지 않자 그럴수록 더욱 죄수들은 하산을 노리갯감으로 삼으려 했다. 그러나 감히 그럴 수는 없었다. 그 아이에게 숨겨진 뒷얘기들, 풍기는 분위기, 깊은 눈빛, 진지한 태도에 압도당하고 있었기 때문이었다. 감옥 안에서 가장 포악하기로 낙인찍힌 죄수마저도 하산에게는 내심 조심스럽게 접근하고 있었다. 가끔씩 뤼트피라는 작자만이 하산에게 되는 대로 지껄여댔다. 그래도 그 애는 눈 한 번 꿈쩍하지 않았다. 자기에게 욕을 퍼부어대는 그 작자의 눈동자를 빤히 들여다보며, 말을 끝낼 때까지 뚫어질 듯 집요하게 쳐다보기만 할 뿐이었다. 그러면 그 작자는 하산의 눈빛에 질려서 횡설수설하다가는 슬그머니 꽁무니를 빼곤 했다.

뤼트피는 '저 사람도 사람일까' 싶을 정도로 교활한 사람이었다. 자존심이며 양심, 신성한 구석이라곤 눈곱만큼도 찾아볼 수 없는 치졸하고 교활한 인간의 표본이었다. 자기가 필요하면 달라붙어 아첨을 떨다가도 비위에 거슬리면 금세 입에 담지 못할 욕설을 퍼부어댔다.

나는 하산을 줄곧 지켜보았다. 뤼트피의 수작에 하산이 어떤 반응을 보일까 내심 궁금했다. 하산은 단지 침묵으로 일관할 뿐이었다. 두번째도 입을 다물었다. 세번째도 마찬가지였다. 하산은 뤼트피가 싸움을 걸어오면 쳐다보지도 않았다. 늘 땅만 내려다보면서 입을 다물고 뭔가를 생각하는 듯 보일 뿐이었다.

"살인자, 이 살인자 놈아. 개자식! 넌 화냥년 자식이야. 네가 화냥년 자식이라는 걸 모르는 사람이 이 감옥 안에 있으면 나와보라구 해! 세상이 다 아는 일이야. 자기 주제를 알아야지. 화냥년 자식이 별수 있으려구. 저런 놈이 아직도 살아 있다니, 때려죽일 놈! 네놈을 내가 가만 놔둘 줄 아느냐! 이놈의 자식! 너같이 더러운 놈을 살려둔다는 게 세상에 부끄러울 뿐이다. 개자식, 얼간이 같은 놈, 짐승만도 못한 놈아! 당장 네 목을 비틀어도 시원치 않겠다, 이놈아. 네놈 눈깔을 도려내서 구렁이 밥이 되게 하고, 네 몸뚱어리는 개새끼들 밥으로 던져 주지. 그러면 그놈 개떼들이

'우' 하고 덤벼들어 '얌냠' 하고 뜯어먹을 텐데 말야. 그리고 여기저기 개똥이나 갈기겠지, 개똥 말야. 너 같은 살인자를 여기가 감옥이니까 살려두지, 어디 널 살려두겠나? 에이, 퉤! 퉤! 퉤! 저리 사느니 죽는 게 낫지. 더러운 놈."

분노에 찬 뤼트피는 입에 거품을 물고 하산에게 마구 욕설을 퍼부어댔다. 죄수들은 그저 듣고만 있을 뿐이었다. 하산은 한두 번 발을 구르다가 제자리로 돌아갔다. 그러다 뒤를 돌아보려고 할 때였다. 뤼트피 앞을 지나치는 순간이었다. 뤼트피가 갑자기 하산의 얼굴을 후려쳤다. 분노에 찬 하산의 얼굴이 땀에 젖었다. 하산은 땀으로 범벅이 되어 뤼트피를 쏘아보았다. 하산이 손을 주머니에 쑤셔넣었다. 주머니에서 칼을 꺼내 들자마자 칼날이 '쫘악' 소리를 내며 펴졌다. 하산은 그것을 뤼트피에게 들이댔다. 너무도 순식간에 일어난 일이었다. 그 순간 뤼트피는 잽싸게 몸을 날려 도망치기 시작했다. 믿을 수 없을 정도로 빠른 속력이었다. 하산이 단도를 들고 뒤를 따랐다. 교도소 운동장을 가르며 둘이 앞뒤로 나란히 뛰고 있었다. 둘이 얼마나 그렇게 쫓고 쫓기었는지 나도 잘 모르겠다. 하산은 집요하게 뤼트피 뒤를 쫓았고, 가끔씩 뤼트피가 뒤를 돌아보며 용서를 빌었다. 하산이 한두 번 거의 뤼트피를 잡을 뻔했을 때 하산이 그의 등을 칼로 그었지만, 다행히 여기저기 기워진 뤼트피의 겉옷 조각만이 잘려져나갔을 뿐이었다. 결국엔 지쳐 나가떨어진 뤼트피가 "사람 살려" 하고 소리를 지르다가 마침내 하산에게 애걸복걸하며 매달렸다. 뤼트피가 감방 안으로 들어가 몸을 숨겼다. 문을 안에서 잠그자마자 그토록 고분고분 애원하던 그는 언제 그랬냐는 듯 다시 욕설을 퍼부어대기 시작했다. 하산은 문 밖에서 그를 노려보다 별수 없이 돌아서버렸다. 하산은 교도소 운동장 가장 구석진 곳에 가서 앉았다. 아직도 칼을 접지 않은 채였다. 분노에 찬 눈빛으로 칼을 내려다보고 있을 뿐이었다.

　이 사건 이래로 더 이상 뤼트피는 하산 옆에는 얼씬도 하지 않았다. 한 번은 다른 죄수들과 뤼트피가 문제를 일으켰다. 뤼트피는 나에게 비위가 상할 정도로 아첨을 떨며 다가왔다. 나는 아마도 나한테 뭔가 할 말이 있나 보다 하고 생각했다.
　"말해보게."
　나는 담배 한 대를 권하며 물었다.
　"너 같은 쓰레기 놈 담배를 피울 것 같아?"
　뤼트피가 내 말을 받았다.
　전혀 예상 밖의 답변이었다. 그걸 지켜보던 사람들은 내가 그를 한 대 후려치기라도 할 것을 기대하고 있는 터였다. 금세 싸움이 번질 기세였다. 갑자기 하산이 내 앞을 가로막았다.
　"잠깐만요."
　하산이 말을 이었다.
　"저런 놈하고는 상종도 하지 마세요. 아저씨만 손해지요, 뭐."
　하산이 감옥에 들어와 처음으로 내뱉은 말이었다.
　그 후 하산과 나는 친구가 되었다. 우리는 3개월간 수감 생활을 했다. 지금은 잘 기억이 나지는 않지만 하산은 아마 나 말고는 아무하고도 말을 하지 않았던 것 같다. 나 말고 또 자므스추가 하산을 좋아했는데 그는 하산의 옛날 간수였다. 하산의 운수를 점쳐서 내게 말해주면 나는 곧장 하산에게 그대로 전해주었다. 하산이 점을 좋아하는지 아닌지는 알 수 없었지만, 그는 하산을 좋아하고 있었다. 그의 말 한 마디, 한 마디 그리고 하산을 지켜보는 눈빛에까지 모두 따사로움이 배어 있었다. 그가 하산을 부르는 소리는 가슴 속 깊은 곳에서부터 나오는 것이었으니까.

나는 가끔씩 하산과 한가한 곳에 가서 얘기를 나누곤 했다. 하산이 의심 섞인 눈빛과 경직된 태도로 나의 움직임을 관찰하곤 했지만 나는 그에 대해 전혀 감정 표현을 하지 않았다. 나는 가슴으로 그 애의 말을 들었고, 하산도 그걸 잘 알고 있었다. 하산은 원래 말이 많은 아이였다. 그러나 삶에 지쳐 말을 잃어버렸고, 침묵하는 법을 스스로 터득한 것이었다. 늘 침묵했지만 한번 말할 상대를 찾아 말을 트기 시작하면 완전히 다른 사람이 되어버렸다.

하산은 무서운 게 없는 아이였다. 죽음도 그 애에게는 구원을 의미하는 것이었다. 그래도 이제는 다행히 단도를 가지고 다니지는 않게 되었다. 하산같이 모든 것을 초월하고, 죽음도 초월한 채 죽음 속에서 사는 가슴을 가진 사람에게 접근한다는 것은, 그게 누구라 해도—헌병대, 산적, 아니면 살인자, 아니면 세상에서 제일 겁이 없는 사람이라 해도 결코 쉬운 일이 아니었다. 하산처럼 삶 저 건너편에 있는 사람, 죽음의 늪에 빠져본 사람만이 할 수 있는 일이었다. 그래야만 서로를 이해할 수 있을 터였다.

나는 하산의 친구가 된 덕택에 수감 생활을 편히 할 수 있었다. 그 사건 이후에는 나를 건드리거나 싸움을 거는 사람은 없었다. 누가 내게 뭐라고 하는 날이면, 하산이 달려와 죽이기라도 할 듯 노려보았고 그러면 상대방은 슬그머니 꽁무니를 빼고 사라져버렸다.

하산은 마르고 부러질 듯한 체구를 하고 있었지만 본인이 원하기만 하면, 수많은 쟁쟁한 살인범들을 제치고 충분히 감옥의 왕초가 되고도 남을 터였다. 그러나 하산은 굳이 그러고 싶어하지 않았다.

교도소에서 출감한 후에도 우리는 계속 서로 연락을 했다. 우리 둘은 같은 날 석방되었다. 나는 한 달 후에 그 애의 고향을 방문해서 보름간 그 애 집에 묵었다. 하산은 교도소에서처럼 마을에서도 아무하고도 말을 하지 않았다. 할머니, 삼촌, 고모, 조카, 친척들…… 정말 아무하고도, 아무하고도 말을 하지 않았다. 마치 맹세라도 한 듯했다.

"만약 내가 아저씨를 만나지 않았더라면, 아마도 사람의 정이고 뭐고 죽을 때까지 모르고 살았을 거예요" 하고 하산은 내게 말했었다.

우리는 오랫동안 친분을 유지했었다. 그러나 언제부턴가 연락이 끊기고 말았다.

하산의 아버지 상(喪)은 그리 오래 지속되지 않았다. 엄마는 아무 일도 없었다는 듯 자기 삶으로 돌아갔다. 아버지에게는 전답이 아주 많았다. 그것 말고도 트랙터가 두 대, 트럭, 자동차, 말, 씨 뿌리는 기계까지 없는 게 없었다. 그리고 목화, 참깨, 보리, 벼 등을 심은 전답은 추쿠로바 전 지역이 아버지 소유에 가까울 정도였다. 남편이 살해되자마자 엄마는 밭일에 몰두했다. 엄마는 밭일을 잘 이끌어나갔다. 엄마는 글을 깨친 사람이었다. 뿐만 아니라 시집오기 전 초등학교도 나온 사람이었다. 엄마는 금세 밭일에도 능력을 발휘하기 시작했고, 그것은 삼촌이나 친척들, 그 누구의 도움도 필요 없으며 앞으로도 그럴 것임을 보여주는 것이기도 했다.

아버지가 죽고, 한두 달쯤 되었을 때 할머니가 하산을 불렀다.

"이리 온, 불쌍한 내 새끼. 가여운 것, 이리 와."

할머니는 울면서 하산을 품에 안았다. 할머니는 울먹이며 심금을 울리는 목소리로 곡을 해댔다. 그리고는 번지르르한 운동화 한 켤레를 하산 앞에 내밀었다. 오늘 아침 삼촌이 코잔에서 사 온 것이라 했다. 형제 중에서 둘째인 무스타파 삼촌은 아버지와 아주 사이가 좋았고 하산도 무척 아꼈다. 또 할머니는 수를 놓은 보자기에서 파란 새 옷을 꺼내놓았다. 이건 이브라힘 큰삼촌이 주신 것이라 했다. 큰삼촌은 하산을 무척 귀여워했다. 하산은 새 옷이며, 운동화를 입은 모습을 할머니에게 보여주고 싶었다. 곧 옷을 벗고, 새 옷으로 갈아입었다. 그리고 새 운동화도 신었다.

할머니는 꽤 나이가 많았지만 아직도 곱기만 했다. 키가 크고, 호리호리한 할머니는 턱이 뾰족하고 얼굴이 갸름했다. 눈꼬리가 약간 올라간 큰 눈에는 짙고 검은 눈동자가 더욱 크게 보였다. 할머니는 아들을 잃고 나서는 한 번도 웃지 않았다. 밤이고 낮이고, 그저 곡만 해댔다. 원래는 무척 명랑한 성격이었던 할머니. 적어도 하산이 기억하는 할머니 얼굴은 언제나 웃는 낯 그 자체였다. 아무리 태산같이 의지하던 아들을 앞세워 보냈다 하더라도 하산은 이토록 매일 구석에서 웅크리고 신음만 하는 할머니를 이해할 수 없었다.

하산은 옷을 입고 옷매무새를 가다듬었다. 할머니가 하산을 보면서 처음으로 발그레하게 미소를 지었다. 어둡고 울상인 얼굴은 할머니에게는 어울리지 않는 것이었다. 하산이 할머니에게 그걸 일러주자 할머니는 푹 하고 한숨을 내쉬었다.

"아이고, 그년은 네 어미도 아니다. 원수야, 원수."

그리고는 곧 덧붙여 말했다.

"가슴이 찢어질 것만 같구나. 그깐 게 뭐 어미라고? 그깐 년이 어미는 무슨 어미야! 아이고! 내 아들 원수를 갚기 전에는 난 죽어도 눈 못 감는다. 무덤 속에 들어간다 한들, 온전하겠느냐? 뼈마디가 탁탁거리며 바스러지겠지. 뼈마디가 바스러져도 눈을 감지 못하지⋯⋯

내 아들을 죽게 해놓고도 저년이 저리 버젓이 살아 있는데, 내 어찌 보고만 있으란 말이냐. 내 가슴에 이리도 피멍을 들게 해놓고 제 년이 온전할 줄 알아! 게다가 또 뭐? 요런 밤톨만 한 아들을 두고 또 시집을 간다고? 그렇게 꼬리를 살살 치고 다니다가 결국 내 아들까지 잡아먹은 년이!

내 아들 가지고도 성이 안 차서 손자놈마저 잡아먹으려 들다니! 지 서방이 죽은 지 얼마나 되었다고 금세 또 서방을 들인단 말이냐. 하산아, 내가 네 삼촌들에게 똑똑히 말해두었다. 무스타파, 이브라힘 삼촌에게 일러두었어. 그년이야 가든지 말든지, 내 손자는 안 뺏긴다구 말야. 내 손자가 내 아들 놈 핏줄이지 제 년하고 무슨 상관이라고!

제 아비 닮아서 인물도 훌륭하단 말이다! 제 년이 팔자를 고치든 말든 새끼마저 내줄까봐? 내 새끼, 양아버지 밑에서 눈칫밥 못 먹는다. 내 눈에 흙 들어가기 전에는 그 꼴 못 본다, 못 봐! 내 아들 잡아먹은 년하고, 내 아들 죽인 놈과 놀아난 놈 밑에서 어찌 내 새끼를 맘고생시키겠느냐⋯⋯ 아이고, 내 팔자야!"

할머니는 하산을 끌어안고 통곡했다. 하산은 그저 할머니가 하는 대로 가만히 있을 뿐이었다. 하산은 기분이 엉망이 되어 할머니 집을 빠져나왔다. 할머니가 내뱉은 말은 무슨 뜻이었을까. 뭔가 의미가 있는 말이었다. 그건 바로 엄마를 두고 하는 말이기도 했다. 아버지를 죽인 건 엄마임을 말하고 싶은 것이었다.

집에 도착했다. 엄마의 얼굴은 전보다도 환하게 밝아 보였다. 일꾼들에게 무언가 지시를 하고, 트랙터꾼과 얘기를 나누고 있었다. 엄마는 마치 아무 일도 겪지 않은 사람처럼 보였다. 하산은 왠지 오늘따라 엄마 얼굴이 쳐다보기도 싫었다. 엄마는 하산을 보자 끌어안고 볼에 입을 맞추려 했다. 하산은 엄마를 밀어버렸다. 엄마는 하산이 입고 있는 옷을 보고 좋아했다. 잘 어울린다며 반겼다. 그리고 신발도 맘에 들어했다. 엄마가 기쁨에 들떠 또 한 번 하산을 안았다. 하산의 몸이 얼어붙었다. 엄마는 한 번 더 아들을 안으려 했다. 하산은 머리카락까지 곤두서는 것 같았다. 엄마는 뭔가 오늘 아들의 낌새가 이상하다는 것을 눈치 챘다. 엄마는 멈칫하더니 오랫동안 하산을 멀거니 바라보다가 한숨을 쉬었다.

"아아, 하산아!"

엄마의 얼굴은 금세 산송장처럼 하얗게 질려버렸다.

오후에 무스타파 삼촌이 왔다. 삼촌은 손잡이에 자개가 촘촘히 박힌 장총을 하산에게 건네주었다. 대대로 내려오는 귀하고 멋진 총이었다.

"하산아, 이 총은 네가 가져라. 네 할아버지가 쓰시던 총인데 유언에 그러셨지. 우리 집안의 원수를 갚는 첫번째 대장부에게 물려주라고⋯⋯ 그래서 가문의 원수를 갚게 하라고 하셨어. 이 총을 사냥하는 데 쓰든지, 아니면 우리 가문을 더럽힌 놈을 찾아내서 복수를 하는데 쓰든지 그건 알아서 해라. 가자! 가서 내 옆에서 총을 한번 쏘아보렴!"

두 사람은 마을 아랫녘으로 내려갔다. 아나바르자 돌산을 지나 제이한 강에 이르렀다. 무스타파 삼촌은 총알을 넣으며 말했다.

"자, 받아라. 받아서 저기 보이는 하얀 바위를 맞춰봐. 잘 쏘는지 어떤지 한번 보자꾸나!"

하산은 새 옷, 새 신, 자개가 촘촘히 박힌 총 모두 무척 마음에 들었다. 삼촌들이 이런 값진 것들을 선물할 거라고는 꿈에도 상상할 수 없던 일이었다. 엄마를 그토록 원수 보듯 하면서 말이다. 할 수만 있었다면 자기들 손으로 엄마를 진작 죽여버렸을지도 모르는 일이었다. 할머니는 언제부턴가 아예 엄마 이름조차도 입에 담지 않았으니 말이다.

하산은 총을 받아서 방아쇠를 당겼다. 하얀 바위 주변에서 연기가 피어올랐다. 하산은 방아쇠를 당길 때마다 삼촌은 총알을 건넸다. 결국 하산은 바위 끝을 맞추는 데 성공했다. 그러자 삼촌이 허리춤에 차고 있던 총알 주머니를 풀어 하산에게 주며 말했다.

"자, 받아라. 이제부터는 네가 총을 쏘고 싶을 때 마음대로 쏘아라.

총을 많이 쏴봐야만 실력이 늘지. 계속 사격을 해서 손에 익히도록 하거라. 좋은 사격수가 되려면 그만큼 총알을 많이 없애야 하는 법이야."

하산은 좋아서 어쩔 줄 모르고 연일 총을 쏘아댔다. 바위는 계속 연기를 뿜어댔다. 아나바르자 돌산에 메아리치는 총소리가 듣기 좋았다.

"맘껏 총알을 써도 좋다. 내가 코잔에 있는 가게 주인에게 일러두었다. 네가 언제든지 말만 하면 총알을 내줄 거야. 가게에 총알이 다 떨어지면 그때는 나한테 말해. 더 가져다 놓으라고 시킬 테니까. 자고새라도 잡거든 나한테도 좀 주렴. 들비둘기나 물떼새를 잡아도 좀 나눠주고 말야. 토끼를 잡거들랑 그것도 좀 삼촌들에게 돌리라고……"

하산은 고운 자개가 박힌 이 총이 무척 마음에 들었다. 총탄 주머니에는 비단실로 자수가 놓여 있었다. 늑대, 오리, 꿩, 앞발을 들고 서 있는 자그마한 망아지, 커다란 재칼, 마치 날아가버릴 듯이 뛰고 있는 사슴, 그리고 마음껏 웃고 있는 아이. 마치 그 아이는 하산을 닮은 듯했다.

저녁이 되어 집으로 돌아왔을 때에도 하산은 좋아서 어쩔 줄 몰랐다. 엄마를 꼭 껴안고 목에 매달렸다. 할머니한테 갔다 왔을 때 보이던 모습은 아예 찾아볼 수 없었다. 이제는 다 잊은 듯이 보였다. 엄마도 덩달아 기분이 좋아졌다. 잘 되었구나. 아주 잘 된 일이야. 삼촌들이 하산에게 관심을 보이기 시작하다니, 너무도 잘 된 일이야…… 그러나 곧 불안감이 엄습해왔고, 이 불안감은 점점 더 마음을 아프게 했다. 하산은 엄마의 고통을 얼굴에서 읽었다. 순간 엄마가 불쌍하게 느껴져 한 번 더 엄마를 꼭 껴안고 볼에 입을 맞추었다.

엄마는 곧 삼촌에게 "오랜만에 조카하고 마주 앉아 저녁이라도 드시고 가세요" 하고 권했지만 무스타파 삼촌은 대답이 없었다. 고갯짓으로 그럴 수 없다는 표시를 하고는 곧 가버렸다.

엄마는 하산에게, "삼촌이 뭐라든?" 하고 넌지시 물었다.

"아무 말도 안 했어." 하산은 얼버무렸다.

엄마는 다그쳤다. "할머니도 암말 안 하셔?"

"응."

하산은 엄마하고 눈을 마주치지 않으려고 애쓰면서 간신히 대답했다.

그날 밤 하산은 자개가 박힌 그 총을 가슴에 꼭 껴안고 잤다. 그리고 날이 밝자마자 아나바르자 돌산으로 달려가서 총을 쏘아댔다. 탕! 탕탕! 타앙 탕! 아침부터 저녁까지 아나바르자 돌산에는 총소리가 울려퍼지기 시작했다. 마을 사람들은 곧 총소리의 주인공이 하산이라는 것을 알게 되었다.

보름이 지나자 하산은 커다란 토끼를 잡아 들고 왔다. 엄마는 하산이 태어나서 처음으로 잡은 토끼를 기념하기 위해 잔치를 벌였다. 토끼를 맛있게 요리하고 삼촌들을 초대했다. 삼촌들은 아이들을 데리고 저녁을 먹으러 왔다. 그러나 할머니는 끝내 오시지 않았다.

며칠 후 이브라힘 삼촌이 세 살 먹은 아랍종 망아지를 선물했다. 하산은 총을 선물 받았을 때만큼이나 기뻤다. 얼마나 좋은지 잠까지 설칠 정도였다.

멀리서 트럭들이 먼지를 일으키며 지나가고 있었다. 먼지들이 구름처럼 길을 따라 깔려 있었다. 트랙터 몇 대가 밭에서 툴툴거리며 굴러다니고 목화밭 일꾼들이 원두막 아래 모여 앉아 목화 열매에서 솜뭉치를 떼어내고 있었다. 목화밭이 물결치듯 일렁거렸다. 황새 몇 마리가 긴 목을 쭉 빼 들고, 빨간 부리를 이리저리 흔들며 밭을 헤매고 있었다.

하산은 개울을 따라 걸었다. 복잡한 상념 속에 젖었다. 아마도 생각하는 게 아니고 상상을 하고 있는지도 몰랐다. 눈앞에서 구름 그림자가 빠르게 미끄러져 보랏빛 토로스 산으로 흘러가고 있었다. 따라 걷고 있는 개울의 물은 흐르지 않고 멈춘 듯했다. 더욱이 물 위는 먼지와 지푸라기들이 덮고 있었다.

하산은 그새 키가 껑충 자랐고, 얼굴은 까맣게 그을려 있었다. 적어도 노인네 키만큼은 되는 듯 싶었다. 하산은 혼자서 뭔가 말을 하고 있는 듯 보였다. 어쩌면 꿈을 꾸고 있는지도 몰랐다. 토막토막 얘기들이 끊기듯 들려왔다. 누군가가 얘기를 하고 있었다. 어쩌면 마을 사람, 어쩌면 할머니, 어쩌면 젤라 아줌마, 어쩌면 삼촌들, 어쩌면 엘리프라는 계집아이……

사람들이 수군거리고 있었다. 한 사람이 시작하면 또 한 사람이 떠들고, 한 사람이 그만두면 또 다른 사람이 얘기를 꺼내고, 그렇게 말이다. 마치 머리가 돌아버릴 것만 같았다. 모든 일이 빠르게 진행되어가고 있었다.

별들도 그저 듣고만 있었다. 그냥 그렇게 그저 듣고만 있었다.

에스메는 압바스가 감옥에서 탈옥했다는 소식을 누군가에게서 전해 들었다. 부모들은 에스메를 압바스에게 주지 않았다. 압바스는 에스메 때문에 세 명이나 다치게 했다. 두 명은 앉은뱅이가 되고, 한 명은 절름발이가 되었다. 그리하여 압바스에게 무기 징역이 선고되었다. 압바스는 저 멀리 디야르바크르 시(市) 교도소에 수감되었다.

할릴도 에스메를 사랑했다. 에스메를 끔찍이 사랑했다. 할릴은 집요하게 프로포즈를 했지만 번번이 거절당하자 어느 날 밤 드디어 작업에 들어갔다. 장정 여섯 명을 데리고 몰래 에스메 집에 잠입해 들어가 에스메를 납치해 왔다. 할릴은 에스메의 손과 발을 묶은 뒤 그녀를 겁탈하려고 했지만 에스메의 저항 때문에 실패했다.

그렇게 일주일쯤 지난 뒤 할릴은 에스메에게 아편을 섞은 음료수를 먹이고서야 뜻을 이룰수 있었다. 정신을 차렸을 때 비로소 에스메는 모든 게 다 끝나버렸다는 것을 알게 되었다. 머리가 핑 돌았고, 계속 토하고 또 토했다. 자기 자신이 부끄러울 뿐이었다. 에스메는 출혈이 멈추지 않았다. 할릴은 그런 에스메를 자기 집으로 데리고 갔다. 서둘러 이맘[3]을 불러 그 자리에서 금방 혼인 서약을 했다. 그리고 그날 바로 시청으로 달려가 법적인 절차를 밟고 혼인 신고를 해버렸다. 그제서야 할릴은 에스메의 출혈을 멈추도록 하기 위해 의사를 불렀다.

에스메는 일 년이 넘도록 남편하고도, 마을 사람 그 누구하고도 말을 하지 않았다. 그리고 세 번이나 야반도주를 시도했지만, 세 번 모두 도중에 발각되어 붙잡혀 오고 말았다. 할릴의 어머니는 그런 에스메가 몹시 못마땅했다.

"할릴아, 그런 골칫거리를 뭐 하러 잡고 있어? 무슨 쓸모가 있다고! 제 집에 가라고 놔줘."

그럴 때마다 할릴은 그저 한 번 슬쩍 웃어넘길 뿐이었다.

어머니는 "얼굴 반반한 계집 다 필요 없다. 다 얼굴값 하기 마련이야! 내 말 들어라. 그년 때문에 감옥에 간 놈도 있잖아!" 하고 다그쳤다. 그러나 할릴의 귀에는 들리지 않았다.

압바스가 에스메를 따라왔다. 또다시 감옥에서 탈옥한 후 돌아온 것이다. 에스메는 압바스에게 매달리면서 사정했다.

"제발 가줘요. 지금 감옥에 있어야 할 사람이 왜 여기에 와 있는 거예

---

3 이슬람교에서 예배를 인도하는 사람.

요? 이젠 다 지난 일이라구요."

그래도 압바스는 가지 않았다. 그저 압바스는 넋을 놓고 멍하니 바라볼 뿐이었다.

"누가 보기라도 하면 어쩌려고…… 그러면 내일 와요!" 에스메가 애원하자 그제서야 압바스는 발길을 돌렸다. 두 손에 신형 장총을 거머쥔 채로 그렇게 말이다. 그는 머리부터 발끝까지 온몸에 총탄을 주렁주렁 매달고 있었다. 에스메는 압바스에게 산에 가서 숨어 있으라고 했다. 에스메 말대로 압바스는 산으로 가서 숨었다.

압바스는 에스메 없이는 단 하루라도 못 견딜 것 같았다. 에스메도 그랬다. 압바스가 산으로 몸을 숨겼지만 에스메는 따라갈 수 없었다. 다음날 압바스가 다시 왔다.

그는 뽕나무 아래 우뚝 서 있었다. 그렇게 빤히 보이도록 묵묵히 서 있을 뿐이었다. 달빛도 있었다. 달빛이 깊어만 갔다. 에스메가 집에서 빠져나왔다. 남편 할릴은 깊이 잠들어 있었다. 에스메는 압바스 곁으로 다가갔다. "제발, 제발, 가주세요!" 하고 애원했다. "내 아들이 이제 겨우 일곱 살이에요. 내 사정도 좀 생각해줘야죠"라며 매달렸다.

"당신도, 나도 다 죽게 된다구! 이러면 안 돼!"

에스메는 사정하며 매달렸지만 압바스는 가지 않았다. 뽕나무 아래에서, 그림자 밑에서, 달빛이 깊은 곳에서 그렇게 반듯이 우뚝 서 있을 뿐이었다. 아무 말도 하지 않았다. 그저 그렇게 말없이 서 있을 뿐이었다. 어깨에는 총을 차고 있었다. 에스메는 둘 다 죽기 전에 어서 여기를 떠나라고 했다. 압바스는 듣고만 있었다. 아무 말도 없이, 무슨 생각에선지 듣고만 있었다.

언젠가부터 마침내 에스메는 입을 열기 시작했다. 마치 지난 일은 다 잊은 듯이 보였다. 이젠 일 년간이나 입도 벙긋 하지 않던 에스메가 아니었다. 침대 속에서도 에스메는 더 이상 얼음장처럼 차갑게 얼어붙어 있지 않았다. 에스메는 변해 있었다. 아기가 생겼고, 아기가 모든 것을 변화시켰다. 에스메에게 아기는 이 세상 모든 것이었다. 아기 말고 딴 세계는 이미 존재하지 않았다. 에스메는 웃고, 떠들고, 즐기면서 일했다. 이제 마을 사람들 모두가 에스메를 따르기 시작했다. 에스메는 누구에게든 선뜻 도움의 손길을 뻗쳤고, 아픈 사람이 있으면 가서 손수 돌봐주었다. 늘 작은 일에도 발벗고 앞장섰다.

아이는 무럭무럭 자랐다.

압바스가 왔다. 감옥에서 탈옥을 한 것이다. 이 지방에서는 에스메를 향한 압바스의 순정을 모르는 사람이 없었다. 압바스는 아주 유명해졌고, 사람들은 그의 소소한 내막까지 속속들이 알게 되었다. 아나바르자 평원지대에서 압바스는 신화적인 인물이 되어버렸다. 압바스의 순정을 다룬 민요까지 생겨났는데, 그 민요는 이 마을에도 전해졌다.

에스메는 제발 가달라고 압바스에게 통사정했다. 나를 정말 사랑한다면, 나를 향한 사랑이 올바른 것이라고 믿는다면 이젠 다시 오지 말라고 했다. 그래도 압바스는 뽕나무 아래에서 아침이 될 때까지 꼼짝도 않고 그렇게 서 있기만 했다. 에스메도 어찌할 수 없이 그렇게 멀거니 서 있을 수밖에 없었다. 동이 터 오자 압바스는 아나바르자 돌산 쪽으로 걸음을 떼기 시작했다. 압바스가 보이지 않을 때까지 그리고 아주 멀리 사라지는 순간까지 에스메는 지켜보기만 했다.

한 달 동안 압바스는 모습을 드러내지 않았다. 에스메는 매일 밤을 뜬 눈으로 새웠다. 압바스가 궁금해서 미칠 것만 같았다. 압바스는 좀처럼 나타나지 않고 있었다.

그러던 어느 날 아침 에스메 앞에 압바스가 불쑥 나타났다. 동이 터올 듯 말 듯할 때였다. 에스메는 놀라서 계단을 뛰어내려갔다.

"압바스, 아나바르자 돌산에 가 있어. 거기서 기다리면 나도 곧 뒤따라갈게."

압바스는 아무 말 없이 걷기 시작했다. 에스메는 아침이 되자 도시락 보자기를 허리춤에 동여매고 촘촘히 돌산으로 향했다. 다행히 마을을 빠져나올 때까지 아무도 그녀를 본 사람은 없었다.

이렇게 한 달, 두 달…… 에스메는 아나바르자 돌산에 압바스를 숨겨두고 만나러 다녔다. 한번은 이상한 낌새를 눈치 챈 할릴이 몰래 에스메 뒤를 밟았다. 그런데 동굴에는 아무도 없었다. 압바스가 먼저 할릴을 보고 몸을 숨긴 것이다. 압바스가 할릴을 향해 총을 겨누었지만 에스메가 그 앞을 가로막았다.

그날 이후 아나바르자 돌산에 헌병대가 쫙 깔렸다. 압바스는 헌병대와 꼬박 하루 밤낮을 엎치락뒤치락하다가 결국은 붙들리고 말았다. 헌병대가 압바스에게 수갑을 채워 경찰서로 데리고 갔지만 압바스는 잔꾀를 내서 또 도망치고 말았다. 그리고 즉시 아나바르자 돌산으로 가서 숨었다. 에스메는 압바스가 다시 오리라는 것을 알고 있었다.

압바스가 다시 뽕나무 아래로 왔다. 예전처럼 또 뽕나무 아래에 우뚝 그렇게 서 있었다. 몇 번 하산도 그것을 목격했다. 에스메가 압바스 곁으로 다가서는 순간, 압바스가 그녀를 부둥켜안았다.

아나바르자 돌산에서 다시 총소리가 울려퍼졌다. 이번에는 헌병대원

두 명이 부상을 당했다. 할릴도 부상이 심했다. 쿠르드족인 외과 의사가 상처를 치료했다. 얼굴이 길고 눈동자가 검은 사람이었다. 의사는 환히 웃는 얼굴로 "그럴 수도 있지 뭐, 그럴 수도 있어"라고 같은 말만 연속해서 지껄여댔다.

    그 후 어느 날 밤 이슬람 사원에서 저녁 에잔[4]이 울려 퍼지기도 전에 한 번 더 총소리가 들렸다. 할릴, 에스메, 그리고 하산이 밥상에 모여 앉아서 저녁을 먹고 있었다. 창밖으로 불꽃이 튀는 게 보였다. 총소리가 온 마을을 발칵 뒤집어놓았다. 비명 소리가 들려왔고, 사방이 연기에 휩싸였다. 할릴이 밥상에 코를 박고 쓰러졌다. 피가 흐르고 있었다. 온 집 안을 덮은 화약 냄새가 코를 찔렀다.
    사람들은 아나바르자 돌산에서 압바스의 시체를 가져와 동구 밖에다 내다버렸다. 마을에 있는 수많은 개들이 압바스의 시체를 물어뜯어 조각을 냈다.
    에스메는 압바스의 시체가 개들의 먹이가 되어가고 있는 것을 보고만 있을 수는 없었다. 어느 날 밤 에스메는 몰래 사람 한 명을 사서 들개 소굴에 던져진 압바스의 시체를 구해 왔다. 그리고 일꾼을 시켜 시신을 아나바르자 돌산 꼭대기로 들쳐 업고 가 아침까지 무덤을 파게 했다. 조용히 장사를 지내주고 압바스를 그곳에 묻었다. 이 사실이 마을 사람들 귀에 들어갔다.
    마을 사람들은 이 사실에 분개하고 또 분개했다. 무스타파 삼촌은 에스메를 발로 걷어차고 있었다.

---

4 이슬람 사원에서 하루에 다섯 차례 기도 시간을 알리는 소리.

"이 오라질 년이, 죽으려고 환장을 했나, 우리 형을 죽이고도 아직 정신을 못 차리고…… 죽어버릴 테다. 네가 두 다리 쭉 뻗고 멀쩡히 살도록 놔둘 줄 알아? 들개 먹이가 돼도 시원치 않은 그 쓰레기를 어디로 가져갔어? 응? 어서 내놓지 못해? 아니면 네년 목숨을 내놓던지!"

에스메는 끝까지 입을 열지 않았다.

마을 사람들은 한 마음 한 뜻으로 똘똘 뭉쳐 있었다. 남녀노소 할 것 없이 모두 에스메에게 욕을 퍼부어댔다. 할머니가 앞장을 서고 삼촌들, 마을 사람들까지 합세해서 며칠 동안이나 압바스의 시체를 찾아 아나바르자 돌산을 뒤지고 헤매었지만 무덤은커녕 압바스가 걸쳤던 옷 쪼가리 하나도 찾을 수 없었다. 에스메는 그저 입을 꼭 다물고 있었다.

시뻘건 혀를 쑥 내밀고 있는 커다란 개가 그들 옆에 와서 섰다. 물이 말라붙은 개울 위에 지푸라기와 마른 잎사귀들이 덮여 있었다. 물은 더 이상 흐르지 않는 듯했다. 할머니의 얼굴은 이제 쪼글쪼글했다. 입술을 삐죽거리는 할머니는 여전히 키가 크고 몸매가 가늘었다. 턱은 두껍게 각이 져 있었다. 아들이 죽은 이래로 줄곧 까만 머릿수건을 매고 다니는 할머니의 빨갛게 물들인 머리카락이 까만 머릿수건 밖으로 불거져 나왔다. 할머니는 손에 두꺼운 몽둥이를 움켜쥐고 쪼그리고 앉아 있었다.

멀리서 둘둘 산이 붉은 빛으로 물들고 있었다. 사방에 밤나무 향기가 가득했다. 아나바르자 돌산으로부터 개울에까지 더운 기운이 번졌다. 돌산 저편에 은빛으로 반짝이는 물살이 보였다. 멀리 있는 물살은 마치 날고 있는 듯했다. 공중에 매달려 있는 듯 보이기도 했다. 할머니는 뭔가 떠들고 있었지만, 하산은 아예 할머니에게 눈길 한 번 돌리지 않았다. 쳐다보지 않아도 앞으로 쭉 뻗어나온 까맣고 누런 이가 눈에 선하게 들어왔다. 할머니는 끊어질 듯 가는 허리에 비단 천을 칭칭 동여매고 있었다. 그리고 얼굴은 거무죽죽했다. 허리에 동여맨 비단천은 빨강, 연두, 파랑 등 총천연색으로 장식되어 있었다. 할머니는 이 장식을 처녀 적부터 지금까지 매달고 다녔다고 했다. 아들이 죽고 나서부터는 머리부터 발끝까지 검은색으로 뒤집어쓰고 다녔지만, 그래도 이 장식품들은 떼지 않았다. 죽어서도 가지고 갈지 몰랐다. 어쩌면 바로 그게 유언이 될지도 모르는 일이었다. 그렇게 많은 세월이 흘렀는데도 에스메가 아나바르자 돌산에 숨겨둔 압바스의 시체를 찾겠다고 돌산을 뒤지고 돌아다니는 것을 보면 충분히 그러고도 남을 사람이었다. '찾을 거야!' 하며 할머니는 이를 갈았다. 그 시체를 찾아서 개밥으로 던져줄 참이었다. 아니면 독수리 모이로 쓸 것이었다. 할머니는 이제 본격적으로 조그만 꼬마 아이들에게까지 돈을 뿌리고 다녔다. '아! 찾았다.' 할머니는 그 희망으로 하루하루를 살았다. 그리고 울부짖었다. "그런 게 뭐? 며느리라고? 에스메, 그년은 사람도 아니지. 내 아들놈들은 또 어떻구, 그놈들도 사람 되려면 아직도 멀었지 암, 멀었고말고!"

"아이고, 내 새끼, 하산아! 추쿠로바 바닥에서 네 아비는 제일가는 사내 대장부였지. 암, 대장부 중에서도 천하가 무서워하는 장부였고말고. 무스타파 삼촌이나 이브라힘 삼촌이 그런 변을 당했더라면 말이다, 네 아비가 살았더라면 말이다, 그년을 가만 놔두지 않았을 텐데. 그 집안 씨를 말려도 벌써 말려버렸지. 너도 똑똑히 보았을 게야. 네 삼촌 놈들이 정신이 제대로 박힌 놈들이면, 그날, 할릴이 죽던 날 그년 머리끄덩이를 틀어다가 네 아비 무덤 앞에 갖다 꿇어앉혔을 텐데 말이다. 대가리와 몸뚱어리를 반으로 절단해도 시원치 않을 판인데, 그게 지금 며느리라고, 내 손주놈 어미라고 판을 치고 돌아다니고 있으니 말야. 네 아비만 살았던들 그년을 그리 살려두었겠니? 당장에 그놈 시체를 찾아 개밥 하라고 던져줬을걸! 네 아비 같은 장수가 세상에 또 있을 줄 아니? 네 아비는 아나바르자 돌산의 독수리같이 용감했다구! 그래, 다 죽어버리라지. 네 삼촌 놈들도 사람 되려면 멀었지, 멀었어. 쯧쯧, 네가 빨리 커서 어른이 되어야 할 텐데, 빨리 총도 쏠 줄 알고 해야 할 텐데…… 그래야 네가 네 에미년 말이야, 그년을, 내 아들 할릴을 죽인 그년을 말이야…… 독수리같이 용감한 내 아들 할릴이, 듈듈 산(山) 매처럼 민첩하고 씩씩한 내 새끼가 그리 죽다니! 아이고 할릴아, 내 아들 할릴아!"

하산은 그저 듣고만 있었다. 아무 데도 쳐다보지 않았다. 얼굴 표정 하나 변하지 않고, 손가락 하나 까딱하지 않은 채 그저 흐르는 물에 눈동자를 고정시키고 있었다. 커다란 나비가 날아들었다. 짙은 파랑 무늬가 있는, 작은 새만큼이나 되는 나비였다. 하산의 눈동자가 나비를 따라 위아래로 움직였다. 물가에 나비가 모여들기 시작했다. 푸른 꽃을 피운 수풀에 나비가 날아들었다. 수풀은 갈수록 파래졌다. 커다란 푸른색 나비들이 하나 둘 수풀로 내려앉았다. 수풀은 곧 투명한 파랑색으로 덮였다. 마치 수를 놓은 듯이 검고 투명한 파랑색이었다.

할머니는 울고 있었다. 자리에서 일어나 곡을 하기 시작했다. '내 아들 할릴, 내 아들 할릴' 하고 수없이 외쳐댔다. '너한테 아들이 있으면 뭘 하노! 아직 젖먹이 코흘리개인걸! 널 죽인 그년이 버젓이 네 집에 살아 있단다. 네 아들놈 곁에서 말이야. 그것도 네 집에서 네가 벌어들인 네 재산으로 먹고 산단 말이다. 난 네 에미다. 내가 어찌 그 꼴을 보고만 있으란 말이냐!'

하산은 아나바르자 돌산을 향해 걷기 시작했다. 메아리가 된 할머니의 곡소리가 돌산에서 들려왔다.

돌산에 다다랐다. 하산은 바위 위에 걸터앉았다. 해가 지고 있었다. 할머니의 곡소리는 마음 깊은 곳에서부터 나오는 듯했다. 하산은 마치 무언가 목에 걸린 듯 숨이 막혀옴을 느꼈다.

"너를 죽이고도 곧 또 시집을 간단다. 널 그 꼴로 보내고 또 어찌 딴 사내를 집으로 끌어들인다구. 아이구, 네 원수를 갚아줄 사람이 이리도 없다니. 손주놈이라구 하나 있는 게 아직도 코흘리개이니, 조금만 더 컸더라도 네 집에 딴 사내를 끌어들이게 놔두지 않을 텐데 말이야. 네가 그토록 아끼던 장미 나무 침대에 딴 놈이 들어가는 꼴을 내 어찌 보라구. 넌 땅속에서 썩어 문드러지는데, 네 눈에 피눈물이 나게 한 그년은 또 저대로 재미를 보고 있으니, 아이고 내 팔자야! 형제가 있으면 뭘 해! 네 한 풀어줄 놈 하나 없는 걸. 그년 하나 처치하지 못하다니, 아이고 내 팔자야, 아이고 내 새끼 할릴아! 할릴아."

할머니는 계속해서 울부짖었다. "네 아들놈 손에 그 비싼 자개 총을 쥐어준들 뭐할꼬. 그놈한테 그 귀한 아랍 조랑말을 태워준들 뭐할꼬! 네 아들이라고 허리춤에 은검을 채워준들 뭘 할꼬! 아이구, 불쌍한 내 새끼 할릴, 저리 어린애가 그년에게 총이나 들이댈 수 있겠나? 칼을 들이댈 수 있겠냐고? 개미 새끼 한 마리 못 죽이는 놈이……"

울부짖는 소리가 계속해서 메아리쳤다. 곡소리는 저 아래 들판까지 퍼졌고, 돌산에서 메아리쳐 들려왔다.

밤이 되자 하산은 집으로 돌아갔다. 엄마가 한 상 맛있는 음식을 차려주었지만 하산은 입에 대지도 못했다. 마치 턱이 굳어버린 듯 입이 떼어지지 않았다. 그날 하산은 뜬눈으로 밤을 새웠다. 그리고 엄마 얼굴을 쳐다볼 수도 없었다. 엄마는 뭔가 이상한 낌새를 알아챘다. 하산에게 계속 말을 건네고 입을 맞추고 꼬옥 안아주었다.

어느 날 밤 하산은 엄마와 무스타파 삼촌이 얘기하는 것을 몰래 엿들었다. 하산이 듣고 있다는 것을 엄마도 삼촌도, 눈치 채지 못했다.

"형수, 형수는 아무 죄도 없소."

삼촌이 말했다.

"그래도 여기를 떠나시오. 여기 있으면 곧 죽게 될 거요. 내가 형수를 살려둔다고 이제 어머니는 나하고 말도 안 해요. 이브라힘 형도 형수를 버르고 있지만 내 눈치만 보는 중이오. 여길 떠나요. 재산이고 뭐고 다 버리고, 애도 버려요. 난 분명히 말했소. 당신은 죽게 될 거요. 내가 할 수 있는 일은 이제 없소. 할릴 형을 죽인 게 형수라는 걸 온 마을 사람들이 다 알고 있고, 또 온 아나바르자 지역에 얘기가 떠돌고 있소. 형수가 여기 버티고 있으면, 아마도 내가 당신을 죽일지도 몰라요. 여길 떠나 목숨을 보존하시오. 다시 이 집에서, 또 피를 보고 싶지 않으니. 나도 이젠 지쳤소. 내가 형수를 그냥 놔둔다 해도, 아마 내 아이들이 가만히 있지 않을 거고 아니면 이브라힘 형이 죽일지도 모르지. 아니면 어머니 친척들, 삼촌들, 사촌들이 당신을 가만히 놔두겠소? 언젠가 죽게 될 것은 너무도 뻔한 일이오. 만약 아무도 처치 못하면 형수 아들 하산을 시켜 죽이도록 할 거요."

엄마는 얼어붙은 정신이 나간 듯이 간신히, "그럼 떠나겠어요"라고 했다.

"내 아들은 데리고 가겠어요. 재산이고 뭐고 필요 없어요. 난 친정으로 가겠어요. 아무것도 원하는 게 없으니 내 아들 하산만 데리고 가게 해주세요."

"안 돼." 삼촌은 단호했다. "하산은 안 돼요."

"그럼 못 가요." 엄마는 애원하듯 말했다.

"하산 없이는, 그 애 없이는 아무 데도 못 가요."

"하산은 안 되니, 그리 아시오. 하산은 못 주오. 나도 형수가 가여워서 하는 말이오. 나도 형수가 아무 죄도 없다는 걸 잘 알아요. 그래도 곧 죽게 될 거요. 곧 죽어."

"하산 없이는 못 가요." 엄마는 매달렸다.

"그럼 맘대로 하시오. 곧 죽게 될 거요. 안 됐구료, 아직도 젊은 사람이……" 무스타파 삼촌은 말했다.

"못 가요. 내 아들 없이는 아무 데도 못 간다구요. 그 애 말고 내게 또 누가 있다고 그래요. 피붙이라곤 그 애밖에 없는 것을……"

"분명히 말하겠소." 삼촌은 덧붙였다.

"이제 살날이 얼마 남지 않았소. 우리는 당신 때문에 마을에서 얼굴을 들고 다닐 수도 없게 되고 말았단 말이오. 당신을 없애버리는 수밖에 별 도리가 없소. 당신이 우리 형을 죽였단 말이오. 우린 지금 쥐구멍이라도 들어가야 할 판이오."

"뭐든지 하라는 대로 다 하겠어요. 제발 부탁이에요. 그러나 하산 없이 전 하루도 못 살아요. 죽어도 내 아들 옆에서 죽겠어요. 아들 곁에서 죽는 게 낫다구요. 내 아들 없이 살아 있으면 뭘 해, 차라리 그 애 곁에서 죽겠어요."

무스타파 삼촌은 자리에서 일어섰다. 삼촌은 어깨가 넓고 키가 컸다. 얼굴도 큼지막했다. 삼촌은 눈이 벌겋게 충혈되어 있었다. 하산은 무서운 생각이 들었다.

두려움은 밤이면 더 크게 느껴졌다. 하산은 곧 엄마가 죽게 되리라는 것을 알고 있었다. 하산이 그리도 잘 따르던 무스타파 삼촌이 그런 짓을 할 수 있다니! 하산은 엄마를 구해주고 싶었다.

그날 이후 마을에도 집에도 이상하리만큼 싸늘한 침묵이 감돌기 시작했다. 할머니도, 마을 사람들도, 그 누구도 엄마에 대해 언급하지 않았다.

아버지가 죽고 난 후 지금처럼 무서운 적막이 돌았던 적은 없었다.

이런 적막이 아마 열흘쯤 흘렀을까. 엄마는 밤이 새도록 머리만 빗고 있었다. 뭔가 상념에 잠겨 두려움에 떨고 있었다. 그리고는 줄곧 집 안을 서성거렸다. 머리부터 발끝까지 뭔가 겁에 질려 있는 게 분명했다.

한밤중이었다. 별안간 누군가가 문을 발로 걷어찼다. 문이 열렸다. 남자 셋이 일제히 같은 방향으로 총을 쏘아댔다. 엄마는 방에 없었다. 한 남자가 전등으로 방을 밝혔다. 그들은 침대에 총탄을 쏟아 붓고 있었다. 하산은 방구석에 쪼그리고 얼어붙은 듯 웅크리고 있었다. 손끝 하나 까딱할 수 없었다. 그 중 한 명이 하산을 쏘아보았다. 그러고는 옆구리를 한번 세게 걷어찼다.

"이놈 자식, 그 썩을 년 품에서 잔 것 좀 봐. 그 화냥년 품에서…… 제 아비를 죽인 원수인지도 모르고, 망할 자식!"

남자는 있는 힘을 다해 또 한 번 하산을 걷어찼다.

"네 어미, 어디 있냐?"

하산은 아무 말도 하지 않았다.

"그년이 어디로 숨었든, 새 깃털 사이로 기어들어갔든 뱀 혀 가죽 속에 숨었든 우리가 못 찾을 줄 알아? 오늘 못 찾으면 언제고 찾아서 능지처참 해버릴 테니 그리 알아라. 우리 조카 할릴을 죽이고도 버젓이 살아남을 줄 알아? 그년이 이리 멀쩡히 살아 있는데 어찌 할릴이 무덤 속에서나 편히 잠들겠나!"

하산은 아무 말도 하지 않았지만, 그 사람들이 누구라는 것을 알고 있었다. 어디에서 왔는지도 알고 있었다. 산속에 살고 있는 할머니의 친척들이었다. 피 보기를 물 보듯 하는 사람들이었다.

그들은 집 안을 샅샅이 뒤졌지만 엄마는 찾아내지 못했다. 분이 풀리지 않은 남자들은 하산에게 다가와 한 사람씩 발길질을 해댔다.

"이것도 사람 새끼라고……" 하며 혀를 찼다.

"자기 아버지를 죽인 원수인지도 모르고 살을 맞대고 살고 있으니, 돼지만도 못한 놈!"

그리고는 나가버렸다.

엄마는 집 뜰에서 나는 그들의 발자국 소리를 듣자마자 곧바로 방에서 숨소리 하나 내지 않고 빠져나가서는 마을 밖 경찰서로 뛰어갔다. 이 상황을 사실 그대로 알렸다.

아침이 되자 헌병대 다섯 명을 이끌고 엄마는 마을에 도착했다. 그러나 아무 단서도 발견되지 않았다. 이 사건은 검찰청까지 보고되었다.

엄마도 가만히 있지만은 않았다. 검찰에 청원서를 냈다.

"시댁 식구들이 날 협박한다구요. 내가 죽으면 범인은 시댁 식구들이 틀림없으니 그리 아세요!"

이 청원서는 온 마을에, 온 아나바르자 지방에 알려졌다. 할머니는 분에 못 이겨, "그년을 가만 놔둘 줄 알고! 제 년이 아무리 발버둥을 친다 해도 죽게 되고 말걸!" 하고 푸르르 떨었다.

엄마도 잘 알고 있었다. 결국에는 죽게 되리라는 것을 잘 알고 있었다. 무서웠다. 몇 날 며칠 그저 뜬눈으로 침대맡에서 공연히 머리만 빗고 또 빗었다.

언젠가 무스타파 삼촌이 아무도 모르게 살짝 엄마에게 다녀갔다. 엄마에게 떠나라고 사정했다. 다시는 이 집에서 피를 보고 싶지 않다고 했다. 이 마을에서 그렇게 몇 명 죽은 걸로 족하니 제발 가달라고 했다. 당신이 살아 있는 한 우리가 편히 살 수 없으니 눈앞에서 사라져 달라고 했다. 그러니 제발 가달라고 간곡히 애원했다.

엄마도 끈질겼다. '내 아들 없이는 아무 데도 못 가요!' 하고 맞섰다.

어느 날 저녁이었다. 엄마는 침대맡에서 머리를 빗었다. 엄마는 갑자기 빗질하던 손을 멈추었다. 머리카락을 끼운 빗이 갑자기 멈추었다. 엄마는 하산을 돌아보았다. 하산도 엄마를 쳐다보았다. 두 눈이 마주쳤다. 엄마는 침대에서 벌떡 일어섰다. 엄마는 옷을 입고 있었다. 하산도 일어나서 주섬주섬 옷을 끼어 입었다. 총도 손에 쥐어 들었다. 엄마는 궤짝을 열었다. 궤짝에서 들사과 냄새가 풀풀 풍겨져 나왔다. 엄마는 재빨리 사과를 꺼내 보자기에 쌌다. 그리고 둘은 곧 길을 떠났다.

아침까지 걷고 또 걸었다. 보즈쿠유를 지났다. 디켄리까지 이르면 이제 일은 다 된 것이었다. 숲으로 몸을 숨길 수 있으니 말이다. 숲 속에 있으면 들키지 않을 것이다. 보즈쿠유 지방은 허허벌판이었다. 그곳에 있는 건 훤히 들여다보이는 손바닥 안에 있는 것처럼 위험한 일이었다.

저 뒤에서 먼지 구름이 일기 시작하면서 말들이 달려오는 게 보였다. 둘은 계곡 속으로 들어가 몸을 숨겼다. 말을 탄 자들이 달려와 족집게로 집어내듯 둘을 찾아냈다. 말을 타고 있는 사람 중에는 무스타파 삼촌도 보였다. 삼촌은 하산을 잡아서 말 뒤로 들어 올렸다. 하산은 한 마디도 할 수 없었다. 그리고는 엄마에게 무스타파 삼촌은 말했다.

"이제 잘 가시오. 원하는 데로 가시오."

말들이 발굽을 돌려 마을로 돌아가기 시작했다.

하산은 집에 도착하자마자 금세 곯아떨어졌다. 말 등에서도 잠을 잤을 정도로 하산은 지쳐 있었다. 그들이 집에 도착하자 하산은 제 발로 걸어서 문 앞까지는 왔지만 문턱에서 푹 쓰러져 잠이 들었다.

하산이 깨어났을 때 할머니는 여전히 애처로운 목소리로 곡을 하며,

엄마에게 온갖 욕설을 퍼부어대고 있었다. 어디에선가 하산의 귀에 "뭐? 그년이 돌아왔다구? 아들을 빼앗기고는 못 살겠다 그거지?" 하는 소리가 들렸다. 하산은 금방 자기 집으로 돌아갔다. 하산네 집은 할머니네에서 엎어지면 코 닿을 거리였다.

　엄마는 하산을 보자 마음이 놓였다. 하산을 품에 안았다. 그래도 하산은 얼굴을 들어 엄마를 쳐다볼 수가 없었다. 저쪽 건너편에서 저주에 가까운 신음 섞인 할머니의 곡소리가 들려오고 있었기 때문이었다.

　그리고 나서 얼마간 마을은 잠잠했다. 이제 엄마하고는 아무도 말을 하는 사람이 없었다. 엄마 얼굴을 쳐다보는 사람도 없었다. 이 마을에 에스메라는 사람은 이제 살고 있지 않은 듯했다. 그런 사람은 없었다. 이 마을에 에스메라는 사람은 온 적도 간 적도 없는 것 같았다.
　하산은 골치가 아팠다. 어디를 가도, 무엇을 해도 할머니가 앞을 가로막았다. 그 청승맞은 곡소리로, 때론 사랑으로, 그리고 때로는 저주 섞인 태도로 하산을 맞이했다. 어디를 가도 애 어른 할 것 없이 아버지의 죽음에 대해, 아버지를 죽인 엄마에 대해, 할머니의 서러운 한에 대해 언급하지 않는 사람은 없었다. 그것은 떼어낼 수 없는 꼬리표처럼 하산을 따라다녔다.

　마을은 잠들어 있었다. 장닭 한 마리가 세 번 울다가 울음을 그쳤다. 개 한 마리가 왠지 모르게 미친 듯 짖어댔다. 엄마는 개 짖는 소리를 끔찍이도 무서워했다. 개만 짖으면 머리카락을 곤두세우고 벌떡 일어나 기도문을 외우곤 했다.
　하산은 어둠 속에서 엄마에게 속삭였다. 하산은 어둠 때문에 엄마의 얼굴이 굳어지는 것을 눈치 채지 못했다. 엄마는 무슨 작은 소리가 들리기만 해도 금세 굳어버렸다. 하산도 그걸 잘 알고 있었다.

"오늘 밤 지금 떠나요. 엄마. 이번엔 다른 길로 가는 게 좋겠어. 만약 들키면 나는 수풀 속으로 숨을 테니 엄마가 그 사람들을 따돌려요. 알았지? 그 사람들이 가면 내가 엄마 있는 데로 갈게."

"그래, 알았어." 엄마는 짤막히 대답했다.

보자기도, 짐도 전부터 준비되어 있었다. 둘은 보자기를 들쳐 메고 길을 떠났다. 동이 틀 무렵, 공포의 말발굽 소리가 들리기 시작했다. 뒤를 돌아다보았다. 대여섯 마리 말이 이쪽으로 달려들고 있었다. 하산은 재빨리 수풀 속으로 몸을 숨겼다. 그리고 엄마에게 속삭였다.

"엄마는 도망가. 저 사람들이 엄마를 놔주면 금방 뒤따라갈게."

엄마는 도망치기 시작했지만 얼마 안 가서 무스타파 삼촌에게 붙들리고 말았다.

"하산 어딨어?" 무스타파 삼촌은 성난 목소리로 물었다.

"다시 피 보고 싶지 않다고 했잖아! 왜 이래?"

"집에 있어요. 집에서 나올 때, 자고 있길래 깨우지 않고 그냥 나왔다구요."

"거짓말!" 무스타파 삼촌은 고함을 질렀다.

"거짓말하는 걸 누가 모를 줄 알고? 너희 둘이 빠져나가는 걸 본 사람들이 있는데!"

"자고 있었다구요." 엄마는 대답했다.

"너 죽고 싶어?"

"그래, 차라리 죽여라 죽여!" 엄마는 울부짖고 있었다.

"그래 차라리 죽는 게 낫지. 너희들이 나를 어떻게 했니? 하루하루 날 죽어가게 한 게 누군데…… 너희 형을 내가 죽였어? 너희 형을 죽인 건 압바스라구! 압바스야! 내가 아니라구." 엄마는 울고 있었다.

"원수를 갚으려면 압바스 형제들에게 가서 갚지 왜 나한테 이러는 거야? 내가 뭘 그렇게 잘못했다구! 그놈들한테 접근하기가 겁나니까 만만한 나한테 이러는 거 아니야? 나한테 화풀이하는 거 아니냐구! 가란 말야. 가서 압바스네 식구들에게 원수를 갚으란 말이야. 그렇게 한이 맺히면 거기 가서 풀란 말이야."

휘이익 소리를 내면서 채찍이 엄마 얼굴에 날아들었다. 그리고 한 번, 또 한 번. 말을 탄 남자들이 엄마를 가운데로 몰았다. 그리고 엄마에게 계속 채찍질을 해댔다. 엄마는 결국 참지 못하고 비명을 지르고 말았다. 기나긴 비명 소리가 사방으로 흩어졌다. 엄마는 곧 조금만 더 참을걸 하고 후회했다. 만약 하산이 듣기라도 했으면 어떡한담!

하산은 수풀 속에서 나와 이 광경을 목격했다. 엄마의 비명 소리가 들리자 더 이상은 참을 수 없었다. 죽을힘을 다해 엄마에게 달려갔다. 그리고 바닥에 있는 돌을 주워 말에게 던지기 시작했다. 하산은 있는 대로 고함을 지르며 말에게 돌팔매질을 해댔다. 두어 마리 말이 겁을 먹은 듯했다. 하산은 미친 것처럼 보였다.

속으로 총을 가져오지 않은 것을 후회했다. 이 돌대가리, 그 총만 있었어도 금방 다 해치우는 건데……

"총은 왜 안 가져갔니? 하산아."

"총도 그 사람들이 준 거잖아요. 그 사람들 물건은 아무것도 가져가고 싶지 않았어요. 그 대신 내가 커서 어른이 되면 돌아가서 내 재산을 전부 다 그 사람들 손에서 빼앗으려고 했지요. 조금만 있으면 어른이 될 텐데요, 뭐."

"그럼, 말은 왜 안 가져갔어? 말이 있었다면 더 빨리 도망칠 수 있었잖아!"

"말도 그 사람들 거라 갖고 싶지 않았어요. 그래도 난 생각하긴 했었는데, 엄마가 싫다고 했어요. 말이고 뭐고, 전부 놔두라고 했어요. 그 사람들에게 속한 건 아무것도 싫으니 살려만 달라고요. 아들만 달라고 했지요. 재산이고, 뭐고, 다 줄 테니 더 이상 괴롭히지 말라구요."

하산 때문에 말 몇 마리가 겁을 집어먹었다. 삼촌도 얼굴에 돌을 맞았다. 무스타파 삼촌 뺨에 피가 흘렀다.

엄마는 땅바닥에 쓰러져 있었다. 흙투성이가 된 엄마는 얼굴이고 몸뚱어리고 할 것 없이 피범벅이 되어 있었다. 하산은 엄마를 안아 일으켜 세웠다. 엄마는 울고 있었다.

말을 탄 남자 한 명이 그들 앞에 우뚝 서서 말했다.

"이런 화냥년한테 저런 지독한 놈이 태어나기 마련이지! 어미가 저 모양인데 아들놈이라구 별 수 있겠어! 무스타파, 어이 무스타파! 제 아비 원수도 알아보지 못하는 이놈을 데려가 뭣 하려구 그렇게 애를 쓰나?"

말을 탄 남자가 하산 등 위로 말을 몰았다. 하산과 엄마는 말 다리 사이에 낀 것처럼 되어버렸다. 하산은 사내가 들어보지도 못한 심한 욕을 퍼부어댔다. 사내는 그렇게 멀어져갔다.

삼촌이 말 머리를 하산 쪽으로 돌렸다. 그리고 허리를 숙여 하산을 잡아끌다시피 해서 간신히 하산을 말 등에 태웠다.

"넌 꺼져. 지옥에나 떨어지라지. 죽일 년!" 하고 분노에 찬 소리로 엄마를 향해 말했다.

"다시 돌아오면 그땐 살아남지 못할 줄 알아!" 하고 채찍을 후려친 후 말을 몰았다. 나머지 말들도 움직이기 시작했다.

말들은 마을까지 멈추지 않고 달렸다. 하산은 마을 어귀에 도착해 땅에 내려졌을 때 화가 나서 미칠 지경이었다. 내리자마자 용수철처럼 튕겨 엄마가 있는 곳으로 뛰어갔다. 그러나 곧 붙들렸다. 그들 손에서 도망치고 붙들려오고, 도망치고 붙들려오고 하기를 수없이 반복하는 사이 하산의 얼굴은 땀에 절고 피범벅이 되었다. 옷이고 뭐고 갈기갈기 찢겨져 있었다. 덩치 큰 남자들 손아귀에서 하산은 계속 발버둥쳤다.

"저놈 자식, 손이고 발이고 꼭 묶어버려!" 할머니가 엄명을 내렸다. 그리고는 금세 마음이 변했는지,

"풀어줘요. 내 손주 놈을 풀어주라구요." 하며 하산에게 다가갔다.

"아이구, 내 새끼. 눈에 넣어도 아프지 않을 내 새끼. 고단하지? 그것도 네 어미라고 그리도 마음이 쓰인단 말이냐? 그건 네 어미도 아냐. 잊어버려라. 그년이 내 귀한 아들을 죽였단 말이다. 네 아비를 죽인 그 원수년이, 그래도 어미라고 그렇게 떨어지지 않으려고 발버둥을 치느냐? 그러니 앞길이 구만리 같은 아들을 잃은 내 심정이야 오죽하겠냐? 하산아, 내가 어찌 내 아들놈 원수 하나 갚지 못하고 죽어서 조상님들 얼굴을 대할 수 있겠니? 내가 어찌 그럴 수 있겠어! 아이구, 무슨 그런 년이 네 어미라구! 네 어미도 아니여. 저 원수 같은 계집은 눈앞에 멀쩡히 살아 있는데, 내 아들은 땅속에서 썩어 문드러지고 있으니! 하산아, 저년이 죽어 없어져야 내 가슴에 맺힌 한이 풀어질 것 아니냐? 아이고, 세상에 단 하나뿐인 제 핏줄조차 제 원수 년을 따라다니고 있으니! 그 꼴을 보느니 내가 죽는 게 낫지. 내가 죽는 게 나아. 아이고, 아이고, 내 팔자야. 놔줘라! 하산을 놔줘! 저 가고 싶은 데로 가버리게 놔줘."

하산은 아직도 사람들 손에서 발버둥치고 있었다. 버둥거리며 사내들 손을 되는 대로 아무 데나 마구 물어뜯었다. 사내들 손에 시뻘건 이빨 자국이 여기저기 생기기 시작했다.

무스타파 삼촌이 그들에게 다가갔다. 삼촌은 "풀어줘" 낮은 소리로 말했다. "놔줘, 저 녀석, 저리도 제 어미한테서 안 떨어지려 하니, 놔줘. 가서 제 어미하고 살게. 저 애가 살아 있는 게 그래도 낫지. 가문의 대라도 잇게 말야. 지금부터는 저 애 엄마도 건드리지 말게. 자, 이제 돌아들 가게. 기왕 일이 이렇게 된 것, 조카 놈이 그렇게 원하니 하산을 데리고 가서 저 애 어미도 찾아다 집에 데려다주구려. 이제부터는 암말도 말고, 맘대로 살게 내버려두라고. 어찌하겠소? 제 어미가 제 아버지를 죽였으니, 자기가 죽인 거나 매한가지지 뭐! 제 아비 원수도 몰라보는 놈을, 어쩌겠소? 저 애 아버지가 한 맺혀 땅속에 묻혀 있든 말든 우리가 무슨 상관할 바 아니지. 아무리 우리 형이라 한들, 한이 맺혀 이 세상을 떠돌든 말든, 저세상 염라대왕 영전에 가서 고개를 들든 말든 다 제 팔자인 걸 어찌하겠소? 아들놈이라고 저 모양인 걸."

하산은 풀려났다. 곧 정신이 들었다. 마치 아무 일도 없었던 것처럼 보였으나 지치고 상념에 젖은 얼굴을 하고 있었다. 하산은 멍하니 앉아만 있을 뿐이었다. 사내들은 더러운 수건으로 피를 닦고 있었다. 하산의 얼굴에도 피가 흘렀다. 그래도 하산은 피가 흐르는 대로 내버려두었다. 어찌 보면 삼촌이 하는 말을 듣고 있는 것 같기도 하고, 어찌 보면 멍하니 앉아 있는 것 같기도 했다. 또 어찌 보면 꿈을 꾸고 있는 것처럼 보이기도 했다. 엄마에게로 뛰어가 엄마와 함께 돌아오는 꿈, 엄마와 함께 들판을 거니는 꿈을 꾸는지도 몰랐다.

"제 아비가 한이 맺혀 제대로 눈도 못 감고 죽은 것도 모르다니. 제 아비가 그 꼴이 돼서 죽었으면 저라도 나서서 원수를 갚으려고 해야 옳은 일이지. 쯧쯧 아이구, 어찌 저세상인들 편히 갔겠나! 저놈은 그런 줄도 모르고 저 모양이니. 아이구, 불쌍한 할릴 형!"

하산은 말없이 듣고만 있었다. 얼굴에는 참을 수 없는 고통이 번지고, 딱딱히 굳은 얼굴에 하산의 아픔이 묻어났다. 앉아 있는데 갑자기 눈앞이 돌기 시작했다. 계속해서 손이 떨려왔다. 커다란 눈동자가 동그랗게 자꾸만 커져갔다.

삼촌은 뭔가 말을 할 듯하다가는 멈추고 말을 할 듯하다가는 멈추곤 했다. 하산을 돌아다보고, 잠시 멈추었다가는 다시 발걸음을 떼기 시작했다.

"저 어린 게 뭘 알겠어!"

삼촌은 다시 말을 멈추었다. 그리고는 잰걸음으로 걷다가 팔을 이리저리 흔들었다. 누구에겐가 중얼중얼 으름장을 놓는 듯했다. 그리고 다시 힘이 펄펄 나는 듯하다가는 하산을 보았다.

"저게 뭘 알겠어!"

저 멀리 엄마가 보였다. 하산은 엄마를 물끄러미 바라보았다. 볼수록 엄마의 얼굴에는 괴로움이 역력했다.

"자, 네 어미다. 저리 살면 뭣 한다고…… 자, 네 어미한테로 가! 네 어미야!"

'어미'라고 하는 목소리가 파르르 떨렸다. 마치 울먹이는 듯한, 젖은 목소리였다. 흐느끼는 듯한.

"이게 네 어미란다. 어미. 저 어린 게 뭘 안다고…… 하산이 뭘 알겠어."

굵고 지친 듯 낮게 깔린 목소리였다. 어쩔 줄 모르는 듯한 목소리였다.

"저게 뭘 알겠어. 한 맺힌 제 아비가 저승에도 못가고 이승에서 빙빙 도는지 어떠는지…… 그날 그렇게 총 맞고 쓰러지고 나서부터 매일 밤 하얀 수의를 입고 마을 한복판에서 서성거리는 걸 내가 똑바로 봤는데도 봤다고 말도 못하고 말이야. 어느 날 밤 갑자기 깨어났더니 글쎄 산에서 커다란 돌덩이가 굴러 떨어지고 있는 거야. 그래서 성급히 밖으로 나가려고 문을 열었더니 하얀 수의를 입고 누군가 거기에 서 있지 않겠어? 가까이 가서 봤더니 바로 그게 형이더라구. 얼굴이 새파랗게 질려서는 '형! 형!' 하고 불렀지. '할릴 형' 하고 불렀지. 아무 대답도 않더라구. 그냥 스르르 무덤 쪽으로 사라지는 거야. 그러다가 흐느끼는 소리가 나더니 말소리가 들리기 시작했지. '내 아들 하산에게 내 원수를 좀 꼭 갚아달라고 전해줘' 하구 말야. 제 어미인 줄은 알지만 그래도 내 원수를 꼭 갚아야 한다구 말이야. 그러더니 땅이 갈라지고 할릴 형이 무덤 속으로 스르르 들어가는 거야. 무덤이 닫히고 나자 울음소리가 그치더군."

그리고 삼촌은 하산에게 다가갔다. 삼촌의 숨결이 목에 와 닿았다.

"내가 어린애를 붙들고 이런 얘기를 늘어놓다니. 아이고, 나도 한심하지. 그걸 못 참아서 저 어린애에게 제 아비가 유령이 되어 떠도는 걸 말해주다니. 원수를 갚을 때까지는 귀신이 되어서 저세상에도 가지 못하고 떠돌고 있다고 말이야. 아이고, 이게 어디 될 말인가? 이제 밤톨만 한 애한테 제 아비 원수를 갚으라고 떠드는 나도 한심하지. 이 애가 뭘 안다고, 아이구, 내가 병신이지."

마구간으로 저벅저벅 걸어간 삼촌은 도착하자마자 하산을 돌아다보았다.

"하산은 데리고 가시오. 하산을 말에 태우고 저 애 어미도 데리고 오시오. 그래도 조카놈 어미인 걸 어찌하겠소. 형의 원수든 뭐든 어찌하겠소."

말을 끝내자마자 삼촌은 나가버렸다. 무스타파 삼촌의 부인 됴네 숙모가 와서 하산을 데리고 갔다.

"아이고, 얘야. 이게 웬 거지꼴이냐. 이게 어찌 된 꼴이야? 이렇게 피범벅이 되어가지고서는…… 잠깐 얼굴이라도 좀 닦고 가자. 엄마를 보더라도……"

숙모는 하산을 밖으로 데리고 나가 얼굴을 깨끗이 씻기고 피를 멎게 하는 약을 발라주었다. 사내들이 말을 타고 밖에서 기다리고 있었다. 그중 한 명이 팔을 길게 뻗어 하산을 들어올려 말에 태우고 곧 출발했다.

해가 질 무렵이었다. 그들은 곧 엄마를 찾아냈다. 엄마는 허허벌판 땅바닥에 널브러져 앉아서 멍하니 넋을 놓고 있었다. 그들은 엄마 곁으로 다가갔지만 엄마는 넋이 빠져 누가 다가오고 있는 것도 알아차리지 못했다. 하산은 잽싸게 말에서 뛰어내려 엄마에게로 뛰어갔다.

"엄마, 내가 왔어. 우리 이제 집에 가요." 하산은 발을 구르며 말했다. 그리고는 엄마 귀에 대고 "엄마, 아빠가 유령이 되었대" 하고 속삭였다. "진짠가 봐. 마을 사람들이 다 봤대는 걸. 못 본 사람이 없다는 걸. 하얀 수의를 입고 훌쩍훌쩍 울면서 돌아다닌대나 봐."

엄마는 뭐라고 하는지 이해를 못한 건지, 아니면 소리가 작아 제대로 듣지를 못한 건지 아무 반응이 없었다. 아니면 하산이 그렇게 느낀 건지도 몰랐다. 하산은 갑자기 무서운 생각이 들었다. 그 귀신이 혹시 엄마를 죽이려고 온 거 아니야? 두려움이 눈덩이처럼 불었다. 엄마를 쳐다보았다.

"엄마, 자 일어나. 집에 가요. 어떡해? 그 유령이 매일 우리 집 앞에 온다는데. 진짜인 것 같아. 어느 날 밤 나도 신음 소리를 들었어. 멀리서 소리가 나는데 아빤 것 같았어. 엄마, 빨리 가요."

하산은 엄마를 잡아서 부둥켜 세웠다. 말 탄 사람들이 그 자리에 서서 멀거니 하산과 엄마를 지켜보고 있었다. 엄마는 억지로 말 탄 사람을 향해서 손을 뻗쳤다. 한 명이 내려서 엄마를 말에 태웠다. 하산도 말 등에 태웠다. 그들은 또 다시 출발했다.

집에 도착했을 때 마을 사람들이 전부 집 입구에 구경거리라도 난 듯 몰려왔다. 아무도 입을 여는 사람은 없었다. 그러다 엄마를 보자마자 '우' 하고 야유를 퍼부어댔다. 노인네 한 명이 입을 열었다.

"에스메, 에스메! 아이구, 패가망신하구 말았지 뭐여. 할릴이 유령이 되었다잖아. 유령이 되었대. 마을 사람이 다 봤다는 거야. 할릴이 그렇게 원수를 갚아달라구 애원을 한다는데. 자! 순순히 목숨을 내놓지 그래? 목숨을 내놓으라구! 유령이 된 할릴이 가만히 있겠어? 하산도 그 뒤를 이어 유령이 되기 전에 어서……"

엄마는 그래도 눈썹 하나 까딱하지 않았다. 빳빳이 고개를 들고 무리를 가르며 천천히 집으로 들어설 뿐이었다.

그 후 마을은 잠잠해졌다. 하산이며, 에스메며 유령이며 모두 다 잊은 듯했다. 모두들 각자의 삶으로 돌아갔고, 그렇게 시간이 얼마나 흘렀는지 몰랐다. 아마도 여섯 달, 일곱 달쯤 흘렀을까. 그러나 조용한 마을이 오히려 엄마에게는 폭풍 전야처럼 두렵기만 느껴질 뿐이었다. 하산도 그걸 알고 있었다. 그토록 요란하게 엄마를 몰아세우던 사람들이 마치 언제 그랬냐는 듯 담담해진 것이 결코 좋은 일은 아니었다. 엄마는 이 상황에 신경을 곤두세우며 한편으로는 마음의 준비를 하고 있었다. 하산도 뭔가 마음이 놓이지 않았다. 엄마는 혹시 아들에게 무슨 일이나 생기지 않을까 노심초사하며 늘 두려워했다.

어느 날 아침이었다. 결국 일이 벌어졌다. 그러나 다행히 엄마가 두려위했던 그런 일은 아니었다. 병역기피자 케림 아저씨가 갑자기 나타나서 떠들었다.

"봤어, 봤다구!" 케림 아저씨는 목을 푸르르 떨며 말했다.

"할릴을 봤다니까. 돌산에서 내려오는데 알리케식 위쪽에서 말이야. 고개를 쳐들었는데 아 글쎄, 하얀 수의를 입고 눈앞에서 사르르 사라지더라니까. 두 눈이 번쩍번쩍 빛나고 말이야. 갑자기 내 앞길을 가로막고 서서는 내 쪽으로 다가오더라구. 그러더니 사라져버렸다가 다시 목을 쭉 빼고 나타나서는 '잠깐, 케림' 하구 부르지 않겠어? '나를 알겠지? 케림' 하더라구. 그래서 나도 '그래, 자네 할릴 아닌가. 할릴 맞지? 초락 오울루네 집 할릴 말이야?' 그랬더니 '그래, 나야' 그랬어. '난 유령이 되었어. 무정한 내 어머니, 제 형도 모른 척하는 동생들, 코 찔찔이 아들, 그리고 그 원수 같은 마누라 때문에 말이야. 케림, 가서 좀 전해주라구. 이제 형제구 나발이구 다 필요없다구 말야. 그리고 아들놈에게도 좀 전해줘. 그놈도 이제 다 컸잖아? 내가 유령이 되서 떠돌고 있다구. 저승사자들이 나를 그 애 때문에 밤낮으로 시뻘겋게 달군 쇠인두로 지지고 있다고. 아들이고 뭐고 차라리 없는 게 낫지.' 그러더니 울더라구. 또 그러는 거야. '케림, 말도 마. 지금 내 처지가 어떤지, 지금 내 처지가 어떤지…… 지금 자네는 내가 등잔불 밑에서 하얀 수의나 입고 있는 것 같지? 말도 마. 저승사자들이 나를 어찌나 가만히 놔두지 않고 들볶는지. 하루는 개가 되었다가 하루는 독수리가 되고 말야. 내가 집 앞에 가서 가만히 보고 있으면 그놈 하산이 돼먹지 못하게 총을 짊어지고 새며, 독수리며를 잡는다고 들판을 휘젓고 다니는 거야. 그놈에게 입이 달렸으면 뭘 해. 말도 제대로 못하는 게. 날짐승이나 쫓아다닐 바에야 제 아버지나 구해줄 것이지. 제 아비가 구렁이가 되면 제 속인들 편할라구? 그래도 구렁이보다는 족제비나 고양이가 되는 게 낫긴 하더라구. 한번은 내가 고양이가 되었는데 말이야. 고양이가 돼서 집에 한번 가봤지. 내 마누라가 나를 빤히 보더라구. 그러더니, '아, 이 고양이가 할릴을 닮았네!' 하더니 발로 확 걷어차버리는 거야. 그리고 몽둥이로 후려치더라구. 도망치지 않으면 잡아 죽일 기세더라니까. 간신히 풀려났다구. 내 어미고, 형제고, 아들놈이고 다 사람 되려면 아직도 멀었지! 아직도 멀었어! 케림, 자네니까 하는 말인데, 가서 좀 전해줘. 내 마누라한테 말이야. 어머니도, 동생들도, 아들놈도, 그 누구도 내 마누라 하나 처치하지 못해서 쩔쩔매고 있으니, 마누라더러 차라리 스스로라도 목숨을 끊어달라고 전해줘. 그래도 살을 맞대고 살았던 부부 사이가 아니었냔 말이야! 제 아들도 구하고, 나도 좀 이 수치스런 상황에서 벗어나게 자결이라도 해달라구. 그 여자가 살아 있는 한 나는 영원히 유령이 되어 이리저리 떠돌아야 한다구. 내가 이러구 있는 게 집안 망신 아니냐구. 내 아들도 피해를 보게 될 거구 말이야. 그놈이 어디 가서 사람대접이나 제대로 받겠냐구. 살신성인해서 아들놈 하나 사람처럼 살게 하라구 하게. 내 마누라에게 꼭 좀 잘 전해달라구. 그리고 내 아들, 어머니, 마을 사람들에게도 저승사자들 때문에 내가 이 꼴이 되었다는 걸 좀 말해줘. 하루는 지렁이, 하루는 구렁이, 또 하루는 개구리, 또 하루는 달팽이가 된다구 말이야. 제발 부탁이야. 저승사자들이 날 좀 풀어주도록 해달라구. 그놈들이 날 가지고 논다니까. '안 됐군, 쯧쯧' 하구 말야. '어이, 달팽이가 된 꼴이 어때? 우리 다음 세대 저승사자들이 최후 심판의 날에 다시 사람으로 만들어줄까? 천만의 말씀. 알라 영전에 가서 심판을 받으라구. 다음 세상에서도 유령이 돼서 떠돌기 십상이지! 원수에게 총 맞아 죽은 꼴이 어때?' 하구 놀려댄다니까. 어이, 케림 자네도 조심하라구.'

난 손발이 풀리고 떨려서 제대로 쳐다보지도 못했지. 그리고 고개를 들어보니 발 앞에 고양이가 웅크리고 있는 거야. 그리고 좀 있으니까, 올빼미가 되서 울더라니까. 그러더니 또 구렁이로 변하더라구. 할 수 없이 그 뱀을 알리케식 위에 올려놓고 나도 다시 출발했지.

그러다가 손가락이 찢어졌다니까. 피가 철철 나더라구. 집에 오자마자 보건소로 달려갔지. 상처를 보여주고 그 얘기를 했더니만 나한테 그이도 그러더군. '케림 조심해. 얼마나 할릴이 의지할 사람이 없었으면 자네에게 나타났겠나. 소원 풀이나 하게 해줘. 할릴 식구들에게 낱낱이 얘기를 해주라구. 불쌍하지 않나, 할릴이 말이야. 그렇게 영영 유령으로 떠돌면 어떡해. 자네가 그렇게 하는 게 도리지. 아암, 그렇구말구'라고 말야."

몇날 며칠이고 마을에는 이 얘기가 떠돌았다. 그래서 그 얘기를 조롱감으로 삼는 사람도 있었다. 할릴이 구렁이가 되었다, 고양이가 되었다 하는 이런저런 얘기, 그 얘기를 아예 믿지도 않는 사람, 우스갯감으로 떠드는 사람, 할릴을 불쌍히 여기는 사람. 정의감에 불타 할릴을 구한답시고 말도 안 되는 일을 꾸미는 사람도 있었다.

결국 화살은 하산에게로 돌아갔다. 하산을 설득하러 온 마을 사람들이 발벗고 나섰다. 그들은 그렇게 하는 게 신성한 의무라도 되는 듯 매일매일 하산을 찾아와서 아버지에 대해 말해주곤 했다. '하산이 너무너무 잘못하는 거지 뭐야. 자기 엄마 때문에 아버지가 유령이 되었다잖아. 아들이 되어서 어찌 자기 아버지가 유령으로 떠돈다는데 보고만 있겠나.'

케림 아저씨도 하루가 멀다 하고 엄마에게 다녀갔다. 계속해서 케림 아저씨는 할릴을 본 그 장면을 울먹이기까지 하며 엄마에게 설명해줬다. 엄마는 그저 아무 말도 없이 듣고만 있을 뿐이었다. 결국에는 케림 아저씨가 제 풀에 질려 화가 나서 소리를 질렀다.

"그럼 맘대로 하라구. 지금까지 다 나두 자네가 불쌍해서 설명해준 거지. 그 유령이 나한테 그랬다니까. 내 원수를 갚아주지 않으면 아들을 데리고 가겠다고 말야. 맘대로 해, 죽든지 살든지."
　엄마는 돌처럼 굳어 있을 뿐 아무 말도 하지 않았다.
　그 후 케림 아저씨는 자기 일은 아예 젖혀두고 하산 뒤만 따라다녔다. 그래도 하산은 틈을 주지 않았다. '하산을 붙잡아 반드시 이 얘기를 전해주고 말리라.' 케림 아저씨는 하산을 잡기 위해 아나바르자 돌산으로, 제이한 강으로, 논밭으로, 들녘으로 헤매고 다녔다. 하산은 케림 아저씨만 발견하면 저만치 줄행랑을 치곤 했다. 번번이 허탕을 친 케림 아저씨는 생각했다. '저 애가 아마도 귀신이 들린 게 아니야? 뭔가 있는 게 틀림없어. 그렇지 않고는 이렇게 붙잡기 힘들 수가 있담!' 케림 아저씨도 집요하고 끈질겼다. 밤이고, 이른 새벽이고, 갑자기 들이닥쳤다. 하산은 무슨 수를 써서든지 손아귀에서 빠져나갔다. 하산은 케림 아저씨가 무슨 말을 할지 토씨 하나 빼놓지 않고 알고 있었다.
　결국 하산은 아나바르자 동쪽에 있는 사부룬 방죽에서 멱을 감다가 꼼짝없이 붙들리고 말았다. 빠져나갈 구멍이라곤 없었다. 하산 옆에 딱 붙어 앉아서 케림 아저씨는 최선을 다해 낱낱이 아버지가 유령이 된 내막을 일러주었다.
　"자 이제 내가 할 일은 끝났다. 그리고는 결국, 그 유령이 말야. 네 엄마를 말이다. 너는 네 할 일 하도록 해라."
　막 말을 마쳤을 때 그는 저쪽 조약돌 위에 앉은 도마뱀을 보고는 흥분했다.
　"그래, 저길 보라구. 저게 네 아버지야. 저 눈을 봐. 할릴하고 꼭 닮았잖아? 저 모습이 꼭 기도하는 것 같지? 내가 너한테 하는 얘기를 듣고 있잖아!"

하산는 픽 하고 웃음을 터트리고 말았다. 그걸 보자 케렘 아저씨는 화가 나서 더 미칠 것만 같았다. 화를 이기지 못한 케렘 아저씨는 눈에 보이는 대로 아무에게나 마구 욕설을 퍼부어대며 화풀이를 하고 떠났다.

하산에게 소나기가 퍼붓듯 욕설이 쏟아지기 시작했다. 마을 사람 모두 하산을 보면 마치 그게 신성한 기도문이라도 되는 듯 하루도 빼놓지 않고 같은 말을 수백 번 되뇌었다. 그건 아버지, 어머니 그리고 유령에 대한 얘기였다.

하산은 마치 몽유병 환자라도 된 것 같았다. 그 누구에게서도 도망칠 수가 없었다. 하루하루 죽어가고 있었다. 이런 혼잡스런 말 세례 속에서 미쳐버릴 것만 같았다.

하산은 지금껏 백 살도 넘게 산 것같이 느껴졌다. 제대로 걸을 힘도 없었다. 눈꺼풀이 축 늘어지고, 목도 쪼글쪼글해진 것만 같았다. 하산은 일부러 눈에 띄지 않도록 보릿대, 짚 더미 사이로 걸어다녔다. 그리고 푸른빛에 연두색이 도는 눈동자를 덮고 있는 눈꺼풀을 들어 올려 먼 곳을 바라보곤 했다. 아무도 하산을 알아보지 못하기를 빌면서 말이다. 그렇게 사람들 곁을 멍하니 지나가는데, 누군가에게 붙들리고 말았다.

"잠깐만, 하산아. 잠깐만!" 하고 가는 목소리가 하산을 불러 세웠다.

"잠깐만, 너한테 할 말이 있어……"

지팡이를 다리 위에 올려놓은 노인네가 허리를 굽혀 오래도록 하산을 쳐다보더니 놀라워하며 어린애처럼 들뜬 목소리로 말했다.

"이제, 너도 다 컸구나! 이 늠름한 것 좀 봐! 온 마을 사람들이 널 가지고 못살게 구는 사실을 나도 잘 안다. 네 엄마 같은 미인이 이 세상에 또 있겠니? 얘야, 내가 이 나이가 되도록 네 엄마 같은 미인은 세상 천지에 본 적이 없단다. 그렇게 예쁘고, 또 천사같이 착한 여자를 사람들이 가만히 놔두겠니? 사람들이 들볶는 것도 당연하지. 하산아, 아마도 네 엄마를 죽일 거다. 사람들이 가만히 놔두지 않을 게야. 불쌍하기도 하지. 하산아, 내가 십 년만 젊었더라도 말야, 젊어서 뭔가 해볼 수 있다면 말야. 내가 뭘 했을지 아니?"

노인은 눈꺼풀을 치켜세우는 것도 힘에 부치는 듯했다. 두 손으로 간신히 눈꺼풀을 집어 올렸다. 푸른 눈, 바다처럼 푸르고 깊은 눈으로 하산을 물끄러미 보고 있었다. 그러더니 눈꺼풀을 내리깔았다. 고개를 숙여 뭔가 생각하는 듯하다 다시 눈꺼풀을 들어 올려 하산을 보았다. 그러다 고개를 숙였다 갑자기 머리를 번쩍 추켜 올리더니, 손을 뻗어 하산의 어깨를 세게 움켜쥐었다.

"너, 엄마를 죽이거나 하면 안 돼! 알겠지? 하산, 혹여라도 네 엄마를 어떻게 할 생각일랑은 말거라. 네 엄마처럼 예쁜 여자는 꼭 살려둬야 하는 법이야. 네 엄마가 아니라 생판 모르는 타인이라고 해도 그런 미인은 해치는 게 아냐. 네 엄마는 알라께서 정성을 다해 천 년에 한 번 만들까 말까 한 그런 사람이다. 알라께서 가장 아끼는 사람일 거야. 케림 아저씨 말만 믿고 네 아버지가 유령이 되었다고 해서, 네 엄마를 해치는 그런 일은 하지 말거라. 그리고 네 엄마에게도 가서 전해. 공연히 마을 사람들 등쌀에 자살 같은 거 생각하면 안 된다고 말야. 하산아, 네 엄마는 하늘이 내린 사람이야. 알라의 애인이다. 그런 사람을 해치는 날에는 알라께서 온 마을에 벌을 내리고 말 거다. 온 지방에 돌 세례가 내리던지, 아니면 질병이 돌아 다 죽게 될 거라구."

그리고 노인은 말을 멈추고는 빙그레 웃었다. 두 손으로 눈꺼풀을 들어 올려 하산을 보았다. 이도 다 빠져버린 입가에 천진난만한 미소가 번져났다.

"지금 내가 조금만 젊었어도, 내가 뭘 했을지 알겠니? 하산아? 맞춰보렴."

하산은 대답하지 않았다. 노인은 또 다시 물었다.

결국 하산은 웃음을 짓고 말았다.

"뭘 하는데요? 할아버지?"

"아이구 이 녀석, 벙어리인 줄 알았더니 말도 할 줄 아네."

노인은 놀렸다. 그리고 이가 다 빠져버린 입을 벌려 히죽 웃었다. 마치 그 모습이 어린애 같았다.

"그럼요." 하산은 퉁명스럽게 대답했다.

"내가 뭘 했겠냐 하면 말이다, 나를 받아만 준다면 너희 집에 가서 자리를 깔고, 계속 거기에 붙어 있었을 거야. 나를 쫓아낸다면 또 꾀를 내서 너희 집에 들어가고 말지. 아침부터 저녁까지 네 엄마 얼굴을 감상하면서 말이다. 하산아, 네 엄마 에스메를 바라보면서 천당으로 가고 싶구나. 네 엄마의 사랑과 아름다움을 마음껏 만끽한 사람이 어디 지옥에 갈 수 있겠니? 네 엄마를 지켜본 것만으로도 사랑으로 채워져 천국에 갈 수 있을 거다. 저세상에 있는 알라께서도 네 엄마를 보면 반해서 눈을 떼지 못할 텐데. 그런데 그런 네 엄마를 죽인다는 게 어디 될 법이나 한 소리니? 지금도 말야, 내 비록 눈은 찌그러졌지만 너희 집에 가서 한 번만이라도 네 엄마를 봤으면 한단다. 이렇게 쭈그렁 늙은이가 그것도 찌그러진 눈으로 감히 네 엄마를 넘본다는 것이 죄악이라는 것은 잘 알지만, 그래도 나처럼 마음의 눈으로 보는 사람은 천당에 갈 거다. 자, 이제 날 너희 집으로 데려다주지 않으련?"

노인은 말을 멈추었다. 두 눈을 똑바로 뜨고 하산을 쳐다보다가는 눈꺼풀을 내리고 하산의 대답을 기다렸다. 하산은 신이 났다.

"그럼 빨리 가요, 할아버지. 엄마한테 커피 끓여달라고 할게요. 아니면 맛있는 저녁을 지어달라고 하든지요. 어서 가요" 하고 노인을 잡아끌었지만, 노인은 일어서지 못했다. 결국 하산은 팔로 끌다시피 일으켜세웠다.

하산은 두루순 할아버지와 함께 집으로 갔다. 하산과 노인을 본 마을 사람들은 어리둥절해했다. 어쩌면 늑대가 둔갑한 게 아니냐며 되지도 않는 소리를 지껄여댔다.

엄마는 할아버지를 반갑게 맞이했다. 점심때가 다 되었으므로 엄마는 할아버지에게 식사를 하셨는지를 물었다. 할아버지가 아니라고 하자 엄마는 곧바로 식사 준비를 했다. 창밖으로 원두막 옆에 커다랗게 솟아 있는 버드나무가 웅덩이 위를 덮고 있는 것이 보였다.

두루순 할아버지는 두 손으로 눈꺼풀을 집어 올려 엄마를 물끄러미 바라보며 말했다.

"다행이지 뭐야, 천만다행이야. 오늘까지 이렇게 무사한 것만도 천만다행이야." 그리곤 뭔가 기도하듯 중얼거렸다. "하늘이 도우셨지, 하늘이 도우셨어!"

할아버지의 식사 시간은 길고도 길었다. 이가 없는 할아버지는 음식을 제대로 잘 씹지도 못하는 데다가 엄마를 쳐다보는 데 정신이 팔려 음식이 어디로 들어가는지도 몰랐다.

두루순 할아버지는 해가 질 때까지 하산네 집에 있었다. 해가 지자, "자, 날 좀 집으로 데려다 다오" 하고 하산을 졸랐다. 하산은 할아버지를 팔로 부축하고 길을 떠났다. 가는 도중 둘은 아무 얘기도 나누지 않았다.

그날 밤 하산은 이상한 꿈을 꾸었다. 꿈에서 아버지를 본 것이다. 아버지는 갈대밭에 있는 늪에 빠진 것 같았다. 점차 늪으로 빨려들어가고 있는 듯했다. 그러나 아버지는 어찌할 바를 모르며 그저 빨려들어가고 있었다. 그런데 갑자기 눈앞에서 아버지가 구렁이로 변했다. 구렁이도 늪으로 빠져들었다. 버둥거릴수록 더더욱 늪 한가운데로 빨려들었다. 목까지 빠져버린 아버지는 도마뱀이 되고 개구리가 되었다가는 다시 올빼미로 변했다. 도마뱀이고 개구리고 할 것 없이 전부 늪으로 빨려들었고 그러다 다시 올빼미가 되어서는 '찍찍' 울부짖으며 빠져나왔다. 물에 빠진 올빼미는 깃털에 진흙이 잔뜩 묻어 더럽고 추했다. 올빼미는 하얀 수의를 입고 진흙을 잔뜩 묻힌 아버지로 변했다. 아버지는 온몸이 젖어 있었다. 그리고 커다란, 튀어나올 듯이 아주 커다란 눈을 한 올빼미 눈을 하고 있었다. 물에 젖어 털이 삐죽삐죽하고 금방이라도 눈이 튀어나올 듯한 올빼미였다.

하산은 채 날이 밝기도 전에 잠에서 깼다. 벌떡 일어나서 총을 거머쥐었다. 엄마는 기나긴 머리카락을 베개 위로 드리우고 잠들어 있었다. 엄마는 아주 머리가 길었다. 긴 머리를 땋아서는 종종 금과 은, 그리고 산호로 만든 핀으로 장식을 했다. 두루순 할아버지가 칭찬한 것보다 엄마는 천 배는 더 예뻤다. 하산은 잠깐 멈추어 서서 넋이 나간 듯 아름다운 엄마의 모습을 훔쳐보았다. 하산은 엊저녁부터, 아니 며칠 전부터 여행 가방을 준비하고 있었다. 가방 안을 먹을 것으로 잔뜩 채웠고, 돈도 구해 넣었다. 큰 목돈이 마련되어 있었다. 하산은 돈을 가슴팍에 넣고, 그리고 일부는 소파 아래에 숨기고 나서 가장 좋은 옷을 골라 입었다. 손에 들었던 총도 내려놓았다. 마구간은 아직도 캄캄했다. 마치 늘 그랬듯 습관처럼 말 한 마리를 밖으로 꺼내왔다. 그리고 말에 올라타고 마을 한복판으로 나왔다.

집 입구에 잠깐 멈춰 서서 엄마가 잠들어 있는 방 안을 들여다보다가 조용히 말을 몰아 길을 떠났다. 코잔 지방까지 다 가지도 못해 정오가 되었다. 말에서 내린 하산은 말을 나무에 묶어두고, 바로 앞의 식당으로 들어갔다. 손으로 짠 손가방이 어깨에 걸려 있었다. 가방 안에는 먹을 것과 빵이 잔뜩 들어 있었다. 식탁에 앉아 가방 안의 빵을 꺼낼 때, 식당 주인이 들어왔다.

"어서 옵쇼."

하산은 전에도 이 식당에 온 적이 있었다.

"1인분만 줘요." 하산은 짤막하게 주문했다.

"알겠습니다" 하고 주인이 대답했다.

식당 주인은 턱수염이 뾰족하게 난 쿠르드족이었다. 하산은 그를 전부터 알고 있었다.

"손님" 하고 부르고는, "맛있는 후식이 있는데 들어보시죠"라고 주인이 권했다.

"그럼 가져와요"라고 하산은 빙긋이 웃으며 대답했다. "난, 아저씨를 전부터 알고 있어요, 주인 아저씨"라고 덧붙이는 것도 잊지 않았다.

"나를 어떻게 알지?" 주인은 후식을 날라다 준 뒤 물었다.

"아저씨 쿠르드족이죠? 그리고 이름은 '슐로'구요? 맞지요?"

"그럼, 넌 누군데?"

"난 할릴이라는 사람 아들이에요. 왜, 있잖아요. 압바스라고, 압바스 촌에……"

"그래, 알았다. 그럼, 넌 하산이구나?" 주인이 얼른 아는 체했다.

"그럼, 널 알고말고! 엄마는 무사하다니? 사람들이 엄마를 죽이려고 한 걸 네가 말리는 바람에 못했다고 소문이 자자하더구나. 네 아버지가 참말로 사내대장부이긴 했지. 그런데 난 네가 벌써 이렇게 씩씩한 대장부가 되었는지는 몰랐구나. 네 아버지를 네 엄마가 죽였다는 소리도 있던데, 그런 말 믿지 마라. 미인에게는 항상 그런 뒷말들이 따라다니기 마련이야.

네 엄마는 양반집 자손이야. 압바스에게 시켜서 누굴 죽이라고 시키거나 할 사람이 아니야. 네 엄마를 죽이거나 할 생각은 추호도 하지 마라. 알겠지? 사람이 자기 엄마를 죽이고도 두 다리 쭉 뻗고 잘 수는 없는 법이야. 그러면 말이다. 저세상에 가서도 저승사자들이 가만히 놔두지 않지. 내 말을 명심하거라. 나도 네 아버지와는 꽤 가까운 사이였어. 가끔씩 술친구도 하고, 노름도 하고 했으니 말야. 우리 둘이 아다나 시(市)에 있는 술집에 가서 술도 마시곤 했는데 말야. 네 아버지는 독수리같이 용맹한 사람이었지. 압바스같이 눈이 시뻘개서 물불 안 가리고 덤벼든 놈이 아니고서는 이 추쿠로바 바닥에서 감히 네 아버지에게 덤비는 놈은 없었을 거야. 내 말을 잘 듣거라. 네 엄마를 혹여 죽이거나 하면 안 돼! 나도 알고 있어. 아마도 네 삼촌들이 너를 시켜서 네 엄마를 살해하도록 하겠지. 왜냐면 네 외삼촌들이 복수를 할까봐 그걸 겁내고 있거든. 만약 네 외삼촌들만 없었어도 네 엄마를 죽여도 진작에 죽여버렸을걸! 그 사람들한테 사람 한 명 해치우는 게, 그것도 아낙네 하나 해치우는 게 뭐 그리 대수라고! 너네 삼촌들이 그 사람들 무서워서 가만히 있는 게지. 그 사람들 여동생 하나 잘못 건드렸다가는 자기 집안 삼대에 걸쳐 씨를 말려놓을 것이라는 것을 잘 아니까. 그래서 가만히 있는 거야. 그래도 너를 시켜 네 엄마를 죽이도록 하면 설마 네 외삼촌들이 너를 어떻게 하겠니?"

하산은 벌써 다 음식을 먹어치웠다. 쿠르드족 식당 주인이 말을 마치자 하산은 눈이 휘둥그래져서 다시 물었다.

"외삼촌들이 나를 해치지 않을까요?"

"널 어떻게 하진 못할 거야. 그래도 엄마를 죽이거나 할 생각은 하지 말아라, 알겠지? 그럼 죽을 때까지 가시밭길일 거야. 두 다리 뻗고 못 자는 것은 말 할 것도 없고 말야. 넌 너 할 일이나 잘하고, 너희 식구들이나 사람들이 뭐라고 하든 그건 상관하지 말아라. 뭐라고 하든 말든 그 사람들 장단에 놀아나면 안 돼, 알겠지?"

하산은 아저씨의 말이 감동스러워 가슴이 뭉클했다.

"외삼촌들이 어디 사는지 아세요? 한번 찾아가보게요."

"모른다."

"난 몰라. 한번 네 아버지가 어디라고 하긴 했는데. 모르겠다. 잊어버렸어. 네 아버지가 엄마를 납치해 왔잖니? 그때도 네 외삼촌들이 장정 몇 명을 데리고 따라오긴 했다고 하던데. 다행히 데크가(家) 사람들이 중재를 했기에 망정이지 아니었으면 네 아버지를 죽였을 거야. 그래도 절대로 네 엄마를 해치면 안 돼. 그래, 어쩌면 너도 죽여버릴지도 모르지."

하산은 수를 놓은 빳빳한 비단 지갑에서 오십 리라짜리 지폐를 꺼내 쿠르드족 주인 앞에 내밀었다. 주인은 잽싼 걸음으로 계산대로 가서 잔돈을 가져왔다. 하산은 잔돈을 받아 지갑에 넣고 일어섰다.

"안녕히 계세요. 아저씨. 그만 가볼게요."

쿠르드족 주인 아저씨는 문까지 배웅을 나왔다.

"남의 장단에 맞춰 춤추느라고 엄마를 죽이거나 하면 안 된다" 하는 들릴 듯 말듯한 목소리가 들려왔다.

하산은 말 등에 올라타긴 했지만 어디로 가야 할지를 몰라 말 위에 멍하니 앉아 있었다. 식당 아저씨가 하산을 지켜보고 있었다. 하산은 그 시선이 거북했다. 하산은 무작정 시내 쪽으로 말발굽을 돌렸다. 방향을 그쪽으로 잡긴 했지만 그리로 가서 뭘 어떻게 해야 할지 막막하기만 했다. 할 수 없이 개울 위쪽으로 말발굽을 돌렸다. 어디로 가야 할까? 외삼촌들이 사는 곳은 어디람. 도대체 마을 이름도 모르니. 어쩌면 외삼촌이고 뭐고 아무도 없는데 그 쿠르드족 식당 아저씨가 겁을 주려고 그런 건지도 모른다. 그렇다면 외삼촌이고 뭐고 아무도 없는데, 엄마는 매일 밤 어디로 도망치려고 그랬던 거지? 있긴 있을 거야. 있어! 엄마도 부모 형제가 있겠지. 친척도 있고…… 그런데 어디에 있담? 저 산 뒤쪽에 있을까?

머리가 핑 돌았다. 다시 산 쪽으로 방향을 틀었다. 말을 후려치고 채찍을 휘둘렀다. 숲 속에 오솔길이 나 있었다. 하산은 그리로 갔다. 푸른 대나무가 하늘로 쭉쭉 뻗어 있었다. 숲 냄새가 났다. 저 편 비탈길에서 무거운 연기가 하늘로 피어오르고 있었다.

가벼운 경사였지만 말은 비탈길을 오를 때 무척 힘겨워했다. 개 몇 마리가 덩달아 짖어대기 시작했다. 양, 염소, 고양이가 우는 소리가 하산의 귀에까지 쩌렁쩌렁 울렸다. 어쩌면 저녁나절이라 하산에게 더 그렇게 느껴졌는지도 몰랐다. 하산은 마을에 옹기종기 모여 있는 집들을 보자 말 머리를 돌렸다. 갑자기 두려운 생각이 들었다. 그러다 거기에 문득 멈추어 섰다. 말 위에서 그대로 일어서서 한동안 마을을 내려다보았다. 어린애 한 둘이 울고 있었다. 노인 한 명이 저 언덕 위에서 고함치는 소리도 들렸다.

하산은 말 머리를 돌린 채 서 있었다. 눈앞에 할머니가 어른거렸다. 왠지 할머니가 눈앞을 떠나지 않았다. 마음속에서 사랑이, 믿음이, 그리고 기쁨이 차오르기 시작했다. 이 벅찬 감정들이 어디서 오는지 하산 자신도 알 수가 없었다. 저 마을 아래 살고 있는 사람 중 한 사람도 아는 사람이 없었다. 비탈 위쪽으로 보랏빛 큰 바위가 구름까지 닿는 듯했다. 돌산에서 알 수 없는 소리가 메아리쳐 들려왔다.

하산은 말 머리를 돌리고 조용히 고삐를 당겼다. 왠지 기분이 좋아졌다. 말이 알아서 발길 닿는 대로 원하는 집에 데려다주겠지. 말발굽이 멈추는 그 집에 묵어야지! 누구냐고 물으면 뭐라고 할까? '하늘에서 내려온 수호천사요 할까, 아니면 외삼촌을 찾는다고 할까? 하늘이 보낸 손님이라는데 문전 박대 하겠어? 어쩌면 이 사람들은 쿠르드족일지도 몰라. 어쩌면 알레비 종파 쿠르드족인지도 모르지. 알레비 쿠르드족은 용감하고 정의롭기로 유명하잖아. 정의의 사도들처럼. 아니면 옛날 카잔에 살던 사람들인가? 어쨌든 산사람들이니 손님에게 친절하겠지.'

말은 넓고 커다란 대문 앞에 하산을 데려다 놓았다. 문 앞에 커다랗고 무성한 플라타너스가 마당 한가운데 우뚝 서서 바람에 무겁게 흔들리고 있었다. 말이 고개를 처들고 힝힝 울자 집 안에서 사람이 나와 하산을 찬찬히 살피며 다가섰다. 긴장을 푼 듯 온화한 표정이었다.

"어서 와요. 자, 말에서 내리시구려" 하고는 안에다 소리를 질렀다.

"얘들아, 나와봐. 손님이 오셨다구!"

안에서 서너 명이 동시에 뛰어나와 말안장을 잡아끌었다. 하산도 말에서 내렸다.

나이 든 노인은 집 안으로 하산을 데리고 들어갔다. 허리춤에서 열쇠를 꺼내 여러 가지 장식이 잔뜩 박힌 문을 열었다. 방에는 형형색색의 방석이 깔려 있었다. 바닥에 깔린 오래된 장판은 수수로 만들어 염색한 것이었는데, 색깔이 장식과 아주 잘 어울렸다. 벽은 전체가 호두나무로 만든 것이었다. 벽에는 아타튀르크[5]의 그림도 걸려 있었다. 그림 속의 아타튀르크는 서 있는 모습이었다. 오른발을 조금 앞으로 내밀고, 말 옆에 서 있었다. 아타튀르크는 푸른 눈을 하고 있었다. 조금 후 방 안은 두꺼운 샬바르[6]를 입은 사람들로 가득 찼다. 그들은 '어서 오세요' '안녕하세요' 하고 정중히 인사를 했다.

그리고는 커피를 날라왔다. 첫 잔을 하산에게 내려놓았다. 모두 점잖

---

5 터키 초대 대통령으로 터키의 국부(國父).
6 통이 넓은 몸빼 모양의 바지.

게 앉아 있었다. 하산도 예의바르고 점잖게 앉았다. 다른 사람이 하는 것처럼 찻잔을 얌전히 잡고 거품을 소리 나지 않도록 호호 불면서 마셨다. 집주인이 하산에게 자기를 소개했다.

"나는 무스타파라고 한다. 무스타파 데미르델리. 네 이름은 뭐지?"

하산은 순간 조금 짜증이 났다.

"제 이름은 하산이에요. 저 아래 아나바르자 지방의 찰락 마을에 살아요."

"그래?" 무스타파 아저씨는 대답했다.

"할릴이 제 아버지예요." 하산은 덧붙였다.

"그래, 할릴을 잘 알지. 용맹하기로 소문난 장수였지. 추쿠로바 지방에 그만한 인물은 또 나기 어려울 거다."

"암, 그렇구말구." 다른 사람들도 맞장구를 쳤다.

"우리도 할릴 씨를 잘 알구말구. 도움도 여러 차례 받았지. 추쿠로바 지방 사람들은 대체로 손님이 오는 걸 좋아하지 않는데, 할릴 씨는 그래도 손님들에게 친절했거든."

그때 일을 하산은 생생하게 기억할 수 있었다. 얼마나 피곤했는지 하산은 얘기 도중에 꾸벅꾸벅 졸고 있었다. 하산은 태어나서 처음으로 어른 대접을 받았다. 하산은 이런 대접을 받고 나니 갑자기 어른이 된 것 같았다. 졸음을 쫓기 위해 주절주절 얘기를 늘어놓기 시작했다. 그런데 뭘 얘기했는지, 뭘 설명했는지 지금은 전혀 생각이 나지 않는다.

날이 어두워질 때쯤 저녁을 먹었다. 버터를 녹이는 냄새가 났다. 감자 요리, 불구르 필라브, 모든 음식에서 녹인 버터 냄새가 풍기고 있었다. 빵에서도, 요구르트에서도, 꿀에서도 버터 냄새가 났다. 하산은 식사도 다 끝내지 않은 채, 밥상 머리맡에서 곯아떨어져버렸다. 마치 죽은 듯이 꼼짝도 하지 않고 잠을 잤다.

아침에 깨어났을 때는 아직 동이 트기 전이었다. 하얀 시트에서 풋풋한 비누 향내와 들사과 냄새가 풍겼다. 시린 들장미 향기도 창문 너머로 넘실거렸다. 하산은 벌떡 일어나 집 밖 플라타너스로 뛰어갔다. 플라타너스 나무 옆에 보글거리며 샘솟는 샘물에 얼굴을 닦았다. 그 옆 바위 사이를 한 번 돌아보았다. 개만 없었어도, 그 옆에 있는 소나무 사이 바위 위에 오래오래 앉아 있고 싶었을 것이다.

오늘 아침 사람들이 하산을 보는 눈초리가 심상치 않았다. 방으로 돌아와보니 누군가 침대를 깨끗이 정리해놓았다. 방 한가운데에는 커다란 구리 쟁반이 놓여 있고, 그 위에 커다란 구리 그릇에 타르하나 수프가 채워져 있었다. 수프에서는 박하 냄새가 진동했다. 하얀 치즈, 버터, 물도 있었다. 사람들은 하산에게 어서 먹으라고 권했다. 하산은 아무도 제대로 쳐다보지 못한 채 수줍게 앉아 있었다. 하산 앞에 놓인 구리로 만든 식기에 무스타파 아저씨가 수프를 담아 주었다.

"잘 잤니? 잠자리는 불편하지는 않았고?"

"네. 잘 잤어요." 하산은 얼굴을 붉히며 대답했다.

"다행이구나." 무스타파 아저씨는 흡족해했다.

"여기가 네 집이라고 생각하고 편히 지내거라."

하산은 정겨운 눈으로 그를 바라보았다.

그 후 마을에서 얼마나 더 묵었는지 하산은 기억해내지 못했다.

구렁이 한 마리가 하산을 따라다니고 있었다. 자나깨나 커다란 구렁이 한 마리가 꿈틀거리며 따라왔다. 돌산이며, 소나무 꼭대기며, 묵고 있는 방이며, 어찌된 영문인지 어디를 가도 계속 구렁이가 나왔다. 하산은 밤마다 비명을 질러댔다.

외삼촌을 찾으려 했었다. 외삼촌이 어디 살고 있는지, 마을 이름이 무엇인지도 모른 채였다. 단지 외삼촌의 이름만을 알고 있을 뿐이었다. 어쩌면 여기 이 사람들은 알 것 같다는 생각을 하면서도 아무에게도 물어보지 못했다.

갑자기 가슴속이 턱 막혀오는 듯했다. 두고 온 엄마가 떠오른 것이다. 엄마에게 무슨 일이 생겼으면 어떡하지? 누군가 엄마를 죽이기라도 했다면? 아니 누가 와서 납치라도 해 갔다면 어쩌지? 하산은 안절부절 하지 못했다. 돌산으로 뛰어갔다. 멀리 샘터가 보였다. 그 주변에는 보랏빛 꽃이 만발해 있었다. 사방에 소나무 향내음과 박하 향기가 번졌다.

하산은 단숨에 그곳까지 뛰어갔다. 바위 위를 떼굴떼굴 굴렀다. 이런! 호랑이 굴 속 같은 곳에 엄마를 혼자 달랑 남겨두고 오면 어떡해? 바보같이! 나 혼자 여기서 편하게 먹고, 마시고, 잤어. 엄마를 지옥의 구렁텅이 속에 몰아넣고…… 이제 어떡하지? 분명 엄마는 지금쯤 어떻게 되었을 거야. 엄마는 죽었을지도 몰라……

하산은 불현듯 플라타너스 나무 아래에 멈춰 섰다. 플라타너스가 바람에 물결치고 있었다. 멀리 있는 돌산에서 셀 수도 없는 독수리떼가 하늘로 솟았다가는 땅으로 내리기를 반복하고 있었다. 갑자기 하산은 자기가 얼마나 못난 사람인가를 깨닫게 되었다. 하찮은 벌레가 된 것 같았다. 하산은 자기가 한 행동을 너무도 잘 알고 있었다. 그것이 무엇을 의미하는지도 잘 알고 있었다. 엄마가 죽도록 내버려두려고, 삼촌들이 엄마를 죽이도록 내팽개쳐두려고 엄마를 거기에 버리고 온 것이다.

'그래 맞아, 내 눈으로 보지 않으려고 그런 거지! 죽이거나 말거나 말이야. 그래, 엄마는 죽어야 해, 죽어야 해, 죽어야 한다구! 아버지가 구렁이가 되어서 그 뜨거운 추쿠로바 땅바닥을 기어다니고 있잖아. 지옥의 구렁텅이를 헤매고 다닌다구. 그래 죽어야 해! 엄마는 죽어야 마땅하다고!'

　며칠이고 생각을 거듭해보았다. 이런 악마 같은 인간! 사람 자식으로 태어나 제 엄마가 죽기를 바라는 놈이 있다니! 그럼 엄마가 아버지를 죽인 건 어떻게 된 거야! 아버지가 얼마나 한(恨)에 사무치고 또 사무쳤으면 그 한 때문에 귀신이 되어서 떠돌겠어? 원수를 갚을 때까지 지옥의 구렁텅이에서 헤맨다잖아? 구렁이가 되어서 땅바닥을 기어다니고, 또 별별 짐승으로 탈바꿈하면서 말이야. 그러니까 죽어야 한다구. 엄마가 죽어야 해. 할머니가 엄마에게 한 짓이 뭐가 죄가 된다구 그래? 자기 아들을 구해주려고 그런 건데. 아들이 귀신이 되었다니까, 구해주려고 그런 거지 뭐. 엄마도 그럴지 몰라. 아버지를 위해서 그쯤 못하겠어?

　하산은 플라타너스 나무 아래에 앉았다. 갑자기 눈물이 나왔다. 너무도 고통스러웠다. 가슴이 답답했다. 누군가 엄마를 해치기라도 했으면 어떡하지? 한편으로는 후련함도 있었다. 그 후련함의 소용돌이가 멈추자 갑자기 하산은 가슴이 미어터지는 것만 같았다. 슬픔이 고통이 되어 통증처럼 몰려왔다.

　귀신이 된 아버지, 할머니, 엄마, 삼촌들. 그리고 알리 삼촌이 있었지. 그 삼촌은 사람 같지도 않은 미치광이였잖아? 어쩌면 지금쯤 엄마를 죽였는지도 몰라. 눈앞에 엄마의 시체가 아른거렸다. 연두색 파리들이 소리 없이 날아다니고, 흙투성이가 된 채 북처럼 부어오른 얼굴과 손과 발이 비틀린 시체의 눈에서 누런 진물이 흘러내렸고, 그 위로 까만 날파리떼가 잔뜩 붙어 있었다.

　하산은 집을 향해 뛰었다. 말을 끌고 올라타서는 작별 인사를 챙길 겨를도 없이 길을 떠났다. 추쿠로바 방향으로 달리기 시작했다.

하산은 언제 마을에 도착했는지, 알리 삼촌이 어디서 자기를 발견해서 데리고 왔는지 왠지 전혀 기억할 수 없었다. 엄마를 보았다. 하산은 진흙 투성이였다. 엄마는 하산을 보자 미친 듯 고함을 지르며 하산을 품에 안았다. 그것 하나만 또렷이 기억이 났다. 하산의 옷은 피범벅이었다. 다행히 상처는 깊지 않은 것 같았다. 이틀 후에 엄마는 말의 발이 부러졌다고 말했다. 그러면서 차라리 더 잘 되었다고 했다. 하산에게 더 튼튼한 말을 사주겠다고 약속했다. 아버지는 부자였고, 엄마의 고유 재산도 많았다.

하산은 펄펄 열이 끓어오르고 아팠지만 곧 회복되었다. 그러나 마을에 모습을 드러내는 게 무서웠다. 집 안에 꼼짝도 않고 틀어박혀서 문 밖에 나가지도 않았다. 대문 밖에 나가는 것도 무서웠다. 하산이 아프다고 해도 아무도 병문안을 오는 사람은 없었다. 할머니도, 삼촌들도, 누구 하나 하산이 어떤지 들여다보고 묻는 사람은 없었다.

마을에는 이상한 소문이 돌았다. 엄마는 하산의 귀에 들어가지 않도록 단단히 조심했지만 결국 하산도 알게 되었다. 어느 날 밤 하산의 아버지가 나타나 하산을 말에 태워 데리고 갔다는 것이었다. 하산의 눈알이 튀어나오도록 목을 조르고 또 조르며 말했다는 것이었다.

'하산아. 내 아들 하산아, 어찌 네 아버지를 이토록 이승에서 애 타도록 하느냐. 지옥 속에서 헤매도록 하느냐. 네가 사람 자식이냐. 너도 죽어야 마땅하지! 짐승같이 살 바에야 말이다. 더구나 제 아버지를 죽인 년하고 살을 맞대고 한 집에 살 바에야 죽는 게 마땅하지!'

몇 달이 지났는데도 마을 사람들은 치를 떨며 이 사실을 떠벌리고 다녔다.

어느 날이었다. 갑자기 하산은 밖으로 뛰쳐나갔다. 할머니와 삼촌들 집으로 달려갔다. 정신 나간 사람처럼 괴성을 질러대며 푸르르 떨다 소리를 질러댔다.

"내 발로 걸어간 거라구요! 내가 도망치려구 갔던 거라니까요! 이 더러운 꼴 보기 싫어서, 그래서 내 발로 도망간 거라구요! 다 당신네들 때문이라구요! 난 아버지를 본 적도 없어요. 아무것도 본 적 없다니까요! 거짓말이에요. 거짓말!! 다 거짓말을 하고 있다구요. 전부 다 거짓말을 하고 있는 거라구요. 거짓말을요……"

하산은 누구를 만나든 간에 붙들고서는 그들이 거짓말을 하고 있는 거라고 소리소리 질렀다. 마을 사람들은 구경거리라도 난 듯 그저 재미있게 하산을 내려다볼 뿐이었다. 하산이 세페르 할아버지가 가는 길을 가로막고 소리를 질러대자 할아버지는 하산을 보고 손을 휘휘 저으며 기도문을 외워댔다.

"아이구, 이 일을 어쩌나. 이 일을 어째! 하산이 귀신이 된 제 아버지한테 혼을 빼앗겼나 보네."

하산은 이 말을 듣자 더 이상은 참을 수 없었다. 손으로 얼굴을 가린 채 후다닥 집으로 뛰어들어왔다. 방석 위에 꼼짝도 하지 않고 죽은 듯이 거기에 웅크리고만 있었다. 엄마도 하산에게 접근하지 못했다.

이 사건 이후 이제 하산은 집에도 있을 수가 없었다. 가슴속에서 욱하는 감정이 솟구쳐 잠시도 그냥 앉아 있을 수 없었다. 그래서 마을 안을 헤매고 다녔다. 마을 사람들은 너나할것없이 누구나 하산만 보면 한 마디씩 내뱉었다. 뒤통수나 면전에 대고 무슨 말이건 퍼부어야 속이 시원한 듯싶었다.

"글쎄, 얼마나 한이 맺혔으면 자기 아들 혼까지 빼 간담!"

"이승을 헤매는 귀신이 저세상으로 가기 위해서라면 못할 짓이 없다지. 아마?"

"제발 하느님, 저는 그렇게 되지 않게 해주세요."
"죽어서도 저세상으로 못 가는 귀신들은 얼마나 기가 막힐까."
"한을 품은 귀신이 제일 무섭다던데."
"지금 당장 에스메를 능지처참 해서 죽여도 시원치 않지."
"결국 할릴은 영영 이승에서 이리저리 떠돌겠구먼."
"그래도 설마 그렇겠어? 가여운 할릴."
"하느님도 무심하지. 저런 아들을 둘 바에야 없는 게 차라리 낫지 않겠어?"
"그래도 자기 엄마를 죽인다는 게 어디 그리 쉬운 일인가?"
"이제 코흘리개인걸 뭐, 하산이 철이 들었으면 그런 제 어미를 어디 그냥 놔두겠어?"
"자기 엄마를 죽이는 게 쉬운 일이 아니긴 아닐 거야."
"제가 아무리 용감하다고 해도 그래도 어찌 그런 끔찍한 일을 벌이겠나?"
"보통 강심장이 아니고서야 그런 짓을 감히 할 수 있겠어?"
"힘이 장사나 되면 몰라도 말이야."
"영웅 쿄루오울루[7]라면 그러고도 남지."
"무스타파 케말[8]처럼 위대한 사람이나 그렇게 할 수 있지."
"시커먼 구렁이가 되면 제 어미를 죽이겠지?"
"아이, 불쌍한 것. 그 코흘리개가 어찌 자기 엄마를 죽이겠어?"
"제아무리 장사라도 자기 엄마를 어떻게 하기는 어려운 법이지."
"할 수 있을까?"

---

7 터키의 신화에 나오는 영웅적 인물.
8 터키의 초대 대통령. 아타튀르크.

"죽일 수 있겠냐는 말이지?"

"이 사람 말하는 것 좀 보게. 그런 바보짓이 어디 있어? 그런 애를 꼬여서 제 어미를 죽이라고 시키다니."

"그래도 애가 영특해. 제 어미를 그냥 놔두는 것을 보면 말야."

"그냥 놔두지도 않았잖아!"

"손톱만 한 아이가, 그래도 제 어미를 어떻게 못하게 싸고돌잖아."

"그래 맞아, 엄마라고 보호막이 되어주지. 아들이 어찌 그리 똑똑하고 강철 같을까."

"이 사람아! 제 아버지가 유령이 되서 이리저리 떠돈다잖아!"

"아무럼 어때!"

"어쩌면 그 집안사람들 전부 그 꼴이 될지도 모른다구. 그렇게 사람 죽이기를 짐승 죽이듯 했는데, 어디 한 놈인들 제대로 무덤 찾아가겠냐구?"

"한이 맺혀서 그렇다잖아! 한이."

"무슨 놈의 한이 맺히긴? 압바스를 잡아 죽였으면 됐지!"

"그래서 에스메도 죽이려고 하잖아."

"그것도 하산을 시켜서 말이야. 자기 자식 하산을 시켜서 말이야."

"한두 번은 견딜 수 있어도, 하산이 어디까지 버틸 수 있겠어?"

"이제 아직 어린애인걸."

"한 귀로 듣고 한 귀로 흘리는 게 낫지."

"결국 에스메를 죽이긴 죽일 거야."

"하산이 결국 죽이긴 죽일 거라고."

하산은 꿈을 꾸면서 살았다. 매일 이런 말을 들을 때마다 쥐구멍이라도 있으면 들어가고 싶었다. 오히려 하루라도 아버지와 엄마에 대한 얘기를 듣지 않으면 뭔가 허전할 정도였다. 하긴 이젠 익숙해지기도 했다. 그리고 사람들이 하는 말을 달달 외울 정도였다. 이제 자기 아버지나 엄마에 대해 떠드는 사람이 있어도 그냥 지나쳤다. 아버지가 귀신이 되었다, 엄마는 창녀다, 하산이 드디어 미쳤다 등의 갖가지 얘기가 귀 아프게 들려왔다. 새로운 화젯거리가 없으면 이젠 또 말을 만들어서 떠들어댔다. 그 사실이 진짜인 양 떠벌렸다. 꿈인지, 생시인지도 구분이 가지 않았다. 귀신이 된 아버지를, 세상에서 제일 아름다운 엄마를 둘러싸고 가상의 세계를 만들어갔다. 마을 사람들은 계속 무슨 얘기든 지어냈다. 지어내고, 또 지어내고, 꾸며낸 얘기인 줄 알면서도 그 얘기를 믿고, 또 믿었다. 엄마마저도 그렇게 되고 말았다. 엄마는 이제는 아들을 줄 테니 떠나라고 등을 떠밀어도 떠날 자신이 없었다. 엄마는 자기가 할 수 있는 일이라곤 아무것도 없다고 생각하는 듯했다. 하산도, 할머니도, 마을 사람도, 엄마도 전부 마술에 걸린 사람들 같았다.

문 앞으로 제비들이 꼬리에 꼬리를 물고 모여들었다. 이곳 추쿠로바의 제비들은 집 안쪽에다 둥지를 틀곤 했었다. 누구 집이라도 마구간과 거름더미 위에 한두 개쯤은 반드시 제비집이 있었다. 매년 제비들은 철이 바뀌어 다시 자기 집으로 돌아오면 둥지를 고치고, 새 둥지를 틀곤 했다. 둥지에 알을 낳고 새끼들을 길렀다. 제비집을 망가뜨리는 것은 이유가 어쨌든 가장 큰 죄악이었다. 마을에서도 제비집을 부수고서 다리 병신이 된 사람이 서넛이나 있었다. 몇 명은 또 수전증에 걸리기도 했다. 손과 발은 물론이고 몸뚱어리까지 계속 떨어대면서 마을을 돌아다녔다.
제비 새끼들이 둥지째 팽개쳐져 땅 위를 뒹굴었다. 새 생명들은 처절하게 고통 속에 죽어가고 있었다. 얇은 날개를 파닥거리고 있는 노랗고 커다란 주둥이…… 어미 제비들의 분노에 찬 울음은 처절하기까지 했다. 미친 듯이 이리로 저리로 날개를 팔딱거리며 새끼들을 구하느라 난리 법석을 피웠다.

아침 무렵 마을 전체가 겁에 잔뜩 질려 있었다. 모두들 누구의 소행인지 너무도 잘 알고 있었기 때문이었다.

제비들은 한꺼번에 문 앞으로 모여들었고 가슴이 터질 듯한 굉음을 토해냈다. 서러움과 두려움이 섞인 울음소리였다. 어미 제비들은 피범벅이 되어 땅에 팽개쳐진 새끼들 위로 내려앉았다. 그러다 이제는 다 허사라는 것을 알게 되자 허공으로 떠오르려다 낮게 원을 그리며 배회했다.

마을 사람들이 새끼들을 제자리에 갖다 놓는 작업을 마치긴 했지만 이미 절반은 죽어 있었다.

일주일이나 열흘쯤 흘렀을까. 다시 제비집들이 땅에 내팽개쳐진 채 발견되었다. 또다시 제비들이 지지배배거리며 이집 저집 문 앞에 날아들기 시작했다. 흙투성이가 된 어린 새끼들은 팔딱거리며 땅바닥에서 숨을 할딱였다. 마을 사람들은 아침부터 저녁까지 반쯤 죽어 있는 새끼들을 그나마 몇 개 남은 둥지에 옮겨 놓았다. 제비들은 다시 부지런을 떨며 둥지를 뜯어 고치기 시작했다.

그러던 어느 날 밤이었다. 제비 새끼들이 모두 내팽개쳐져 살아남은 새끼는 한 마리도 없었다. 마을 사람들도 더 이상 새끼들을 둥지에 올려 놓을 필요가 없다는 것을 알게 되었다. 제비들은 며칠이고 이집 저집 문 앞에 모여 마치 시위라도 하듯 울고 또 울어댔다. 그리고는 더 이상 희망이 없다는 것을 알게 되었는지, 그 이후에는 한 마리도 얼씬거리지 않았다. 누구의 소행인지 모두 알고 있었지만, 아무도 입 밖에 내지 않았다.

마을에 서서히 어두운 불행의 그림자가 깔리기 시작했다.

제비들은 본능적인 생존감각인 듯 아나바르자 평원 한 귀퉁이의 다리 아래 후미진 곳으로 날아가 둥지를 틀기 시작했다. 어느 날 아침 목동 아이가 폴짝폴짝 뛰어 와 마을에 이 소식을 전했다.

아나바르자 지방에 있는 새들은 이제 남아나지 못했다. 새 둥지란 둥지는 보이는 족족 땅바닥에 내팽개쳐졌고, 구렁이의 모이가 되어갔다. 아나바르자 돌산에 있는 구렁이들은 한결같이 제비 새끼들을 입에 물고 있었다.

"봤어." 목동 아이는 들떠서 말했다.

"두 눈으로 똑똑히 보았다니까!" 목동 아이는 수없이 외치고 또 외쳤다.

악마의 손길은 이제 독수리에게로 뻗치기 시작했다. 돌산에 팽개쳐진 독수리 알들, 죽어버린 독수리 새끼들. 돌산에 있는 모든 독수리들이 전부 튀어나와 공중에서 시위하듯 날개를 펄럭거리며 끽끽 울어댔다. 쉴 새 없이 총소리가 터졌다.

볏단 크기만 한 동그란 불꽃이 사방에서 타올랐다. 돌산은 독수리 시체들로 가득 채워지고 있었다. 바위도 타고 있었다. 새든, 짐승들이든, 구렁이든, 여우든 할 것 없이 괴성을 지르며 도망치기에 바빴다. 풀과 나무와 집 등 온 세상이 타고 있었다.

불이 났다. 누군가 할머니네 집 담 너머로 기름 먹인 불방망이를 던진 것이다. 또 하나는 창문 너머로 던져졌다. 먼저 현관에 불이 붙고 그 다음에는 문에 불이 붙었다. 그리고 기둥으로 불이 번졌다. 게다가 거센 겨울 바람까지 불길을 거들었다. 불길이 집 전체를 휩싸기 시작했다. 불길은 마구간으로, 거름 더미로, 곳간으로 그리고 하산의 집으로 번졌다.

엄마는 벌떡 일어나서 옷을 입었다. 하산은 좀처럼 일어나려 하지 않앉다. 엄마는 하산을 이불째 싸안고 밖으로 나와 마을 광장 한복판에 있는 나무 아래에 눕혔다. 하산은 눈을 가늘게 뜨고 불꽃만을 바라보고 있었다. 엄마는 혼자서 집 안에 있는 궤짝들을 밖으로 끌어내려 애쓰고 있었다. 질질 끌다시피 가져온 궤짝들을 하산 옆에 내려놓았다. 그리고는 하산에게 소리를 질렀다.

"일어나, 하산아. 일어나라니까! 필요한 건 모두 상자에 넣어두었다."

대낮처럼 환했다. 팬티하고 셔츠만 입은, 거의 벌거벗다시피한 마을 사람들이 하나 둘씩 마을 광장에 모여들었다. 집들은 재가 되도록 타버려 파특파특 소리를 내며 내려앉았다. 울부짖는 말 울음 소리, 절박한 황소들의 음매 하는 소리가 거름 더미 사이로 새어나왔다. 거칠게 불어닥치는 겨울바람이 마을 전체를 불길로 휘감기 시작했다.

아랫녘에 있는 집 두 세 채의 짚단 더미에도 불이 붙어 한순간에 재가 되어버렸다. 커다란 집 한 채가 타고 있었다. 몇 명이 물 한두 양동이를 갖다 부었다. 그러자 불꽃은 몇 배나 더 크게 치솟아올랐다.

하산은 깨어나지 못하고 아침이 올 때까지 그렇게 잠만 잤다. 엄마가 오가며, "괜찮다. 더 자거라, 더 자"라고 했다. "아직 아무도, 아무것도 눈치 채지 못했어. 잘 했어. 더러운 놈의 자식들. 그래, 잘 했어. 넌 더 자거라. 애야."

하산은 결국 벌떡 일어나 엄마의 입을 틀어막았다.

"조용해! 엄마. 내가 죽는 꼴을 보고 싶어서 그래? 쉿, 조용하라구."

그리고 금방 이불 속으로 들어가서 자는 시늉을 했다.

아침이 되자 하산은 아무 일도 없었다는 듯 일어나 세수를 했다. 몇몇 사람들이 무리를 지어 오갔다. 할머니는 한쪽에 기대앉아 있었다. 엄마는 불길이 채 죽지 않은 집에서 뭔가 꺼내려고 애썼다. 고개를 들자 자개가 박힌 총이 나뭇가지에 걸려 있는 게 보였다. 하산은 집에 총이 있다는 사실도 까마득히 잊어버리고 있었는데, 엄마가 불길 속에서 꺼내온 것이다. 그래, 누구의 엄만데 하산이 애지중지하는 총을 잊어버리겠어……

뿌연 연기가 다 타버린 집터를 허허롭게 휘감고 있었다. 사방이 타버린 양모 냄새, 기름 냄새, 고기 냄새로 가득 찼다.

하산은 오늘 아침 어떤 날보다도 설레이는 마음으로 눈을 떴다. 몇 명 남자가 그들에게 와서 엄마가 간신히 집에서 끌어내 버드나무 아래 가져다 놓은 짐들을 흙으로 만든 임시 집으로 옮겨주었다. 그 옆집에는 할머니가 이사를 왔다. 운명처럼 또 이웃집에 살게 된 것이다.

누가 마을에 불을 지른 범인인지에 대해 오랫동안 의견이 분분했다. 모두 서로서로를 의심하고 있었다. 키지르에 사는 남자 셋이 이유도 없이 범인으로 몰렸는데 헌병대에 끌려가서 조사를 받고는 감옥까지 가게 되었다. 그러자 나머지 가족들은 난동을 부리고 아우성을 쳤다. 다른 한 사람은 카라 오스만이었는데 네 군데를 칼로 찔린 채 아랫녘 웅덩이에서 발견되었다.

마을 사람들은 흙벽돌을 모아 깨끗이 닦아내고 산 속 마을에 사는 숙련공들을 불러와 집을 짓기 시작했다.

하산은 아침부터 밤까지 갈대밭을 누비며 사냥을 했다. 그러다 지치면 아나바르자 지역 어느 바위엔가 걸터앉아 상념에 빠지곤 했다. 산에서는 백리향 냄새가 풍겼다.

"네 아버지를 보았어, 봤다니까! 진짜로 봤어! 내 등 뒤에서 누렁개 한 마리가 달려오는 거야. 달빛도 그윽한 게 동이 트는 것처럼 보이는 거야. 누렁개가 혀를 쭉 빼고 있더라구. 그러더니 내 무릎 위에 앉아 고개를 쳐들고, 달을 보면서 '우우우' 하고 우는 거야. 알리케식에 접어들었을 때는 무서운 생각마저 들더라니까. 갑자기 말야. 꼼꼼히 잘 살펴보니 남자 팬티 속으로 개가 들어왔다 나갔다 하는 거야. 저 앞에서 하얀 소복을 입은 남자가 있길래 다시 봤더니 구렁이가 달을 보고 울고 있더라구. 다시 봤는데, 남자도 누렁개도 감쪽같이 사라져버리고 없더라니까! 빨간 구렁이 한 마리가 나타나자, 온 세상이 다 빨갛게 변한 거야! 바위며, 길, 계곡, 밭, 갈대밭까지 갑자기 시뻘겋게 변한 거야. 시뻘건 피가 홍수처럼 철썩철썩 하고 아나바르자 돌산을 덮어버리더라고! 눈앞의 보이는 건 다 잠기고 말았지. 엄청나게 커다란 바위마저도 다 삼켜버렸다니까! 갑자기 땅이 흔들리기 시작했지. 할릴이 하얀 수의를 입고 얼굴이 샛노랗게 되서 나타났더라구. 내 두 손을 꼭 쥐고 '내 말을 잘 들어, 몰라 후세인'이라고 하더니 '내 말을 좀 들어보게. 난 지금 너무 힘들어. 지옥에서도 노리갯감이라구. 3일 전에는 어느 시골에서 당나귀가 되었었지. 저번에는 저 산에 사는 산돼지였고, 한 달 전에는 아, 글쎄, 그 원수 놈 압바스가 키우는 개로 태어났지 뭔가. 그러더니 하루는 또 메뚜기가 되었다고. 누군가 메뚜기가 된 날 잡아 태워버린 거야. 폴짝폴짝 뛰어서 간신히 살아남긴 했지만 말이야……"

하산은 더 이상 들을 수가 없었다. 얼굴을 덮고 자리를 떴다. 알리 삼촌이 버드나무 아래로 걸어왔다.

"이리 와라, 하산아" 하고 하산을 낮게 불렀다.

하산은 뛰어서 알리 삼촌 곁으로 다가갔다.

"어서 오세요, 알리 삼촌" 하고 인사를 했다.

"지금까지 어디 계셨어요? 내가 얼마나 찾았는데요."

"나는 지금 도망 중이다." 삼촌은 결의에 찬 듯 씩씩거렸다.

"애, 도망치고 말 거야. 나라도 도망가야지. 영영 그 손아귀에서 놓여나야지 말야."

"누구한테서요?" 하산은 어리둥절해졌다. "무슨 일인데요?"

"난 꼭 가야 한다구. 반드시 여길 떠나야 한다구. 너도 그러고 싶으면 그래. 어떡하겠니? 이게 우리 운명이라면."

"맞아, 다 이게 우리 팔자지 뭐"라고 한숨을 쉬더니, 고개를 숙이고 "그래. 이거야. 저기 위쪽으로 가자!" 하고 하산을 끌었다.

하산은 "총도 가지고 가야죠" 하고 삼촌을 따라가기 시작했다.

아나바르자 돌산을 향해 둘은 길을 떠났다. 계단을 올라 성벽에 이르렀다. 저쪽에서 트럭, 버스, 자동차, 그리고 마차들이 지나가는 것이 보였다. 둘은 바위 위에 쪼그리고 앉았다.

알리 삼촌은 키가 컸다. 아직 젊긴 했지만 목 거죽에 주름이 잔뜩 져 있었다. 새 부리 같은 날카로운 콧날에, 화가 난 듯한 인상이었다. 가끔씩 화난 듯한 인상이 펴지면 울상으로 변하기도 했다.

"이젠, 더 이상 나도 지쳤다." 알리 삼촌은 말했다. "아이고 하느님, 이 고통 속에서 나를 좀 구해주세요. 하산아. 지금 나를 구제해줄 사람은 너뿐이로구나. 이 문제를 해결할 사람은 너밖에 없어. 자, 너도 이제 대장부가 다 되었으니, 자, 받으렴, 하산아. 이 총은 널 주려고 가지고 왔단다. 총 자루는 자개하고 상아로 만든 것이지. 이 총은 네 아버지 것이야. 네 아버지는 총 맞아 죽은 그날부터 죽 내 뒤만 따라다닌다구. 그날 밤 뒤를 확 돌아다보았더니 할릴 형님이 무슨 그림자나 된 것처럼 기다랗게 서 있는 거야. 새하얗고, 호박 크기만 한 그림자가 되서 말야. 눈, 코, 입, 귀 전부 할릴 형님하고 똑같이 생겼더라구! 할릴 형이 그 꼴이 되다니⋯⋯ '형님, 할 말이 있으면 해봐요!' 했더니 내 쪽으로 허리를 구부리며 '알리야 알리야! 이 형, 원수를 좀 갚아줘. 형제들 중 그래도 알리 네가 제일 용감하잖아. 내 아들은 아직도 어리니, 나를 죽인 놈들을 좀 처치해달라구. 내가 이렇게 유령으로 떠도는 게 너한테도 뭐 좋겠느냐?' 하더군.

네 엄마 좀 봐라. 얼마나 예쁘니? 신성한 알라께서 그렇게 정성을 다해 만든 피조물을 내가 어찌 감히 손을 댈 수 있겠니? 감히 어떻게 할 생각 같은 건 못했지.

네 아버지를 땅에 묻던 그날 집에 와서 총을 들고 너희 집으로 쳐들어갔지. 근데, 네 엄마가 예쁜 얼굴로 날 빤히 보며 '차라리 날 죽여주세요' 하는 거야. '나를 죽여도 좋지만 내 아들이 내가 그 애 삼촌한테 살해당했다는 것은 모르게 해줘요.' 그러더라구. '그 애가 당신 집안에 한을 품고 복수라도 하려들지 말게…… 나도 다 알고 있어요. 언젠가 당신들이 날 죽일 거라는 걸. 차라리 한시라도 빨리 죽여서 내가 해방되는 게 낫지.' 그러더니 네 엄마가 머리를 땅에 대고 차라리 한시라도 빨리 죽이라고 하더군.

손이 벌벌 떨렸지. 도저히 방아쇠를 당길 수가 없는 거야. 그랬다가는 알라께 천벌을 받을 것 같더라구. '난 도저히 못 하겠소, 형수' 그랬지. '난 지금 이 집을 나가는 순간부터 당신을 누가 죽이든 말든 상관하지 않겠소. 난 못해요. 하늘이 내린 것처럼 아름다운 당신을…… 난 못해요' 하고 그 집을 나왔지. 뒤를 돌아다보니 할릴 형이 또 등 뒤에서 하얀 수의를 입고 스르르 멀어져가는 게 보이더라구. 애들처럼 꺽꺽 울면서 말야. '형님, 미안해요. 난 도저히 못하겠더라구' 했지. '다른 사람이라면 몰라도, 에스메 형수가 아닌 다른 사람이라면 할 수 있겠어. 내 엄마라도 할 수 있을 것 같소. 그래서 형을 구해줄 텐데 말이오. 그런데 에스메는 못하겠소. 에스메 형수에게는 도저히 손을 못 대겠더라구요. 형도 에스메를 해치진

못할 거요. 사람의 탈을 쓰고 어찌 그럴 수 있겠어? 형님, 난 못해요!'
그러자 할릴 형이 땅에 벌렁 드러눕더니 소리내어 울기 시작했지. 얼마나 크게 우는지 천지가 진동하는 것 같았지. '죽여, 죽여서 날 구해줘' 하면서 애원하더라구. '아무도 그 여자한테는 손도 못 대니 어쩌면 좋을꼬. 그 여자 얼굴 한 번만 보면 마음이 약해져서, 나처럼 홀딱 반해서⋯⋯ 그래서 어쩌지를 못한다구. 그래도 꼭 죽여야 해. 지금 내 꼴이 이게 뭐야!'라면서 날보고 애원하더군."

밤낮으로 하산의 아버지는 알리 삼촌을 따라다녔다고 했다. 메르신[9]으로 도망가면 메르신으로, 이스탄불[10]로 가면 이스탄불로 줄곧 따라다녔다고 했다. 하산 아버지도 끈질기고 알리 삼촌도 억척스럽게 도망을 다녔다고 했다. 어디를 가도 하산 아버지는 금세 따라와서 애원하며 매달렸다고 했다.

"그 여자를 좀 죽여줘, 나를 좀 구해달라고. 내 무덤 안에 구렁이, 벌레, 늑대, 이리까지 가득 차서 날 먹어치운다고. 내가 이 원수를 갚지 못하면 난 최후의 심판 날까지 이렇게 있어야 해. 내 상태가 어떤지 알겠어? 그 여자를 좀 없애줘. 이젠 더 이상 못 견디겠단 말야. 내가 이렇게 짐승 밥이 되어가고 있는 게 뭐가 좋아? 내 아들을 시키려고 해도 아직 머리에 피도 안 마른 애고, 게다가 제 어미는 그렇게 미인이니. 알리야, 나도 그 여자를 얼마나 사랑했는지 알아? 그런데도 날 죽이려고 했잖아? 그 여자가."

알리 삼촌은 말을 이었다.

"그 이후 세 번이나 더 네 엄마를 찾아갔지. 갈 때마다 맹세를 하고 말야. 이번에는 꼭 죽여야지 하고 말야. 나도 하루 빨리 해방되고 싶었다구.

---

9 터키 남동부 지방에 있는 소도시.
10 유럽과 아시아에 걸쳐 있는 터키의 도시로, 옛 이름은 콘스탄티노플.

이번에도, 그럼, 어서 죽이세요. 도련님. 그러는 거야. 도저히 손가락도 움직이지 않더라구. 난 못하겠다, 하산아. 자, 이 총을 널 줄 테니 받아라. 네 아버지가 쓰던 거야. 너도 이제 다 컸으니 네가 아버지 한을 풀어줘."

말을 마치고도 알리 삼촌은 엄마의 아름다움에 취해 있었다. 자기는 사람의 탈을 쓰고 도저히 에스메를 해칠 수가 없다는 것을 덧붙여 강조할 뿐 하산에게 잘 있으라는 말 한 마디 남기지 않고 황급히 돌산을 내려갔다.

두루순 할아버지도, "네 엄마 같은 미인은 이 세상에 또 없을 거야. 절대로 마귀의 꼬임에 넘어가면 안 된다. 알겠지?" 하고 다짐을 받으려 했었다.

평원은 바다가 되어가고 있었다. 성 아래쪽에서 그 바다를 내려다보았었다. 드넓은 바다였다. 그 옆에는 엄마도 있었다. 배도 여러 척 있었다. 하산은 엄마와 한 배를 타고 있었다. 배는 숲 속으로 들어갔다. 그리고 배 앞에 헤밀테 돌산이 나타났다. 뾰족한 배가 유유히 돌산을 가로지를 때면 하얀 거품이 보랏빛으로 일었다.

알리 삼촌이 "멈춰" 하고 소리를 질렀다.

"두 명 다 처치하려고 했는데, 잘 되었구만. 지금 둘 다 함께 있으니."

뾰족한 배는 계속해서 돌산을 가로질러 달렸다. 파란 빗물이 떨어지고, 하늘에서 보랏빛 돌들이 쏟아졌다. 알리 삼촌은 하산 아버지의 총을 빼서 하산을 향해 겨냥했다. 하산은 너무 무서워 심장이 얼어붙는 듯 했다.

"추쿠로바에 이제는 돌 세례가 내릴 거야. 불쌍한 할릴 형. 부모 형제, 아들까지 새파랗게 살아 있는데도 한풀이를 못하다니."

할릴은 두 손으로 상처를 거머쥐고 보랏빛 갈대밭 속을 걸었다. 갈대들은 칼날 같은 끝을 세우고, 할릴의 팔다리와 가슴으로 덤벼들었다. 할릴은 소리를 질러댔다. 눈이 밖으로 툭 튀어나올 듯 소리를 질렀다. 살려주세요! 살려주세요! 살려주세요! 그리고는 늪으로 빨려 들어갔다. 늪은 피바다가 되기 시작했다. 보글보글 끓는 늪에서 피가 여기저기 솟구치기 시작했다. 할릴의 머리가 늪 안팎을 솟아 오르내렸다.

"이 웅덩이에 이제는 구렁이 세례가 내릴 거야! 불똥이 떨어지고, 메뚜기 세례가 내릴 거야. 지렁이, 개구리 세례가 내릴 거라니까! 아다나 시(市)에는 홍수가 날 거고, 제이한 강에는 폭풍이 불어닥칠 거야. 미시 시(市)는 구렁이 때문에 망할 거고, 타루스 지방은 늪으로 변할 거라구. 아나바르자 일대가 전부 재가 되도록 타버릴 거고 말야. 살아남은 사람은 개미, 파리 때문에 씨가 마를 거고."

하산은 두 눈으로 똑똑히 할릴을 보았다. 아버지는 거기서 그렇게 억지로 얼굴 근육을 움직여 하산을 보고 웃었다. 이상한 눈초리였다. 너도 사람 자식이야? 너도 사람 자식이냐구……! 하는 말이 귀에 쩌렁쩌렁 울리는 듯했다.

할머니는 앓아누웠다. 야위어서 눈 아래까지 거무죽죽해졌다. 손 가죽도 퍼렇게 변했다. "내가 이대로 죽을 수는 없지. 이대로는 못 죽어. 하산아. 내가 이대로 가면 누가 내 아들 할릴의 원수를 갚아준단 말이냐. 이리도 제대로 된 사람 자식 하나 없으니. 알리는 그래도 해낼 거라 믿었더니, 뭐 네 어미한테 장가를 들고 싶다고? 제 형 원수하고 혼인을 하겠다는 거야? 결국 그놈마저 미쳐서 산으로 들어가고 말지 않았니? 그 꼴을 보고 내 어찌 편히 눈을 감을 수 있단 말이냐. 제 형을 죽인 원수에게 반해 저 모양이니. 나도 알긴 알아. 그년이 얼굴만 반반해 가지고, 사내란 사내는 전부 홀려버리는 걸. 그년 얼굴 한 번만 보면 전부 홀려가지고 사족을 못 놀리지. 내가 그년 하나 없애려고 재산을 또 얼마나 날렸는지 아니? 그런데 아무도 못 했잖아. 아이구, 자식 놈들이라고, 그년한테 쩔쩔매는 꼴이라니!"

산속 크작 마을에는 하즈라는 산적이 살고 있다. 산적 하즈는 고만고만한 아들이 일곱이나 있었다. 여덟 살, 아홉 살, 열 살, 열다섯 살. 그 아이들은 모두 누굴 죽인다고 해서 범법자로 취급받을 나이가 아니었다. 산적 하즈는 아이들이 태어나면 똥오줌도 가리기 전에 손에 총부터 쥐어주었다. 아이들은 몇 년 안에 도망치는 두루미, 토끼를 뒤돌아 쏜 총으로 맞힐 정도로 훌륭한 저격수가 되었다. 아이들은 훌륭한 사냥꾼이 되었고, 산적 하즈는 갑부에 가까웠다. 그 애들은 동물만 사냥하는 사냥꾼이 아니었다. 심지어 사람도 죽였다. 사람들은 누구라도 죽이고 싶은 사람이 있으면 산적 하즈에게 청을 했고, 산적 하즈 또한 마다하지 않았다. 그리곤, '십만 리라는 줘야 하네. 한 푼이라도 그 아래로 깎을 생각 말아. 요즘에는 애들까지도 감옥에 가두는 판이라구. 사람 목숨이 어디 돈으로 계산되겠어?'

'사람 값이야, 이 세상 재물로 환산이 안 되는 걸 나도 잘 알지. 그래도 눈 딱 감고 사람 죽이기를 파리 목숨 죽이듯 하지 않나. 그걸 위해서 10만 리라나 내다니……' 할머니는 10만 리라라도 좋다고 했는데 산적 하즈의 아들, 손톱만 한 그 아이도 하산 할머니 눈앞에 총을 던져버렸다는 것이다. 에스메를 보는 순간 눈이 부시고 손과 발이 마비되어 감히 죽일 수가 없더라는 것이었다. 정 그러면 하산을 죽일게요. 에스메 아들이니까 누구를 죽이든 마찬가지잖아요? 그러나 에스메 아줌마는 감히 죽일 수가 없었어요' 하더라는 것이다.

그 산에서 산적 하즈는 돈으로 사람을 죽여주는 아이들을 사육하고 있었다. 돈만 있으면 사람 하나 죽이는 건 시간 문제였지만 왜인지 에스메를 죽일 수 있는 사람은 없었다.

"너도 그러면 안 돼, 하산아. 그러면 넌 악의 구렁텅이에서 헤어나오지 못한단다. 네 엄마처럼 미인이 이 세상에 또 어디 있니? 내 아들도 얼마나 미남이었다구. 사람이 너무 잘생기거나 예쁘면 '마'가 끼기 마련이다. 차라리 내가 죽는 게 낫지. 내가 죽는 게 낫다고! 너도 네 어미를 죽일 생각일랑 말고 그냥 놔둬. 아무도 어떻게 못하니 어쩌겠니? 너도 죽이지 말라구! 내 아들 몸에 벌레가 꼬이든 말든 그냥 놔두라고! 내 아들이 살아 있던 게, 그때가 바로 엊그제 같은데. 내 아들 피를 그렇게 더럽혀버리다니. 나는 어떡하라고, 내 아들을 죽인 그년은 저리도 수수 단장을 하고 꼬리치며 돌아다니는데. 내가 이러고 있으니……"

거센 겨울바람이 몰아닥쳤다. 나무가 뿌리째 뽑히고 온갖 풀들이 송두리째 바람에 날아갔다. 길은 흙먼지로 덮였고 온 천지가 뒤흔들렸다. 독수리들이 공중에서 팔딱거리며 발버둥치고 있었다. 그것들도 바람에 흔적 없이 사라질 것이었다……

불꽃이 튀었다. 모든 게 엉망이 돼버렸다. 먼저 둥그렇고 커다란 불꽃이 일었다. 폭이 남자 열 명쯤이나 될 것 같은 불길이 사방으로 하산을 포위했다. 불꽃은 갈수록 작아지긴 했지만 하산은 아무 데도 쳐다볼 수가 없었다. 하산은 뭔가 자꾸만 수렁 속으로 빠져드는 기분을 느꼈다.

"벌써 삼 일째 아무것도 입에 대지 않았잖니? 애야."

"애, 너 이렇게 아무것도 안 먹다가 어떻게 되면……"

하산의 이마에 구슬만 한 땀방울이 흘렀다. 하산은 고개를 돌리고 엄마는 아예 쳐다보지도 않았다.

"하산아, 삼 일 동안이나 굶었으니 어찌 사람이 남아나겠니!"

하산의 얼굴은 시뻘겋게 달아 있었다.

"너 죽고 싶은 게로구나!"

하산은 죽고만 싶었다. 아, 차라리 죽을 수만 있다면. 하산은 아무도 쳐다볼 수가 없었다. 마을 사람들도 하산과 눈이 마주치면 고개를 돌려버리곤 했다. 삼촌들은 말할 것도 없고 동네 개들도 하산을 보려 들지 않았다. 제 아버지 한풀이 하나 제대로 해주지 못한 사람에게서 무슨 덕을 보겠나 하는 생각 때문이었다. 자기 집에 불을 지르고, 자기 자신과 마을 사람들을 불태워 죽이려고 했던 사람에게서, 제비집을 들쑤셔서 제비들을 몰살시킨 사람에게서 말이다. 제 아버지 원수도 제대로 갚지 못하는 못난 것, 가여운 제비들한테나 화풀이를 하고, 코흘리개 애들이나 괴롭히면서 그것도 모자라 심지어는 사람까지 해치려 들다니……

"저렇게 평생 살아서 뭐 한담!"
"사람처럼, 그래도 사람이라고 돌아다니는 꼴이라니."
"구렁이를 닮았던데? 구렁이 말야."
"뭘, 뱀 같기도 했어."
"도망친다. 도망친다구."
"그래도 콧대를 세우고 다니는 꼴 좀 봐."
"제 아비 원수도 못 갚은 주제에……"

하산은 마을을 돌아다니다가 무화과나무에서 열매 하나를 땄다. 손에 가시가 박혔다. 두 손을 툭툭 털어 가시를 털어냈다. 지금까지 하산을 괴롭혔던 얘기들이 더 이상 들리지 않았다. 귀신이 되었다는 얘기, 마을을 떠돈다는 얘기들이 이제 다 잊혀진 듯했다. 어쩌면 자기네들끼리만 소곤소곤 얘기를 하고 하산이 듣는 곳에서는 아무런 말도 하지 않는지 몰랐다. 하산은 궁금해서 미칠 것만 같았다. 요즘에는 도대체 뭐에 대해 떠들고 있는 것일까. 하산만 보면 전부 다 입을 다물어버렸다.

어느 날 어떤 애가 하산에게 말을 걸었다. 하산은 좋아서 죽을 지경이었다. 그 애는 아버지가 아직도 엄마를 잊지 못하고 있다고 했다. 그래서 무덤 속에 가만히 갇혀 있지 못하고 바깥 세상을 헤매고 다니고 있는 거라고 했다. 엄마하고 잠자리를 하고 싶어 온갖 애를 다 쓰고 있다고 했다. 어쩌면 어느 날엔가 엄마를 목 졸라 죽일지도 모른다고 했다. 그래도 마을 사람들은 엄마의 시체를 어디에서든 찾아낼 수 있을 것이라고 했다. 아나바르자 돌산에서든, 아니면 강물 속에서든 퍼렇게 부푼 시체를 건져낼 것이라고……

제비, 벌, 황새, 그리고 구렁이들이 하산을 줄곧 따라다녔다. 하산은 이제 제대로 잠을 잘 수가 없었다. 새벽이면 일어나서 첫닭이 우는 소리를 멍하니 듣곤 했다. 그리고는 아나바르자 돌산으로 내달렸다. 절벽 아래는 수십 미터나 되는 낭떠러지였다. 성벽 아래쪽에는 뾰족뾰족한 바위들이 올곧게 쭉쭉 뻗어 있었다.

어둠 속, 하산은 마치 칼날 위를 걷듯 날카로운 바위 끝을 걸어다녔다. 바위 봉우리 아래는 절벽이었고 아래에는 대리석 평원이 펼쳐져 있었다. 그 위에 떨어지면 아마 뼈가 산산조각이 날 것이다. 하산은 바위 위를 걷는 게 자살 행위와 같다는 것을 잘 알고 있었다. 식은땀에 젖어 걸음을 멈추었다. 눈을 뜨고 아래를 내려다보면 어두컴컴한 절벽이었다. 하산은 '간신히 살긴 살았네' 하고 깊은 안도의 숨을 내쉬었다. 그리고는 집으로 돌아갔다. 하산은 하루하루를 이렇게 보냈다.

"아무도 그 애하고 말하지 말라고 해. 귀신 들린 놈이라구!"
미치광이 하이다르가 이 하나 남지 않은 입을 삐죽이며 떠들었다.
"그 애는 미쳤어. 매일 밤 쏘다닌다니까. 내가 똑똑히 봤어!"

옛날 산적 출신인 렘지 타쉬유렉도 덧붙였다. 자기 여동생을 죽여 갈기갈기 찢어버렸다는 사람이었다. "그래, 아무도 쳐다보지 말라고 해. 그 애는 미친 게 틀림없어, 틀림없다고."

나이가 많은 메리암 아줌마도 양처럼 이빨을 드러내고 모기가 웅웅거리는 듯한 목소리로 말했다.

"내가 그 애와 한번 얘기해볼까? 불쌍한 것, 아버지는 귀신이 되고, 애는 미쳐버리다니."

"그래, 착한 아이였는데."

잘라도 거들었다.

"조금만 더 컸더라도 내가 그 애를 데리고 도망이라도 쳤을 거야."

"봤어."

무스탕도 신바람이 나서 수다를 떨어댔다.

"그 애 아버지가 그 애를 매일 밤 데리고 돌산으로 간다구. 손을 잡고 절벽을 돌아다닌다니까. 캄캄한 데서 말야. 어느 날엔가 그러다가 아마도 하산을 그 아래로 밀어 떨어뜨리고 말 거야." 듬성듬성 난 긴 턱수염을 쓰다듬으며 무스탕은 말했다. 길고 긴 턱수염이었다.

하산은 아침 일찍 일어났다. 손 안에 가득 물을 담아 얼굴을 북북 씻고 옷을 갈아입었다. 그리고 약간의 요기를 한 후 곧바로 할머니 댁으로 갔다. 오랫동안 할머니는 하산과 말을 하지 않았다. 하산을 보면 누워서도 고개를 다른 쪽으로 돌리고, 하산이 갈 때까지 기다렸다. 하산이 가고 나면 할머니는 웅얼거리기 시작했다. 하산은 등 뒤로 쏟아지는 할머니의 욕설 소리를 들었다.

"할머니, 말씀 좀 해보세요. 저하고 얘기 좀 해요. 아버지가 어떻게 귀신이 되었는지 말 좀 해보라니까요. 말 좀 해보세요. 어떻게 하면 아버지를 구할 수 있는지 말 좀 해보라구요. 아버지가 늑대 밥이 되어가고 있다면서요?"

하루하루 할릴은 늑대 밥이 되어갔다. 늑대들이 할릴을 먹어치웠고, 할릴은 나날이 색다른 귀신이 되었다.

"아버지를 어떻게 먹어치우는데요, 할머니?"

할머니는 하산과는 아예 말도 하려 들지 않았다. 삼촌들도, 사촌들도, 동네 애들도, 아무도, 아무도! 엄마와도 당연히 그랬다.

태양은 강렬하게 타올랐다. 그리고 강물은 은빛으로 반짝였다. 하산은 마을에서 도망치고 있었다. 태양은 따갑기만 했다. 하산은 물가를 따라 둠르를 향해 아래쪽으로 뛰었다. 둠르가 빨간 연기 아래에서 흔들거렸다. 하산은 맨발이었다. 땅바닥을 밟을 때면 더욱 더 뜨겁게 느껴졌다. 하산은 목이 말라 죽을 것 같았다. 저녁이 되어 날이 어두워지자 서풍이 불어닥쳤다. 하산은 허리만 조금 굽히면 물을 먹을 수 있다는 생각조차 할 정신이 없었다. 얼굴을 한 번 씻어낼 겨를도 없었다. 하산은 그저 걷고 또 걸었다. 먼지와 땀에 범벅이 된 채였다. 발자국만이 그 뒤를 따라왔다. 그리고 무서운 공포심만이 따라올 뿐이었다. 갑자기 뒤를 돌아다보았다. 하지만 자기가 뒤를 돌아보았다는 것도 알지 못했다. 한밤중이었고, 아나바르자 돌산 밑이었다. 어둠 속에서 바위는 갈수록 커지고 있었다. 언덕 위에서 웅웅거리는 바람 소리, 짐승들의 신음 소리가 들려오고 있었다. 바람은 바위와 풀과 나무들을 흔들었다. 하산은 될 수 있는 대로 빨리 숲을 타고 꼭대기로 올라갔다. 무릎과 손에서 피가 흘렀다. 다 올라갔을 때 맨 꼭대기에서 타는 듯한 박하 냄새가 났다. 하산은 절벽 끝으로 걸어갔다. 마치 전선

위를 걷는 것 같았다. 귓가에서 웅웅거리는 소리가 들렸다. 두려움에 취한 듯 걸을수록 하산은 흔들거렸다. 절벽 아래를 떠올렸다. 온몸이 어둠 속에 섞여 보이지 않았다. 그리고 취한 듯이 흔들거리다가 건너편에 있는 뭔가를 보았다. 하산은 왼쪽으로 몸을 움직였다. 하산은 무릎을 꿇었다. 소리를 지를 수도 없었다. 아니, 소리를 지르고 있었지만 목에서 소리가 나지 않았다. 마치 숨이 멎는 듯하더니 목이 트였다. 천천히 숨통이 트이기 시작했다. 다시 일어나 앉았다. 무릎을 떨면서 절벽에 있는 자신을 이끌었다. 도박을 하고 있는 것이다. 하산은 음악의 장단을 맞추듯 그렇게 걸었다. 박하 향기도 서서히 짙어만갔다.

이렇게 그날 밤 하산은 칼날 같은 바위에 피가 배도록 걷고 또 걸었다. 북쪽을 향해 바위 밑에서 이쪽저쪽으로 걷다가는 바위 끝에서 다시 돌아왔다. 날이 밝을 때쯤에는 다리가 후들후들 떨리기 시작했다. 동이 터 사방이 환해지자 절벽 아래가 한눈에 들어왔다. 그 아래 세상이, 돌산이, 풀이며, 벌이며, 나비, 마른 꽃들이 뒤범벅이 되어 혼잡하게 돌고 있었다. 저기 커다란 강줄기도 조그만 개울처럼 작아 보였고, 평원에 펼쳐진 길도 실처럼 가늘어 보였다. 개미만 한 사람들이 바쁘게 움직이고 있었다. 손가락만 한 빨간 트럭이 먼지에 잔뜩 싸여 내달렸다. 하산은 바윗돌 사이로 툭 떨어졌다. 순간 숨이 멎었다. 하산은 돌 사이에 끼어 잠깐 동안 꼼짝도 하지 않았다.

태양은 더 달아올랐다. 하산은 진땀을 흘리고 있었다. 돌산을 타고 올라갔다. 하산의 귀가 웅웅거렸다. 눈이 침침했다. 밤인지 낮인지 구분이 가지 않았다. 아무 생각도 들지 않았다. 그 돌산에 불빛처럼 번쩍이는 빨간 뱀들이 지나가고 있었다. 하얀 수의를 입은 아버지가 붉은 구렁이와 맞서고 있었다. 아버지가 구렁이 한 마리를 후려칠 때마다 불빛이 터졌다가는 다시 하늘로 올라 구렁이가 되어 여기저기로 떨어졌다. 죽은 구렁이가 땅에 떨어져서는 다시 살아나고, 떨어졌다가는 또 움직였다. 벌레들이 태양을 따라 돌다 돌산으로, 길로, 평원으로 흩어졌다. 달팽이들은 다시 하얀 단추 모양이 되어 풀로, 꽃 위로, 개울로, 나무로, 나뭇잎 새로 수백만 개가 되어 흩어졌다.

하산은 일어나려 했지만 일어설 수가 없었다. 몸뚱어리 전체가 풀어져서 마디마디가 아파왔다. 하산은 면도날 같은 절벽 끝을 걷고 싶었다. 그렇게 하지 못하면 미쳐버릴 것만 같았다. 절벽 아래를 내려다보니 아찔하고 머리가 핑 돌았다. 빨간 트럭도 손가락만 해 보였다. 여기서 떨어지면 뼈도 못 추리고 몸뚱어리가 산산조각이 나겠지. 하산은 숨이 멎는 듯 팽팽한 긴장 속에 있었다. 하산은 바닥에서 기다시피 해서 일어섰다. 절벽의 가장자리를 붙들고 일어났다. 저 아래가 까마득해 보였다. 평원은 저 멀리 가부르 산까지 직선으로 쭉 뻗어 있었다. 헤르미테 성(城)이며, 토프락 성곽, 뱀 성(城)도 연기에 휩싸여 있었다. 평원이 반짝거려 보였다. 여기저기에서 불꽃이 일었다. 절벽 아래를 이제는 더 이상 쳐다볼 수도 없었다. 아니면 눈이 침침해지는 것도 같았다. 어두워져서야 하산은 생기를 되찾았다. 갑자기 펄쩍 뛰어 절반의 절벽 위를 걸었다. 걸을수록 무서웠고 무서워서 미칠 것만 같았다. 정신이 조금씩 드는 듯했다. 머리가 지근거리며 아파왔다. 마치 먼 길을 걸은 것처럼 느껴졌다. 아마도 꼬박 하루가 걸리는 여행길을 걸은 듯했다. 적어도 하산에게는 그렇게 느껴졌다.

몸이 풀려서 더 이상 하산은 걸을 수도 없었다. 절벽 위아래를 따라 몸이 앞뒤로 흔들렸다. 왠지 모르게 그렇게 느껴졌다. 몸이 떨어질 듯이 흔들렸다. 이제 어둠이 깔리기 시작했다. 그리고는 곧 강렬하고 커다란 불꽃과 함께 다시 어둠이 걷혔다. 하산은 앞뒤를 오고 갔다. 고막이 터질 듯

한 웅웅거림이 들려왔고, 몸이 흔들릴수록 웅웅거림은 더더욱 커지기만 했다.

결국 하산은 중심을 잃고 뒤로 나자빠지고 말았다. 아마 돌산 쪽으로 떨어졌든가, 앞쪽으로 미끄러졌다면 몸뚱어리가 산산조각이 났을 것이었다. 어쩌면 채 떨어지기도 전에 독수리 밥이 되었을지도 모르는 일이었다.

수백만 마리 구렁이와 함께 소복을 입은 사람이 다가섰다. "하산아" 하고 불렀다. "하산아, 너 내 아들 하산 아니냐! 내 핏줄 아니냐! 아버지를 좀 구해주렴. 내 앞에 있는 이 구렁이들이 그냥 구렁이가 아니야. 다 한이 맺혀 죽은 사람들이야! 다 누군가에게 살해당했지만 그 원수를 갚지 못해서 한이 맺힌 사람들이라고! 그래서 붉은 구렁이가 된 거지. 나도 저 승사자들이 그리 만들어버렸다니까! 네 아비가 이런 꼴로 사는 걸 보고 네 어찌 가만히 있겠느냐. 하산아, 넌 내 아들 아니냐? 내가 불쌍하지도 않니? 내가 이렇게 시뻘건 구렁이가 되어 저승까지 갈 만큼 난 정말 잘못한 것 없다구. 하산아, 하산아, 얘야. 제발 이 지옥에서 날 좀 구해줘. 구렁이를 좀 없애달라고!"

하산은 정신이 번쩍 들었다. 벽이고, 바위들이고, 제비들이고, 불꽃들이 다 자기 머리 위로 떨어지는 것처럼 느껴졌다. 하산은 도망치듯 정신없이 내달렸다. 구렁이들, 제비들, 독수리들 그리고 시뻘건 불꽃들이 '우!' 하고 하산을 쫓아왔다.

마을이 또다시 술렁거렸다. 한 사람도 빠짐없이, 남녀노소를 불문하고 또 뭔가 쉴 새 없이 지껄여대고 있었다. 엄마가 또 구설수에 올랐다. 할릴이 왔다지? 마을 사람들 전부 다 할릴과 얘기를 했다는구만. 먼저 제 어머니부터 찾았다잖아. 그리고 제 어미라고 또 신세 한탄만 잔뜩 늘어놓았다더라구. 그래도 아무 소용이 없었던지 나무 아래 공허히 앉아 있었다는 거야. 그리고 오렌지 냄새가 가득한 마을 한복판에 대고 소리를 질렀다는 거야. '나는 구렁이를 몰고 다니는 구렁이 목동이 되었다. 구렁이 목동이 되었다고! 구렁이 목동! 나중에는 속까지 들여다보이는 붉은 구렁이로 변할 거라구. 나를 이대로 구렁이가 되도록 내버려두지 말라구. 날 좀 구해줘요! 날 좀 구해달라구요!' 그러더니 또 연기처럼 사라지고 말았다는 거야. 그러더니 마을에 시뻘건 구렁이가 한 마리씩 뚝뚝 떨어지기 시작했다지.

할머니는 하산을 친절하게 맞이했다. 뭔가 좋은 일이 있는 것 같았다. 할머니는 하산의 머리를 오래오래 쓰다듬었다. 하산은 할머니가 그렇게 머리를 쓸어주는 게 좋았다. 이제 할머니가 말을 하기 시작한 것이다. 그러면 이제 마을 사람들도 나하고 말을 하겠구나. 잘 됐다. 아주 잘 됐어. 하산은 드디어 이제 구제된 것이다. 하산은 할머니 눈에라도 들어갈 듯 할머니 말씀을 듣고 또 들었다. 온 마음을 다해서 뜨거운 열정을 섞은 눈초리로 할머니를 보았다.

"네 아비 할릴이 그놈의 사랑이라는 것 때문에 저리 유령이 되지 않았겠니? 너도 들었지? 하산아. 할릴이 네 어미에게 푹 빠져 있었잖아! 네 엄마를 아직도 질투한다는구나. '이 세상에서 제일 예쁜 여자, 그 여자가 다른 남자를 품에 안는 날이면 나는 이제 끝장이야!' 한다지? 말이나 되는 소리니? 하산아! 말이나 되는 소리야? 네 아버지 같은 사내대장부가 또 어디 있다고, 다른 남자를 품에 안는단 말이야. 자. 하산아. 이리 와봐. 이리 와보라고."

할머니는 하산의 머리를 품에 안았다. 그리고 뭔가 중얼거리기 시작했다.

"넌 모를 거다, 얘야. 넌 아직 어려서 모를 거야. 내 말을 잘 듣거라. 넌 지금은 어리지만 이제 어른이 되면, 네 아비 같은 대장부가 되면 말이다. 네 어미가 다른 사내들과 놀아나는 꼴을 보고만 있을 수 있겠니? 자, 이리 가까이 다가온! 자, 가까이 오란 말이다. 아무도 이 말을 들으면 안 된다!

네 어미가 그렇게 매일 밤 남자를 바꾸어가며 놀아난다지 않니? 마을 사람들이 다 아는 사실이야! 다 봤다는 거야. 이 사실을 모르는 사람은 이 마을에서 아무도 없다는 거야! 어떻게 생각하니? 하산아? 네 아비는 한풀이를 못해서 아직도 저 꼴인데, 얼굴이 반반한 네 어미한테는 아무도 어찌하지 못하잖아. 그럼 넌 어떻게 되겠니? 어떻게 얼굴을 들고 다닐 거냐구. 그런 네 어미를 두고 말야. 네 한평생 화냥년 자식이라는 게 꼬리표처럼 붙어 다니지 않겠니? 어떻게 생각하니? 하산아. 네 이마에 그런 더러운 명찰을 달고 평생을 살고 싶어? 난 이제 죽을 날이 얼마 남지 않았다. 내 아들을 앞세우고, 원수도 갚지 못한 채, 더구나 손자 놈에게 그런 흠집이나 남기고 말이야."

할머니는 품에서 하산을 떼어내 한번 쭉 훑어보았다. 하산의 얼굴이 시체처럼 창백해졌다. 그걸 보고 할머니는 흡족했다. 제대로 지어댄 것이다. 아이들이란 자기 엄마 때문에 아버지한테서까지 질투심을 갖기 마련이다.

"밤이 되면 안 자고 늦게까지 있지 말거라. 네 엄마가 얼마나 교활한지 아니? 제 남편이 두 눈을 버젓이 뜨고 살아있는데도 바람을 피우고 다녔어. 그러니 날이 어두워지면 네 엄마 기다리지 말고 먼저 자거라. 가서 물어봐! 네 엄마가 딴 사내하고 바람피우는 걸 못 본 사람 있나."

할머니는 쉴 새 없이 떠들어댔다. 하산의 엄마가 얼마나 예쁜지, 그리고 그 얼굴로 얼마나 수많은 남자를 홀리고 다녔는지에 대해서도 설명해주었다.

할머니 댁을 빠져나왔을 때 하산은 착잡하기가 이루 말 할 수 없었다. 참을 수 없는 고통으로 가슴이 미어지는 듯했다.

마을 한복판으로 나아갔다. 그 앞에 나타난 누군가가 하산을 붙잡고 말을 걸었다.

마을 사람들은 하산의 엄마가 창녀라고 떠들어댔다. 하산의 머리 위에 예쁜 여자의 늘씬한 다리, 교태를 부리는 속눈썹, 그리고 남자를 껴안고 있는 발가벗고 있는 모습들이 떠올랐다. 하산은 미칠 것만 같았다. 그래도 하산은 마을 사람들이 엄마를 두고 하는 말들을 듣고만 있었다. 아마도 하산이 그렇게 가만히 그 사람들의 말을 들어주지 않으면 아마도 그 사람들은 하산을 죽여버렸을지도 몰랐다. 마치 마을 전체에 할머니가 마술을 걸어놓은 듯했다. 할머니가 뭐라고만 하면 마을 사람들은 천 배는 더 과장을 해서 그 사실을 떠들고 다녔다. 마치 할머니를 맹목적으로 신봉하는 광신도 무리 같기도 했다. 하산도 그랬다.

"하산 엄마는 죽게 될 거야! 죽을 거라구!"

"그래, 어려운 일이야."

"그런 제 어미를 죽이지 않으면 하산, 그놈은 피도 눈물도 없는 놈이라구."

"제 아비 원수를 어찌 저리 살려둘꼬?"

"피도 눈물도 없는 놈."

"제 집에 외간 남자를 들인다잖아. 그러면 제 어미가 머리부터 발끝까지 홀딱 벗고 또 그 짓을 시작한다지? 하산도 쳐다보고, 구경만 한다잖아!"

"하산도 두 눈을 똑바로 뜨고 쳐다만 본대."

"한 번은 제 어미가 부끄러워서 '딴 데 가 있어. 어떻게 네 엄마 알몸을 그리 쳐다보니?' 했다잖아. 그랬더니 그래도 하산이 쳐다보고 싶다고 생난리를 쳤다는구만!"

"그 조그만 애가 글쎄, 눈도 꿈쩍하지 않고 구경한다지?"

"남자들이 제 엄마하고 자는 게 그리도 좋은가!"

"제 엄마한테 죽여버리겠다고 협박을 하긴 했다나 봐."

"왜?"

"만약 나 없을 때 딴 남자하고 자면 안 된다고 말야. 구경거리를 놓칠 수 없다고 말야."

"제 어미는 뭐래?"

"뭐라겠어? '난 과부란 말이다' 했다잖아. '나도 남자가 필요하다구 말야. 나도 어쩔 수 없다. 남편이 죽었으니 말야'라고 한대."

"남자 없인 하루도 못 산다고 했다지?"

"그래, 그럴 거야."

"옛날 그 유명한 창녀도 그랬다지 않아?"

"아, 남자들을 다 하루 저녁에 해치운다는 이란 여자?"

"남자가 없어서 말야. '나한테도 남자 한 명 구해 줘요'라고 한다잖아."

"하산이 뭘 알아, 그 어린애가."

"그래, 아직 너무 어려."

"그래도 어찌 멀쩡히 제 엄마가 남자들하고 놀아나는 걸 보고만 있나?"

"진짜 알몸을 쳐다볼까?"

"콩가루 집안이지 뭐. 미친 놈 같으니."

"불쌍한 하산."

"그 애가 뭘 알아. 자기 엄마가 남자를 끌어들이든 말든."

"그래도 하루는 참았다잖아."

"하루, 아니 이틀을 기다렸다던가?"

"벼르고 또 벼르고 했다지?"

"그랬대. 그럼 안 그러겠어. 하산 같은 애가 그냥 보고만 있겠어? 자기 엄마가 창녀 짓을 하는데?"

"그래, 어떻게 보고만 있겠나?"

"제 어미 품에서 말야."

"하산이 왜 총도 잘 쏘잖아. 자기 엄마도 죽이고 말걸."

"그래도 그런 생각들 말어. 그 애 엄마라고 그걸 모를까? 알면서도 하산 앞에서 그 짓을 한단 말이지?"

"하산이 뭐 제 어민데 어떻게 하겠어? 무슨 짓을 해도 내버려둬야지 뭐. 얼굴은 반반해 가지고 남자나 꼬여내지 않으면 또 뭐 할 짓이 있을라구."

"그 애가 삼 일을 벼르고 별렀다는구만."

"그 애가 자지 않고 있는 걸 걔 엄마가 몰랐나?"

"삼 일 후에 하산이 잠이 들자 남자를 들였다잖아, 아침까지⋯⋯"

"삼 일 동안 잠도 안 자고. 대단해."

"할릴이 시뻘건 구렁이가 되었다잖아. 속이 훤히 들여다보이는 구렁이가 되서는, 한 토막은 여기에, 또 한 토막은 저기에 그렇게 돌아다녔다지?"

"불쌍한 것, 그리 한구석에 찌그러져 있었겠구만. 어쩌겠어? 에스메를 그냥 구경만 하고 있었다잖아. 에스메는 딴 남자하고 그 짓을 벌이고 말야. 유령이 뭘 어쩔 힘이나 있어? 구렁이가 무슨 힘이 있다고."

"가여운 것, 하산도 안됐구만."

"하산도 오래 못 견디겠구만. 제 어미가 그러고 있는데 어디 오래 견디겠어?"

"아직도 어린데, 뭘!"

"어리긴 뭐가 어려, 다 알 만한 나이지."

"그래도 아직 애잖아."

"에스메 같은 미인은 천 년에 한 번 날까 말까 하다던데."

"그래도 결국 마을 사람들이 죽이고 말 텐데, 뭐."

"이쁜 게 죄지 뭐야, 알라께서도 무심하시지."

"알라께서 그리 만들었다잖아."

"글쎄, 차라리 평범한 게 낫겠다."

"그러게 말야. 그렇게 빼어나게 만들어 이놈 저놈 신세나 망치게 만들고."

"망치긴 뭘 망쳐?"

"그렇다며, 매일."

"남자나 홀리고 다니지."

"가여운 에스메."

"차라리 이 마을에서 떠나지 그래."

"창녀가 그런 걸 가려?"

"그렇긴 하지만."

"가긴 왜 가? 자기 고향에는 저 닮은 미인이 백 명도 넘는다는데."

"맞아. 그나마 여긴 저 혼자잖아."

"알라께서 그렇게 할 일이 없을라구. 에스메를 애써서 닮게 만들게. 하긴, 그래도 에스메만 한 인물은 나기 어려울 거야."

"그렇지."

"안됐구만."

"하산 손에 죽을 거야."

"쯧쯧……"

"죽일 거야. 어미라도."

"피도 눈물도 없는 것, 그래도 어찌 사람의 탈을 쓰고 제 어미를 죽인다고……"

"그놈의 집안이 어디 그래? 피 보기를 물 보듯 하는 집안인데. 어디 제 어미 하나만 죽이겠어? 온 가족을 몰살시켜버리겠지."

"쯧쯧……"

"에스메가 안됐구만."

"그놈들을 가만 놔두지도 않을 거구만."

"그래, 어디 하산이 가만히 놔두겠어?"

"아직 애니까, 감옥에도 안 갈 거고."

"그럴 거야."

"……."

어느 날부터인가 마을에서는 이런 대화가 딱 끊겼다. 마을이 갑자기 침묵 속에 잠겼고, 딸그락거리는 소리 하나 들리지 않았다. 마을 사람들이 이제는 아무 얘기도 하지 않는 것인지, 아니면 하산에게만 그렇게 느껴지는 것인지 알 수 없었다. 하산은 매일 할머니 댁에 들렀지만 할머니는 입도 벙긋하려 들지 않았다. 죽은 자만이 말을 하는 듯 할머니도, 마을도 침묵할 뿐이었다. 아니면 아무도 아버지와 엄마에 대해 말을 하지 않아서 하산에게만 그렇게 느껴지는 것인지도 몰랐다.

하산은 아침부터 저녁까지 마을 안을 오고 가며 만나는 사람마다 억지로 웃어주었다. 마치 애원하는 듯한 표정이었다. 그래도 아무도 입도 벙긋하지 않았다. 그들은 하산 아버지, 어머니에 대한 것 따위는 까마득히 잊은 듯했다. 이제 하산은 나무나 물과만 말벗이 되는 수밖에 없었다. 나무나 물에게라도 말하고 용서를 구하는 수밖에 없었다.

제비들도 이제는 없었다. 둥지는 텅 비어버린 지 오래이고 지지배배 제비 소리도 더 이상 들리지 않았다. 독수리떼만이 무더기로 날고 있었지만 그것들도 역시 오직 날고 있을 뿐 아무 소리도 내지 않았다.

빨간 구렁이, 벌레, 하얀 수의를 입은 유령, 누런 개, 무덤에서 짖어대는 개들…… 모든 게 잊혀진 듯했다. 이제는 아무 흔적도 없었다.

하산은 허전한 마음을 채우려 애썼다. 마을에서 가장 가느다란 나뭇가지를 껴안아보았다. 모든 게 이제 끝이었고 죽음이었다.

하산은 절벽으로 갔다. 뙤약볕 속에서 마지막 희망을 가지고…… 면도날처럼 날카로운 바위산의 가장자리…… 발을 헛디뎌 떨어진다면 저 밑에서 그야말로 산산조각 나고 말 것이라고 생각했지만, 하산은 전혀 개의치 않았다. 더 이상 아무것에도 겁나지 않았다. 손톱만큼도 두렵지 않았다. 저 아래가 까마득해 보이기만 했다. 트럭이 아주 조그마한 장난감같이 보였다. 사람들은 개미새끼 같았고, 커다란 강마저도 실낱처럼 가느다랗게 보였다. 그래도 하산은 머리가 어지럽지도, 떨어질까 봐 겁도 나지 않았다. 여기서 스스로 목숨을 던진다고 해도 겁날 것이 없었다.

하산은 두려움을 느껴보려고 애썼다. 아래를 똑바로 쳐다보면서 깊은 절벽에서 눈을 떼지 않았다. 그래도 소용없었다. 절벽 끝에서, 칼날 같은 바위 끝을 걷다가는 뜀박질을 하고, 그러다가는 뒤로 돌아보았지만 무섭지 않았다.

하산은 마을을 향해서 걸었다. 집에 도착하자 엄마가 하산을 반겼다. 하산은 정작 엄마를 보자 소름이 쫙 돋는 두려움을 느꼈다. 손발까지 떨리기 시작했다. 더 이상 집 안에 있을 수가 없었다. 다시 마을로 나갔다. 마을 한복판에 도착할 때쯤에서야 안정을 되찾았다.

엄마를 보면 미칠 것처럼 공포감에 사로잡혔다. 떨리고 무서워서 자기 자신도 스스로를 통제할 수 없었다. 차라리 안 보는 게 나을 것 같았다.

엄마는 집 마당의 화덕에 불을 지펴놓았다. 화덕에서는 한 아름 높이의 불길이 계속해서 위로 솟구치고 있었다. 하산은 손에 들고 있는 권총을 만지작거렸다. 아버지가 쓰던 총이었다. 활활 타오르던 불길은 점차 기세를 잃더니 갑자기 가라앉았다. 엄마는 화덕 앞에서 몸을 숙였다 폈다 하면서 화덕을 살피고 있었다.

하산은 떨고 있었다. 두려움에 사로잡힌 탓이었다. 온몸의 살이 떨리고 머리가 빙빙 돌았다. 두 눈 앞의 불꽃 속에서 엄마가 아른거렸다. 갑자기 손에 쥐고 있던 권총이 발사되었다.

외마디 비명 소리가 났다. 한 번 더 총탄이 터졌다. 한 번 더, 한 번 더…… 그리고 머리카락과 살 타는 냄새가 사방으로 번졌다. 하산은 갑자기 허망함을 느꼈다. 한동안 손에 권총을 거머쥔 채 화덕 앞을 서성거렸다. 화덕 속에서 엄마의 머리카락이 타고 있었다. 하산은 아나바르자 돌산으로 도망을 갔다.

3일 후 돌 뚜껑으로 단단히 덮어놓은 석관 속에서 그를 찾아낸 것은 하산이 기르던 개였다. 주인 냄새를 맡은 것이다.

몇 달 전에 하산이 나를 찾아왔다. 하산은 꽤 안정된 생활을 하는 것 같았다. 농업용 기계도 여러 대 사들이고 트럭도 다섯 대나 되며, 수천 평이나 되는 대지를 소유하고 있다고 했다. 그리고 수천 평 오렌지 농장 안에는 커다란 집을 지었다고 했다. 실제로 보니 말 그대로 궁전 같은 집이었다. 결혼도 했는데, 부인이 아주 예쁘다고 했다. 아이도 아들 셋, 딸 셋, 이렇게 여섯이나 낳았고.

우리는 사람을 네 명이나 죽였다던, 그래서 밤낮이고 예배를 드리며 속죄하던 한 죄수를 떠올렸다. 사람 같지도 않던 철면피 뤼트피도 기억해 냈다. 하산은 추쿠로바 사람들이 갈수록 포악해지며, 각박하고 인정도 메말라간다고 했다. 말로만 친구이지 진정한 벗이란 찾아볼 수 없다고⋯⋯ 그래서 자기 자신도 사람들과 별로 관계를 갖지 않는다고 했다. 봄이면 오렌지 꽃들이 얼마나 예쁜지 그 향기에 취해 살 뿐이라고⋯⋯

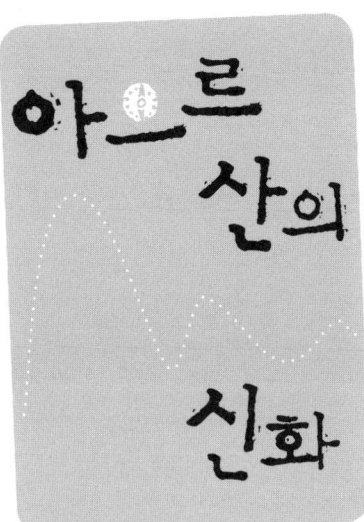

아으르 산 골짜기에는 둘레가 4200미터나 되는 호수가 있었다. 사람들은 쿱 호수라고 불렀다. 무척 깊은 호수였는데, 사실은 호수가 아니라 저수지라고 해야 맞았다. 호수 주변, 아니 저수지 입구는 삐죽삐죽 솟아오른, 칼날같이 날카로운 바위들로 가득했다. 바위부터 호수로 이어지는 부분은 보드라운 황토가 파여 좁다란 길이 난 것처럼 보이기도 했다. 황토 위로는 파릇파릇 잔디가 돋아 있었다. 바로 그 지점부터 짙푸른 호수가 펼쳐졌다. 호수는 정말 장관이었다. 그 어느 곳에서도 볼 수 없는 시린 푸른색이었다. 짙은 남빛이 감도는 보드라운 주단 같은 푸르름이기도 했다.

해마다 봄이 오면, 아으르 산에는 싱그러움이 샘솟았다. 눈이 채 녹지도 않은 호숫가에 자그마한 꽃들이 고개를 들었다. 꽃들은 자기가 뽐낼 수 있는 갖가지 색을 총동원해서 아름다움을 선보였다. 파랑, 빨강, 노랑, 보라. 반짝이는 작은 꽃들은 멀리서도 금방 눈에 들어왔다. 꽃에서는 향긋한 향내가 번져 나오고, 시리게 푸르른 호수에서도, 황토색 땅에서도 머리가 핑 돌 것만 같은 짜릿한 냄새가 배어났다. 냄새는 아주 먼 곳까지 흩어졌.

아으르 산에 봄 새순이 돋고 흐드러진 꽃들의 향내와 색채가 황토빛 땅과 어우러질 때면, 어김없이 목동들이 쿱 호수에 모여들었다. 목동들은 커다란 덩치에 맞지 않게 슬픈 듯 둥근 눈을 하고, 가느다란 손가락으로 피리를 불어댔다. 그들은 붉은 바윗돌 밑쪽 누런 흙 위에 겉옷을 깔고 앉아 있다가 동이 틀 무렵이면 허리춤에서 피리를 꺼내 불었다. 아으르 산 새벽 별빛 아래 산의 분노를 가라앉히려고 하는 것처럼 보였다.

동이 틀 무렵 찾아온 목동들은 해가 질 때까지 머물렀다. 막 땅거미가 시작될 무렵이면 눈처럼 새하얀 아주 작은 새 한 마리가 날아들었다. 아주 가늘고 기다란 제비를 닮은 새였다. 새는 호수 위를 무척 날쌔게 날아다녔다. 새가 날아가는 곳마다 호수 위에는 길고 하얀 동그라미가 생겨났다. 하얀 동그라미는 투명하고 푸르른 호수 위로 곤두박질 쳤다. 해가 완전히 빠져버리는 순간 목동들의 피리 소리도 그쳤다. 그러면 목동들은 피리를 허리춤에 쑤셔 넣고 옷매무새를 다듬었다. 새는 혼신의 힘을 다해 호수 위를 날다 번개처럼 잽싸게 내려가 날개를 호수에 적신 후 이내 하늘로 날아오르곤 했다. 이렇게 세 번 정도 먹을 감고 나서야 새는 다시 하늘 높이 먼 곳으로 사라졌다. 하얀 새가 보이지 않게 되면 목동들도 하나 둘 조용히 그곳을 떠나 어둠 속으로 사라졌다.

잿빛 말 한 마리가 어제 저녁부터 내내 아흐멧 집 앞을 떠나지 않았다. 머리를 쭉 빼들고, 커다란 콧구멍을 벌름거리는 모양새가 마치 갈라진 문틈 사이로 냄새를 맡는 것같이 보이기도 했다. 거기 서 있는 말을 처음 본 사람은 소피였다. 나이가 많은 소피의 얼굴에는 하얀 수염이 덥수룩했다. 말 등 위에는 은으로 자수를 놓은 안장이 걸쳐져 있었다. 말의 모든 장식은 은으로 된 것이었다. 소피는 말에게 가까이 다가가 무릎을 꿇고 앉아서는 말의 이모저모를 찬찬히 훑어보았다. 말고삐는 금도금을 한 데다가 안장은 자개와 금으로 장식되어 있었다. 안장 아래는 한눈에도 온갖 정성을 기울여 만든 게 분명해 보이는, 화려하게 자수가 놓인 복주머니가 매달려 있었다. 복주머니 위에는 오래된 판화가 찍혀 있었다. 판화는 짙은 오렌지 색이었다. 태양 뒤에서 긴 생명수(生命樹)가 연둣빛으로 뻗어 있는 모양이었다. 왼쪽 옆에도 같은 모양의 해와 나무가 찍혀 있었다. 소피는 이 태양과 나무를 어디선가 본 것만 같았다. 꿈에서나 보았을까. 기억이 날 듯 말 듯했다. 어쨌든 이 문양은 어느 지체 높은 가문의 문장(紋章)인 것만은 틀림없었다.

소피는 조금은 두려운 마음으로, 또 조금은 놀라운 마음으로 말을 마주 보고 조용히 멈추어 섰다. 아흐멧을 찾아온 거물 손님은 도대체 누구란 말인가? 생각을 더듬어 어느 가문의 문장인지, 어떤 성주의 문장인지를 생각해내려 했지만 도무지 기억이 나지 않았다. 까닭모를 두려운 마음만이 엄습할 뿐이었다. 이런 문양의 문장들이란 종종 불미스러운 일을 초래하기 마련이었다. 공포심이 공연히 생기는 게 아니지 않은가?

이런 곳에 이렇게 형형색색으로 화려하게 장식된 말을 탈 사람은 없다. 더군다나 소피는 이 근처에 사는 사람의 말은 죄다 알고 있었다.

봄이었다. 아으르 산에 쌓였던 눈이 녹아 내렸다. 저 아랫녘의 붉은 바윗돌 봉우리도 서서히 모습을 드러내기 시작했고, 하얀 눈꽃들도 사라져버렸다. 아주 멀리서 황새 무리가 꼬리에 꼬리를 물고 반 호수 쪽으로 날아들었다.

아흐멧은 아직 아무것도 모르고 있었다. 푸르스름한 새벽녘의 피리 소리. 소피는 감미롭고 달콤한 이 피리 소리를 아주 오래전에도 들어본 적이 있었다. 아흐멧의 할아버지인 술탄 대감도 이렇게 피리를 불곤 했었다. 그의 아버지 레슐도 그랬다. 아으르 산에서는 이 집 남자들 앞에서 아무도 피리를 불려고 하지 않았다. 아마도 이 세상 사람 누구도 감히 엄두를 내지 못할 것이다. 소피의 이 생각은 틀리지 않을 것이다. 왜냐하면 소피는 정말로 동부 지방에서, 아니 카프카시아 지역 전체에서 이란은 말할 것도 없고 터키인들이 흩어져 사는 곳을 전부 통틀어 제일 유명한 피리꾼이었으므로……

소피가 말에게 조금 더 가까이 다가갔다. 문장의 문양을 조금 더 가까이서 관찰해 보았다. 말이 귀를 밖으로 쭉 빼고, 안에서 들려오는 피리 소리를 듣고 있는 것만 같다. 아흐멧은 아주 옛날 옛적 아으르 산(山) 민요를 불고 있었다. 아으르 산의 아직도 가라앉지 않은 분노를 노래하고 있었다. 소피가 목동들에게 전수해준 곡이었다.

말이 고개를 쭉 빼들었다. 소피도 따라했다. 이 민요를 연주해본 것도, 다른 사람이 부는 것을 들어본 것도 까마득하게 느껴졌다. 거대한 저 산의 분노를 어떻게 저렇게 작은 피리에 담을 수 있단 말인가? 소피는 이렇듯 쓸데없는 생각에 잠겨 있다가 '사람들 능력이 거기까지 되겠어?' 하고 그만두었다. '이렇게 가느다란 피리로 엄청난 산을 표현할 수 있다니!' 라고 생각해보았다.

'이 사람들이 이 세상에 사는 동안이면 뭐든지 생각해낼 수 있을 거야. 독수리가 나는 것, 개미가 집을 짓는 것, 해와 달이 뜨고 지는 것, 삶과 죽음, 모든 것을 다 알아내겠지? 어둠과 밝음, 모든 것을, 모든 것을 알아낼 거라고. 그래도 인간에 대해서만큼은 어쩔 수 없을 걸…… 인간의 신비를 밝혀낼 사람은 아무도 없을 거야.'

그는 피리 소리를 들으며 산을 헤매고 다녔다. 절벽과 바윗더미가 추운 밤 별빛과 함께 떨었다. 달빛도 떨었다. 산이 통째로 분노를 뿜어내는 듯했다. 아주 커다란 괴물처럼 땀을 흘리고 숨을 헐떡이며 아으르 산은 신음하고 있었다. 소피는 폐부 깊은 곳으로부터 번지는 아으르 산의 그 절망스런 숨소리를 듣고 있었다. 먼 곳으로부터 깊은 한숨 소리가 세상 밖으로 떠밀려져 내려왔다. 아흐멧이 피리를 불면 불수록 산의 분노는 더 커지는 것만 같았다. 그러면 소피는 더욱더 귀를 쫑긋 세우고 땅속에서 나는 모든 소리에 귀를 기울였다. 산의 분노는 더욱 깊어만가고 숨소리는 더 커져만 갔다. 마치 모든 근심을 세상 밖으로 쏟아내는 것처럼 보였다. 그리고 나면 세상에는 침묵이 감돌기 시작했다. 사방이 적막하기만 했다. 세상이 텅 빈 듯했다. 아으르 산 머리를 송두리째 삼켜버린 것 같았다. 새들, 사람들, 해와 달과 별, 바람, 비와 눈, 꽃들도 모두 다 휩쓸어버린 듯했다. 세상이 텅 빈 것처럼 느껴졌다. 영양떼들도 누군가 와서 몰고 간 것 같았다. 피리 소리 때문에 아무것도 남아 있지 않은 것처럼 보였다.

갑자기 소피의 눈앞에 온갖 꽃들과 별들의 향기가, 송어와 맑은 물이, 영양이 뛰노는 사막이 펼쳐지기 시작했다. 눈앞의 말도 다르게 보였다. 말이 차고 있는 주머니의 금장식도 빛나 보였다. 생명수도 잎을 떨구고, 꽃을 피웠다.

문득 피리 소리가 끊겼다. 아으르 산 저편에서 붉은 햇살이 타오르고 있었다.

소피는 정신을 차렸다. 말과 문을 한 번씩 번갈아 쳐다보았다. 말도 고개를 쳐들고 슬픔에 찬 커다란 눈으로 소피를 쳐다보았다. 소피의 마음에 왠지 모를 두려움이 몰려왔다.

"아흐멧, 아흐멧."

소피는 소리를 질렀다.

아흐멧은 소피의 목소리를 알고 있었다. 문으로 걸어가서, 문을 열었다.

"어서 오세요, 삼촌."

그는 말을 보자 놀라서 말과 소피를 번갈아 쳐다보았다.

"손님이 오셨나요?"

아흐멧이 소피에게 묻더니 말에게 말했다.

"어서 오시오. 행운을 가져오셨군요."

"손님이 아니다."

소피가 퉁명스럽게 대꾸했다.

두 사람은 말을 쳐다보았다.

말은 문에서 멀어졌다. 그러나 집을 한 바퀴 돌더니 도로 문 앞에 와서 멈추었다. 키가 크고 탄탄한 말이었다. 말의 두 귀가 뾰족하게 하늘로 솟아 있었다. 말은 고개를 하늘로 쳐들고 우는 시늉을 했지만 소리를 내지는 않았다.

아흐멧의 집은 커다란 바위 아래에 있었다. 홈이 파이지 않은 붉은 돌로만 만든 집이었다. 문은 넓었고 창문이 하나 나 있었다.

소피와 아흐멧은 생각했다.

"이 말이 찾아온 걸 아마도 네 운명으로 여겨야 할 것 같다."

"그런 것 같군요. 이렇게 제 발로 찾아오긴 했지만, 그래도 누구 말인지는 알아야 하지 않겠어요?"

"안장에 문장이 있어. 어디에서인지, 아주 옛날에 본 것만 같아. 눈에 익은 문장인데 말야…… 뭔가 심상치 않다. 저주 받은 어느 가문의 문장인지 알 게 뭐냐. 어쨌든지 간에 이 말은 이제 네 것이 되었다. 정의의 사자가 선물로 주고 갔다고 생각해."

"정의의 사자라고요……"

아흐멧이 말을 흐렸다.

이게 도대체 행운이란 말인가? 재앙이란 말인가?

소피는 아흐멧의 얼굴에 드리워진 어두운 그림자를 놓치지 않았다.

"주인이 누구든 이 말은 네 것이야. 그런데 이 문장이 왠지 낯이 익은 것 같아. 아주 오래된 문장 같은데."

이렇게 화려한 장식이 있는 것을 보면, 평범한 사람의 말은 아닌 것이 분명했다.

"너무 많이 생각할 것 없다. 말을 데려다가 저기 아래에 놓아줘. 말이 그래도 다시 찾아오면 한 번 더 데려다가 놓아줘봐. 이렇게 세 번만 해."

소피는 말을 이었다.

"말이 그래도 다시 돌아오면 그때는 그 말이 네 것이라는 뜻이야. 그때는 말 주인이 성주든, 제후든, 오스만 제국의 왕이든, 아젬 왕이든, 쾨루오울루 제후이든, 제아무리 누군가 찾아온다 한들 말은 돌려주지 않는 게 이 지방의 법도다. 네 목숨과 맞바꾸는 한이 있어도 절대 안 되는 법이야. 암, 그때는 우리가 나서서 못하게 할 거고."

날이 밝았다. 금박을 입힌 것 같은 구름이 열리고, 눈앞에 아른거리는 연기처럼 빛이 내렸다. 아흐멧은 말을 잡아타고 아랫녘을 향해 내달렸다. 순한 말이었다. 말을 놓아주고 돌아왔다. 돌아와보니 말은 어느새 소피의 옆에 서 있었다. 아흐멧이 데려다주면 말은 다시 집 앞으로 돌아오기를 세 번이나 반복했다.

"제 말이 되려나 봐요. 삼촌."

어찌되었든 언젠가는 말 주인이 나타날 것이었다. 그게 누가 되었든 이제는 아흐멧은 말을 다시 돌려줄 수가 없었다. 목숨을 내줄지언정 말은 돌려줄 수 없게 되었다.

말을 마구간으로 데리고 갔다. 기쁘기도 하고 두렵기도 했다. 지금까지 살면서 이렇게 훌륭한 말은 처음 보았다.

"말 주인이 돼먹지 못한 놈이라면, 언젠가 나타나 무조건 말을 돌려달라고 할 게다. 그럼, 싸움이 벌어지겠지. 아으르 산이 분노하면 온 세상에 전쟁이 날 거야."

소피는 들떠서 말했다.

아흐멧도 거들었다.

"싸우고말고요."

아흐멧 집에 귀한 아랍종 말이 찾아왔다는 것을 모든 마을 사람들이 들어서 알고 있었다. 사람들이 말을 구경하러 왔다. 가까운 마을 사람들이었다. 나중에는 아으르 지방 사람들이 전부 말을 구경하러 왔다. 얼마 지나지 않아 말에 대한 소문은 이란은 물론, 터키족이 사는 모든 지방에 알려졌다. 사람들은 말이 제 발로 찾아온 이 상황에 대해 갖가지 분석을 쏟아냈다. 어떤 사람은 행운으로, 또 어떤 사람은 불길한 징조로 여겼다.

얼마 후 아랫녘 평원과 카라킬리세, 기하딘, 으으드르에 사는 쿠르드 부족들이 이 소식을 듣고 말을 구경하러 왔다. 그러고는 아흐멧의 행운을 부러워 마지않았다.

그래도 말 주인에게서는 아무 소식도 오지 않았다.

아흐멧은 그 말을 타고, 말에 친구들까지 태우고는 이란 땅까지 곡식 서리를 하러 다녔다. 물건이건, 양이건, 말이건, 뭐든지 아으르 산으로 몰아왔다.

그러나 그는 의혹에 휩싸이지 않을 수 없었다. 언젠가는 말 주인이 나타날 것이다. 도대체 누구일까? 어쩌면 난폭하고, 원하는 건 모조리 해치우는 포악한 부족일지도 몰라. 어쩌면 아주 비열한 놈일지도 모르지……

6개월이 지났다. 아흐멧은 두려움도, 의혹도, 기쁨도 모두 잊었다.

어느 날 이른 새벽, 태양이 아으르 산 허리춤에 뻘겋게 달아올랐을 때 소피가 아흐멧을 찾아왔다. 그는 지팡이를 흔들며 길고 하얀 수염을 부들부들 떨었다.

"아흐멧, 들었냐?"

"네."

아흐멧이 대답했다.

"베야즈트 땅에 있는 마흐뭇 제후가 자기 말을 찾는단다."

"들었다니까요."

아흐멧이 말을 받았다.

"말을 찾아다주는 자에게는 말 다섯 마리, 게다가 금도 50돈이나 준대."

"그러라지요."

"말을 데리고 있는 사람은 목을 친다는 거야."

"어쩌겠어요. 말이 저를 찾아온 걸요."

"군대를 이끌고 쳐들어온단다."

"마흐뭇 제후는 난폭하기로 소문난 사람이야."

"말은 저를 찾아왔다구요."

"마흐뭇 제후하고 맞선다는 건 말도 안 된다."

"말은 정의의 이름으로 알라께서 제게 내리신 하사품이라구요."

"마흐뭇 제후는 정의니, 권리니 하는 따위는 모르는 사람이야. 그 사람 오스만 왕조 사람이 된 지 오래라구."

"말은 제 것이에요."

그 사이 한 달이 지난 듯 만 듯했을 때, 마흐뭇 제후가 보낸 사신들이 아흐멧을 찾아왔다.

"제후께서 전하라 하셨네." 그 사신들은 말을 이었다.

"말이면 말, 물건이면 물건, 돈이면 돈, 뭐든 말만 하라 하셨네. 말만 돌려달라시네. 어쨌든 말이 제 발로 도망쳐서 자네 집으로 찾아갔으니, 뭐든 원하는 건 다 주겠다고 하시네."

"아니, 제후께서는 말 주인은 이미 저라는 걸 모르신단 말이오? 말이 제 발로 찾아왔을 때는 다시 주인에게 돌려주는 법이 아니거늘. 차라리 내 목숨을 가져가시오. 말은 내놓을 수 없소. 제후께서 그것도 모르신단 말이오?"

"제후께서도 알고 계시오. 그러나 여전히 말을 돌려받길 원하시오. 그 말은 전에 제후께도 제 발로 찾아온 말이오. 그분이 동생처럼 아끼시는 질란 씨 댁에 있다가 제후님께 찾아온 말이란 말이오."

"제후께서는 물건이건, 목숨이건 뭐든 달라고 하시오. 아무리 그래도 그 말은 줄 수 없소." 아흐멧이 딱 잘라 말했다.

왕이 보낸 하수인들은 엄포를 놓았다.

"제후께서 전하라 하셨소. 뒤에 높은 산이 있다고, 몇 안 되는 건달만 믿고 까불다가는 작살을 내준다고 말이오. 그분은 그러고도 남을 사람이오."

아흐멧은 더 이상 말을 하지 않았다. 소피도 마찬가지였다. 하수인들은 화가 잔뜩 난 채 빈손으로 돌아갔다.

이웃 사람들과 가까운 마을 사람들, 그리고 피를 무서워하지 않는다는 쿠르드 부족들이 아흐멧의 집에 모여들었다.

"누가 본 거지?"

다들 머리를 모으기 시작했다.

"누가 봤길래 정의의 이름으로 찾아든 말을 다시 돌려달라고 하는 거야! 제아무리 제후라도 말이야!"

"누가 본 거지?"

아흐멧은 더 이상 말을 하지 않았다.

제후는 사태가 이렇게 되리라고는 기대하지 않았다. 그는 아흐멧의 답변을 받자 화가 나서 미칠 지경이었다. 제후도 물론 이 지방 풍습을 잘 알고 있었다. 만일 제후의 궁궐로 다른 오스만 제국 제후나 아젬 왕의 말이 찾아온다고 해도 말을 다시 돌려주지 않을 것이었다. 죽음을 무릅쓰고서라도 절대로 돌려주지 않을 것이었다. 그러나 제후인 나는 그럴 수 있지만 아흐멧이라는 이 보잘것없는 산놈은 도대체 뭐란 말인가?

말을 돌려받고야 말 것이다! 궁은 들썩거렸다. 사람을 모으고, 지휘관을 뽑았다. 다만 결정을 내리지 못하고 있을 뿐이었다. 아르으 산 사람들 전체가 제후에게 저항할 게 뻔했다. 상대를 아흐멧 한 명이라고만 볼 수는 없었다.

제후는 충성심이 높고, 한 번 말한 것은 절대 바꾸는 법이 없는 쿠르드 부족들을 궁으로 불러 모았다. 반 지방, 파트노스, 쉬판 산(山), 무쉬, 비트리스 호족들이 멋진 말을 타고 나타났다. 마흐뭇 제후는 커다란 연회를 열었다. 손님들이 이런 대접은 처음이라고 감격할 정도로 그들을 극진히 대접했다. 그리고 나서 회의를 열어 지금까지 벌어진 모든 상황과 자신이 처한 어려움에 대해 설명했다.

"웬 산놈이, 협잡꾼이 말이오. 머리에 피도 안 마른 어린애가 내 말을 훔쳐갔소. 그러고는 나를 모욕하고 있으니!"

아무도 그 말이 제 발로 찾아갔다고 제후의 말에 토를 달지 않았다. 아으르 산에 사는 사람의 목을 전부 자른다 해도 그 말은 다시 이 궁에는 돌아올 수 없다는 말을 아무도 입 밖에 내지 못했다. 모두 침묵할 뿐이었다. 그들이 아무 말이 없자 제후는 화가 났다. 그리고 하던 말을 멈추었다.

"말을 당신들이 찾아주길 바라오."

쿠르드 부족들은 억지로 아흐멧과 아으르 산 사람들에게 사람을 보냈다. 아흐멧은 이번에도 역시 말을 돌려주지 않았다. 더구나 독설을 담아 돌려보냈다.

'당신들은 말이 제 발로 찾아온 것인 줄 모른단 말이오? 제 발로 찾아와서 문 앞에 지켜 서 있었다는 것을 말이야. 세 번이나 다시 제자리로 데려다주었소. 이 말은 내 것이 아니라고 아으르 산에 데려가 풀어주기를 세 번이나 했다구요. 당신들이 제대로 된 호족들이라면, 어찌 말을 내놓으라고 한단 말이오? 당신들 제후의 종이라도 되는 모양이구만!' 하더라는 것이다.

쿠르드 부족은 아흐멧의 말에 화를 내지 않았다. 분노하지도 않았다.

'아으르 산 사람들 얘기가 맞구만' 하고 속으로는 맞장구를 쳤다. 그러나 어쩔 수 없었다. 제후는 말을 되찾기 위해서라면 무슨 짓이든 할 사람이었다.

제후는 쿠르드 부족에게서 별 성과가 없자 쳐들어갈 준비 작업에 들어갔다. 군사를 모으고, 쿠르드 부족들도 거기에 가담시켜서 아으르 산으로 출발했다.

계절은 어느덧 가을이었다. 아으르 산은 불이 난 것처럼 붉은색이었다. 보랏빛 바윗덩이와 작게 부서진 잔돌맹이들이 말발굽 아래에서 미끄러지듯 굴러다녔다. 오후 새참 시간쯤 되었을 때 아흐멧이 사는 소리케 마을에 도착했다.

마을은 쥐죽은 듯 고요했다. 개미 한 마리 얼씬거리지 않았다. 그들은 마을에서 잠시 휴식을 취했다. 그런 후에 곧 발사 명령을 내렸다. 불길에 휩싸인 집에서 노인이 한 명 튀어 나왔다. 얼굴에는 아주 하얀 턱수염이 뒤엉키고, 길고 긴 눈썹이 눈 위를 뒤덮고 있었다. 몸에는 새것으로 보이는 수제품 모직 옷을 걸친 노인이었다. 그는 바로 소피였다. 소피가 제후를 꼿꼿하게 서서 노려보았다. 독수리 같은 눈매는 장작불처럼 이글거렸다.

"고작 말 한 마리 때문에 이러신단 말이오? 세상에, 조물주가 세상을 창조한 이래 제 발로 찾아온 말을 돌려보내는 사람이 있었답디까? 제후께서 그것도 모르신단 말씀이오? 벌써 오스만 왕조 사람이 다 되었구만! 말 한 마리 때문에 이러다니…… 집집마다 불을 지르고, 가족을 뿔뿔이 흩어 놓다니 말이 되오? 아으르 산의 저주와 분노가, 그리고 노여움이 당신과 함께 할 것이오, 제후. 당신 아버지를 잘 알지. 아주 용감한 분이셨소. 제후가 되더니 아주 사람 버렸구만! 당신 아버지라면 이런 상황에서 말을 돌려달라고는 하지 않을 게요. 말이 과부한테 갔든, 쥐방울만 한 어린애에게 갔든, 도둑놈이든, 가난뱅이든 다시 돌려달라고는 못하는 법이거늘! 당신 아버지도 이 지방 호족이셨고, 당신은 그분의 후광으로 제후가 되었소. 아으르 산의 저주가 두렵지도 않단 말이오?"

제후는 아무 말도 하지 않았다.

"저놈의 손발을 꽁꽁 묶어버려라. 목에 큰 칼을 채워 당장 하옥시켜라."

제후가 곧 명령을 내렸다.

아으르 산허리와 골짜기에는 마을이 아주 많았다. 마흐뭇 제후 뒤의 쿠르드 부족들, 부족들이 보낸 지원 인력들, 그리고 군사들까지 마을을 겹겹이 둘러쌌다. 그러나 덮치는 마을마다 텅텅 비어 있었다. 마을은 아무도 살고 있지 않은 듯 고요했다. 마을이 비어 있는 것을 볼 때마다 제후는 화가 나서 미칠 지경이었다.

"반역자 놈들!"

제후는 거품을 물었다.

제후는 매우 키가 컸다. 그리고 독수리 같은 코와 검은 눈, 까맣고 곱슬거리는 턱수염을 하고 있었다. 손 흔드는 것, 말하는 것 하나하나, 모든 행동에서 자신감이 배어 나왔다. 말수가 없어 항상 생각에 잠긴 모습이었으나 큼직큼직한 걸음걸이는 그의 범상치 않음을 보여주었다. 담비 가죽 옷을 입은 제후가 땀을 뻘뻘 흘렸다. 땀은 목까지 줄줄 흘러내렸다.

그들은 으으드르 평원에서 바쉬쿄이까지 단숨에 달려갔다. 아후리 고원에 올라갔다가 다시 평원으로 내려갔다. 어디를 덮쳐도 쥐새끼 한 마리 없었다. 목동 한 명, 여행객 한 명, 산적 한 명 눈에 띄지 않았다. 심지어 새 한 마리, 곰 한 마리, 여우 한 마리, 호랑이 한 마리는 물론 살아 있는 생명체라고는 찾아볼 수가 없었다. 세상이 창조된 그 순간 같았다. 파리 한 마리도 보이지 않았다.

"그놈들을 반드시 잡고야 말 테다."

제후는 치를 떨었다.

"땅속으로 기어들어갔어도 잡고 말 테다. 지구 반대쪽 끝으로 갔다고 해도 잡고 말겠다. 이란, 인도, 중국 어디에 박혀 있더라도 반드시 잡고 말겠다고!"

옆에 있는 쿠르드 부족은 입도 벙긋하지 못했다. 모두 벙어리가 된 듯 조용했다.

시간이 흘러 겨울이 되었고, 겨울도 깊어만갔다. 말들도, 사람들도, 군인들도 지쳐갔다. 그들은 아으르 지방을 샅샅이 뒤지고는 산 아래쪽으로 내려왔다. 제후의 얼굴은 수심이 쌓이고, 파랗게 질려만갔다. 생명이 붙어 있는 것이라고는 쥐새끼 한 마리 볼 수 없는 현실이 그를 미치게 했다. 이제는 그 아무하고도 말 한 마디 하지 않았다. 그 옆에 있는 사람들은 그가 원하는 것을 표정으로만 짐작하는 수밖에 없었다. 그들은 쉬지 않고 아으르 지방을 돌고, 또 돌았다. 그들에게는 아무런 희망도 없었다.

쿠르드 부족 중에서 몰라 케림이 얼굴을 내밀고 제후에게 말했다.

"제후님, 여기 지릿 산에서 우리가 일년 동안 수색 작업을 벌인다 해도 그 사람들은 못 찾을 겁니다. 이 산은 얼마나 숨기가 좋은지 여기 한 번 숨으면 귀신도 못 찾아낸다구요. 당할 재간이 없어요."

제후는 한없는 슬픔이 묻어 있는 눈빛으로 그를 바라보았지만 아무 말도 하지 않았다.

아으르 산 수색 작업은 계속되었다. 제후는 속으로 생각했다. 여기 이 산 속에서 저 늙은 소피 말고 한 사람만이라도 만나게 해다오, 다른 건 바라지도 않는다……

결국 호족들이 모여 회의를 했다. 이 일이 도대체 어디까지 계속될 것이란 말인가? 이렇게 돌아가다가 어디까지 가게 될 것인가? 마을이 비어 있는 것을 볼 때마다 영문도 모르는 제후는 미쳐버릴 것만 같았다. 이대로 계속할 수는 없는 노릇이었다. 게다가 오랫동안 산에 발이 묶였던 적도 있었다. 폭풍우가 몰아치고, 눈보라가 내려서 세상 모든 것을 삼켜버릴 것 같았다. 이에 대해 대비해야 한다고 제후에게 알려주었지만, 그 말이 제후의 귀에는 들어오지도 않았다. 하는 수 없이 그들은 오랜 의논 끝에 제후에게 한 가지 제안을 하기로 결정했다.

몰라 케림은 제후 앞에 나섰다. 똑바로 서서 그들이 결정한 내용을 전했다.

"제후님, 우리가 모여서 결정한 게 있습니다. 서너 달 지나기 전에, 봄 여름 되기 전에, 말은 물론이요, 아흐멧도 잡아다 대령하겠습니다."

제후는 대답했다.

"내가 아흐멧 때문에 이러는 게 아니다. 말 때문에 이러는 것도 아니야. 그렇게 많은 산사람들이 다 어디에 숨었단 말이냐? 소피 말고는 이 산 마을에 개미 새끼 한 마리도 얼씬거리지 않으니 어찌 된 일이란 말이냐? 마을 사람들을 잡아와라. 봄이 오기 전에, 눈이 녹기 전에 말이다."

호족들은 다시 모였다. 오래도록 머리를 맞대고 논의를 거친 후에 몰라 케림이 다시 제후를 찾아왔다.

"그렇게 하겠습니다. 제후님. 봄이 오기 전에 마을 사람들을 대령해 바치겠습니다. 세상 끝 어디에 숨어 있든 반드시 잡아내겠습니다."

그들은 베야즈트로, 궁으로 돌아갔다. 제후는 호족들을 내정(內廷)으로 불러들였다. 한 사람 한 사람 모두에게 각각 하사품을 내렸다. 호족들은 제후에게 온갖 찬사를 쏟아냈다. 그러나 도대체 아흐멧을 어디에서 찾아낸단 말인가? 지구 끝까지 쫓아가도 산사람들을 잡아낸다는 것은 어려운 일이었다.

제후는 아주 많이 배운 사람이었다. 오스만 왕조와 명예에도 매우 충실한 사람이었다. 제후의 할아버지도, 할아버지의 할아버지도 이 산(山) 출신이었다. 그 집안이 언제 산에서 내려갔는지는 아무도 알지 못했다. 사람들이 아는 것은 단 한 가지, 그의 아버지가 에르주름 메드레스에서 공부를 마친 후 이스탄불로 가서 입궐했으며, 곧바로 제후가 되어 다시 이곳으로 돌아왔다는 사실뿐이었다.

제후의 아버지는 독수리같이 매서운 사람이었다. 사람들을 부려 여기 베야즈트에, 그러니까 이 바윗돌 무더기 위에 거대한 궁전을 짓게 했다. 학자들이며, 시인이며 가리지 않고 전부 궁에 불러들이고, 에르주름, 카르스, 반에 있는 모든 쿠르드 부족들을 발아래 두었다. 제후의 아버지는 명도 길었고, 죽기 전까지 말에서 내려오지 않을 정도로 건강했다. 여름이면 아으르 산에 있는 평원으로 올라가서 커다란 천막을 치고 살기도 했다. 그는 마음속으로는 궁전보다 산사람의 천막을 더 귀중히 여겼다. 평원은 산의 얼음 밭이 시작되는 곳에 있었다. 그리고 산사람들은 그의 아버지를 매우 존경했다. 어쩌면 두려움 때문에 그랬는지는 알 수 없는 일이었다.

제후의 아버지도 산사람들을 매우 아꼈다. 산사람들의 풍습에 따라 행동하였다. 마흐뭇 제후도 아버지가 4, 50명이나 되는 피리꾼을 모두 불러 모아서, 천막에서 피리를 불게 하곤 했던 것을 기억하고 있다.

만약 제후 아버지의 말이 도망쳐서 아흐멧을 찾아갔더라면, 아흐멧은 그 말을 돌려주었을까? 돌려주었다 해도 제후의 아버지라면 어떻게 했을까? 그건 누구도 모를 일이다.

어쨌든 호족들이 어떻게 산사람들을 찾아낸다는 말인가? 만일 사람들이 저 멀리, 이란으로, 호라 산으로 떠나버렸다면? 아니면 카프카스 산맥으로 모두 숨어버렸다면? 호족들이 산사람들을 찾아낼 수 있을까?

제후도 아버지가 했던 것처럼 처음에는 에르주름에서 공부했다. 그리고 이스탄불로 가서 궁으로 들어갔다. 거기에서 능력을 인정받아 황제의 군대를 이끌고 전쟁에 참가하기도 했다. 전쟁에서 용맹함을 떨쳐 명예와 업적을 인정받았다. 그는 다마스커스, 예루살렘, 카이로에 대해서도 잘 알았다. 얼마 동안은 그곳들에 살았던 적도 있었다. 소피아, 델리에 대해서도 잘 알고 있었다. 동양 서양 할 것 없이 여행도 많이 하였다. 아버지가 죽기 12년 전에 이곳 베야즈트 궁으로 왔고, 아버지가 죽자 바로 제후로 즉위하였다. 그를 이곳으로 부른 건 아버지였다. 아버지의 분부가 아니었다면 그는 이스탄불을 떠나고 싶은 마음이 털끝만큼도 없었다.

처음에는 이곳의 거친 사람들에게도, 산에도 적응하지 못했다. 이스탄불에서 부인을 한 명도 얻지 못했던 제후가 궁에 갇혀서 지내는 것은 죽을 맛이었다. 더구나 이 지방 여인들의 미모는 누구나 알아주는 게 아니던가? 세상 어디에서도 이렇게 가느다란 몸매를 지닌 여인들을 찾기란 쉽지 않아

보였다. 먼저 그는 아르메니아 여자와 결혼했다. 그리고 쿠르드 부족 부인을 얻었다. 세번째 부인은 카프카스 출신이었다. 네번째 부인은 우르미예 호수 근처 사람이었다. 슬하에 모두 딸 셋, 아들 여덟을 두었다. 그에게는 형제도 다섯이나 있었다. 친척들과 집안사람들은 으으드르 평원에 살고 있었다. 그런데 그 사람들에게는 별로 정이 없었다. 조금은 그들을 무시하기도 했다. 그래서인지 막내 동생은 궁을 떠나 으으드르 평원으로 가버리더니 집안 처녀와 결혼해서 그 사람들과 함께 살기 시작했다. 끝내 동생은 다시 궁으로 돌아오지 않았다. 형에게 화가 단단히 났기 때문이었다.

제후에게는 열정이 있었다. 그건 바로 사슴 사냥에 대한 것이었다. 해마다 봄이면 말을 잘 타는 사람들만 모아서 반 호수 위쪽에 있는 에스뤽 산으로, 소르 궁으로, 질 궁으로, 쉬펜 산으로 사냥을 떠났다. 그때마다 수백 마리 사슴을 잡아서 돌아왔다.

제후의 딸 이름 중 하나는 궐리스탄, 또 하나는 궐리즈, 다른 하나는 궐바하르였다. 궐리스탄의 어머니는 아르메니아 여자였다. 궐리스탄은 커다란 녹색 눈동자에 머리는 붉었고 속눈썹도 아주 길었다. 키도 무척 컸다. 궐리스탄이 입는 옷은 전부 이스탄불에서 가져오는 것이었다. 그녀는 이스탄불에서 공주들이 입는 옷만 입었다. 궐리즈는 갈색에 가까운 금발이었다. 아주 키가 크고, 눈썹은 곱슬거렸다. 눈은 짙은 푸른색이었다. 그녀도 언니처럼 이스탄불 식 옷차림을 하고 다녔다. 궐리즈는 자매들 중에서 가장 공부하는 것을 좋아했다. 아흐메디 하니의 시를 외워서 낭송할 줄도 알았고, 어릴 적부터 아버지가 계신 내정에 와서 시를 암송해드리기도 했다. 제후도 자식들 중에서 궐리즈를 가장 아꼈다.

궐바하르는 중간 키에 통통했다. 매끈하고 하얀 피부에다가 얼굴은 보리 빛깔이었다. 그녀는 언니들과는 전혀 달랐다. 아으르 산 여자들처럼 겹겹이 수를 놓은 옷을 입고 다니기도 하고, 머리는 마흔 겹으로 일일이 땋아내렸다. 그녀의 목걸이는 금으로 만든 것이었다. 발목에도 아으르 산 여인처럼 금이나 진주, 옥으로 만든 발찌를 하곤 했다. 아주 영리한 소녀였다. 말수가 적고, 언제나 수줍게 웃었다. 다른 형제들은 여자든 남자든 궁 밖 출입을 거의 하지 않았고 사람들과도 전혀 어울리지 않았지만 쾰바하르는 달랐다. 그녀의 주변에는 언제나 사람들이 있었다. 잔치든, 결혼식이든, 모임이든 하나도 빠지는 법이 없었다.

　베야즈트 사람들도, 아으르 산 사람들도 쾰바하르를 아주 좋아했다. 사람들은 그녀를 선망했다. 환자든, 노인이든, 도움이 필요한 누군가가 있으면, 그 곁에는 언제나 쾰바하르가 있었다. 그녀는 숙련된 기수보다도 더 말을 잘 탔다. 제후는 그녀를 멀리서 지켜보기만 했다. 그때마다 이 아이가 사내아이였으면 아으르 산의 제후가 되고도 남겠다고 마음속으로 생각하기도 했다.

　쾰바하르는 궁전을 좋아하지 않았다. 형제자매들과도 잘 어울리지 못했다.

　마을 사람들은 그녀의 이름을 별로 좋아하지 않았다. 그래서 '웃는 소녀'라고만 불렀다. 웃을 때면 볼에 보조개가 파였다. 그런데 그녀의 따사롭고 슬픔에 찬 눈은 왠지 먼 곳에 대한 그리움으로 타들어가는 것처럼 보였다. 올해가 그녀에게는 스물두 살이 되는 해였다.

　궁에서 아버지 말에 대해 가장 관심을 보인 사람도 쾰바하르였다. 그녀는 그 말에 대해서 이미 알고 있었다. 소피에게서 들은 적이 있었다. 그녀는 소피를 아주 잘 따랐다. 감옥에 있는 소피 할아버지에게 매일 직접 음식을 가져다주면서 질문을 했다.

　"아이고, 그렇지. 맞단다." 소피는 맞장구를 처주었다.

"말을 내가 직접 아랫녘에 데려다주었단다. 그런데 세 번 다 돌아왔다. 아흐멧 집 앞을 떠나지 않지 뭐냐. 그러니 이 말은 아흐멧에게 하사된 말이라구 할 수밖에. 그 말에 대한 권리는 아흐멧에게 있지. 아흐멧은 아무에게도 그 말을 돌려주지 못한다. 돌려주어서도 안 되고 말야. 그러면 아으르 산 사람들 모두가 죽게 된다. 말은 절대 돌려줄 수 없어."

어느 날 소피는 귈바하르에게 피리를 가져다 달라고 했다. 귈바하르는 아주 오래된, 어림잡아 백 년은 된 것처럼 보이는 피리를 얼른 가져다주었다. 귈바하르는 내심 소피가 피리를 달라고 한 것에 놀란 눈치였다.

소피 할아버지가 그렇게 나이가 들어서도 피리를 불 수 있단 말인가? 피리를 부는 것은 힘이 있어야 하며, 이가 필요한 작업이었다. 피리는 젊은 사람이라야만 제대로 불 수 있었다. 귈바하르는 늙고 허리가 굽은 소피를 바라보았다. 하얗게 드러난 이가 눈에 확 들어왔다.

소피는 피리를 손에 쥐자마자 불기 시작했다. 귈바하르는 피리 소리를 듣고 황홀경에 빠져들었다. 소피는 문턱에 걸터앉아서 허리를 벽에 기대고 피리를 불었다.

그녀는 듣기만 했다. 소피는 피리에 푹 빠진 듯 멈추지 않고 계속 불어댔다.

피리가 끝나자 귈바하르는 오랜 잠에서 깨어난 것처럼 일어났다.

"소피 할아버지. 이건 어디 민요예요?" 그녀가 들릴까 말까 한 목소리로 물었다.

"이건 말이다."

소피가 말을 이었다.

"아으르 산의 분노란다. 아으르 산이 아주 화가 나서, 그래서 조상님들이 아으르 산을 위해 민요를 지어 바쳤단다."

귈바하르는 매일, 동이 채 트기도 전에 감옥 문 앞으로 달려왔다. 그러면 소피도 어김없이 그녀에게 아으르 산의 분노를 불어주었다. 귈바하르가 아무리 물어도 소피는 아으르 산의 분노가 어디에서 시작된 것인지, 어떤 내용인지에 대해서는 전혀 말을 해주지 않았다.

"글쎄, 그렇게 분노했다니까."

소피는 얼버무릴 뿐이었다.

"분노를 가라앉히기 위해서 조상님들이 이 민요를 지었다니까. 나는 그저 이 곡을 피리로만 알 뿐이다. 산에 대한 부분은 음유시인들만 알아. 나는 피리꾼일 뿐이다. 시인이 아니라구."

귈바하르는 소피를 졸라보기도 하고, 보채보기도 했지만 아으르 산의 분노의 실체가 뭔지 도저히 알아낼 수 없었다.

"애야, 제후가 네게 이 분노에 대한 얘기를 어디 한 번이라도 해주디? 난 평생 나와 땅을 지키다가 다 늙어버렸다."

소피가 말했다.

귈바하르는 이 산에 대한 유명한 민요를 아주 많이 들었다. 아주머니들에게서, 아이들에게서, 음유시인들에게서, 노래꾼들에게서 들은 적이 있었다. 그러나 소피가 분 것과 같은 곡은 처음이었다.

'소피 할아버지가 설명해주면 좋을 텐데. 도대체 무슨 얘긴데 그러지?'

제후도 자기 딸이 감옥에 있는 소피에게 관심을 보이고 있다는 것과 매일 그에게 음식을 가져다 준다는 것, 그리고 피리 소리에 관심을 보인다는 것을 알고 있었다.

어느 날 그는 소피를 내정으로 불렀다.

"이봐, 소피. 말을 가져오지 않고, 아흐멧을 잡아오지 않으면 너도 감옥에서 풀어줄 수 없다. 아니면 네가 직접 나가서 말도, 아흐멧도 데려오든지."

소피는 꼿꼿했다.

"말도, 아흐멧도 안 올걸. 말에 대한 권리는 아흐멧에게 있어. 아흐멧을 잡아온다 해도 말은 돌려주지 못할 게다. 나도 아흐멧을 네놈에게 데려다줄 수 없고 말야."

제후는 화가 치밀었다. 소피를 감옥에 다시 돌려보내고, 귈바하르를 불렀다.

"귈바하르야. 다시는 소피하고 가깝게 지내지 말거라."

제후의 말은 한 마디 한 마디가 모두 법 자체였다.

며칠 후, 하이데란가(家) 호족에게서 전갈이 왔다.

"제후님은 걱정하지 마십시오. 아흐멧과 말이 있는 곳을 찾아냈습니다. 가까운 시일 내에 말도, 아흐멧도 잡아 대령하겠습니다."

아흐멧은 모든 산사람들을 모아서, 저 먼 아랫녘 쳄디단 쿠르드 부족이 있는 하카리 산으로 갔다고 했다.

호족들이 모였다. 밀란가(家)의 아들을 적임자로 뽑아 쳄디단으로 보냈다. 밀란가의 자손인 무사(Musa)는 아흐멧을 찾아냈다. 그는 어느 산 평지엔가 천막이 수백 개나 모인 마을 안에 자수가 놓인 보랏빛 천막을 쳐놓고 살고 있었다.

아흐멧은 그를 아주 반갑게 맞이했다. 무사는 무슨 일이 벌어지고 있는지를 그에게 소상히 설명했다.

"제후께서 자네를 보고 싶어하네. 자네에게서 다른 걸 바라는 것은 아니야. 말을 돌려달라는 것도 아니고. 제후께서는 마을 사람들이 다시 아르 산에 돌아와주길 바라지. 호족들이 자네도, 그리고 마을 사람들도 전부 제후께 헌납하겠다고 했다네. 제후께서 자네를 아주 궁금해 하신다네. 도대체 아흐멧이 어떤 사람인가 하고 말야. 제후께서 그러셨다는군. 그런 영웅은 한번 얼굴이라도 보고, 말 다섯 필이라도 하사품을 내려야 하겠다고. 그렇게 훌륭한 영웅인데 한번 보자구 말야. 호족들이 내게 이 말을 전하라고 나를 여기에 보냈어."

쉠디단 호족들, 아으르 산 대표자들, 남자들, 아으르 사람들은 모두 모였다. 그들은 오랫동안 상의를 계속했다.

이것이 덫이 될 줄이야 누가 알았을까. 귀띔해주는 사람 한 명 없었으니, 독수리 같은 사내들이 함정이나 만드는 못난 사람들이라는 것을 그때는 알지 못했다.

위대한 오스만 왕조의 제후와 쿠르드 부족들이 고작 말 한 마리 때문에 이런 일을 벌일 만큼 유치해질 수 있단 말인가. 사람들 말로는 제후가 보고 싶어하는 것은 오로지 아흐멧이라는 것이었다. 도대체 말이 찾아간 사람 얼굴이나 한번 보고 싶다는 것이었다.

아흐멧은 무사에게서 소피 삼촌이 감옥에 있다는 소식을 들었다. 소피 삼촌이 그렇게 되었다는 게 무척 마음이 아팠다. 아으르 산을 떠나면서 그토록 사정을 했지만 끝내 소피 삼촌은 아으르 산을 버리지 않았다. 커다란 바위처럼 소피 삼촌은 산과 떨어질 줄을 몰랐다. 그래도 제후가 그를 감옥에 가둘 줄이야 누가 상상이나 했던가?

"걱정 마시오, 소피 아저씨는 잘 계시오."

무사가 위로했다. 그리고 궐바하르 옹주님과 소피가 감옥에서 좋은 친분을 나누고 있다는 것도 일러주었다. 그 말에 모두 마음이 놓였다.

"무사 씨." 아흐멧이 불렀.

"여기까지 찾아와주셨는데, 그 마음을 모른 척할 수야 없지요. 아으르로 돌아갈 겁니다. 집안사람들 모두 말이오. 그러나 말은 돌려줄 수 없습니다."

"제후가 보고 싶어하는 사람은 자네야." 무사는 거듭 강조했다.

"자넬 보고 싶어하는 거라고."

그래서 어느 봄날, 산사람들은 아으르 산으로 돌아갔다.

쿠르드 부족들은 아흐멧을 잡아다가 제후가 살고 있는 궁전에 바쳤다. 제후는 화내지 않고, 빈정거리며 아흐멧을 맞이했다.

"아이구, 아으르의 제왕이 납시는군. 말은 어디 있냐?"

"말은 집에 있습니다."

아흐멧이 대답했다.

"너는 내 말을 훔쳤다."

제후가 다그치더니 빙그레 웃었다.

"내 말을 훔친 대가가 뭔지는 잘 알고 있겠지?"

아흐멧은 눈도 꿈쩍 하지 않았다.

"나는 말을 훔치지 않았소. 말이 날 찾아온 것이오. 말을 돌려드릴 수는 없습니다. 당신 조상도 우리 산 출신이라 하던데, 우리 풍습도 모른단 말씀이시오?"

이 말을 듣자 제후는 피가 거꾸로 솟는 것 같았다. 그는 버럭 고함을 질렀다.

"모른다. 내 말을 돌려주든지, 네 목숨을 내놓든지 마음대로 해! 저놈을 당장 감옥에 처넣어라!"

아흐멧을 데리고 온 사람들은 제후에게 아무 말도 하지 않았다.

"제후님, 제후님!"

아흐멧은 울부짖으며 감옥으로 끌려갔다.

"내가 죽는 한이 있어도, 그 말을 다시 보지는 못할 것이오. 그 말은 다시 궁에 돌아오지 않는단 말이오."

무사는 당황했다. 상황이 이렇게 돌아가리라고는 상상도 하지 못했다. 그도 맞섰다.

"제후, 제후께서 지금 하고 계신 일은 사람이 할 짓이 아닙니다. 아흐멧은 내가 데리고 왔습니다. 감옥에 처넣으려고 데리고 온 게 아니란 말씀입니다. 우리에게 거짓말을 하셨군요. 우리를 속이셨어요."

"저놈도 함께 가두어라!"

제후는 거품을 물고, 명령을 내렸다.

제후는 쿠르드 부족들을 돌아다보았다.

"이것뿐이란 말이냐? 내 말은 어디 있느냐? 아흐멧만 잡아오고 말은 없지 않느냐? 내 말을 돌려다오. 이런 치욕을 우리 가문에 물려줄 수는 없다. 제후가 말을 산(山)놈에게 빼앗겼다는 소리를 어찌 듣고 살라고?"

"어렵긴 합니다만 말도 곧 대령하겠습니다."

말에 대한 소문, 아흐멧에 대한 소문, 소피에 대한 소문, 무사에 대한 소문이 반에서 말라티야로, 말라티야에서 카프카스로, 그곳에서 내륙으로 퍼졌다. 말과 아흐멧에 대해서 음유시인들은 민요를 지어냈다. 가는 곳마다 민요가 생겨났다.

산사람들에게 이런 음모는 매우 참기 힘든 것이었다. 밀란가(家)에게는 매우 치욕스런 것이 아닐 수 없었다.

감옥에 떨어지자마자 무사는 아흐멧에게 용서를 구했다.

"미안하네, 아흐멧. 정말 몰랐다네, 나를 용서해주게. 알았다면 자네를 데려오지 않았을 거야. 내가 어찌 자네에게 그럴 수 있었겠나."

아흐멧을 보자 소피는 반가워 얼싸안고 입을 맞추었다. 그리고는 피리를 꺼내더니 아으르 산의 분노를 불기 시작했다. 불고, 또 불었다…… 아흐멧과 무사의 눈에 눈물이 고였다. 소피는 오래오래 불고 나서 피리를 아흐멧에게 주었다. 아흐멧은 속이 타는 것만 같았다. 아흐멧은 아으르의 저주가 제후와 호족들에게 내리길 빌었다. 피리 소리는 전혀 다르게 들렸다. 귈바하르는 그 순간 낯선 피리 소리를 들었다. 전에 들었던 것과는 전혀 다른 소리였다. 이 소리도 아으르 산의 분노를 말하고 있었다. 그런데 이 소리는 산과 바위를 움직이는, 산과 바위를 녹이는 힘을 담고 있었다.

귈바하르가 감옥으로 왔다. 그녀는 아버지가 무서웠다. 그래도 어떻게든 피리를 부는 사람이 누구인지 보아야만 성이 찰 것 같았다. 소피의 중개로 아흐멧을 보게 되었다.

아흐멧을 보자 왠지 정이 갔다. 갑자기 귈바하르는 자기 아버지를 찾을 수 없었다. 담벼락에 기대 앉아 아흐멧의 피리 소리를 듣고 있자니 결국 자신도 어쩔 수 없는 지경에 이르렀다. 무언가 해야만 할 것 같았다. 무언가를 말이다. 아버지의 비인간적인 행위를 멈출 수 있는 무엇인가를 해야만 했다. 무사의 용감한 저항이 떠올랐다.

그날 그녀는 평소 자기를 잘 따르던 시녀들과 부엌에 들어가 감옥에 있는 사람들을 위해 맛있는 음식을 만들었다. 그리고는 남자들과 함께 감옥에 들어갔다. 이 사실을 그녀의 어머니가 알게 되었다.

"네 아버지가 알게 되면 어쩌려고 그래? 우리 모두 목이 날아가는 꼴을 보고 싶어서 그래!" 어머니는 부르르 떨었다.

"비열한 인간, 무슨 짓이든 못할까."

귈바하르도 팽팽히 맞섰다.

여러 날이 지났다. 쿠르드 부족들도 말을 찾아내지 못했고, 말에 대해 아무것도 알아내지 못했다. 무사도, 아흐멧도 감옥에 갇혀 지낼 뿐이었다. 귈바하르는 몰래 그들에게 음식을 보내고, 가끔씩 감옥 가까운 곳에서 멀리서나마 그들을 지켜보았다.

궐바하르는 더 이상은 참을 수 없었다. 소피에게 말했다

"아흐멧과 애기를 해봐야겠어요. 기회가 될 때 몰래 감옥에 올 테니 아흐멧에게 일러두세요."

아흐멧은 금발이었다. 금발은 출렁이고, 곱슬거리는 턱수염은 찰랑였다. 눈썹과 커다랗고 둥근 파란 눈에는 슬픈 그리움이 묻어 있었다. 아흐멧은 키가 컸다. 구불구불 머리카락이 이마 위까지 흘렀다. 길고 가느다란 그의 얼굴은 상처 입은 노루의 고통스러운 얼굴처럼 보였다. 아흐멧은 꿈속을 헤매는 듯, 마법에 걸린 듯했다. 그의 얼굴은 서광이 비추기 전에 피어오르는 연기에 가려진 것처럼 신비로웠다. 그의 모습과 눈길에는 보는 사람의 피를 끓게 하는 그리고 머나먼 미지의 세계의 불꽃을 담아다 주는 묘한 매력이 있었다. 궐바하르는 아흐멧을 아주 오래전부터 알고 있는 것 같은 느낌이었다. 마치 함께 태어나서, 함께 자란 것 같았다. 그만큼 친근하게 느껴졌다. 어쩌면 누군가의 혼례식이나 잔치, 아니면 평원에서 마주쳤을지도 모를 일이었다. 그게 아니라면, 꿈에서 만났는지도 모른다. 그들은 그렇게 서로를 알아차렸다.

"그게 가능할 것 같아?" 소피가 말을 받았다.

"교도관이 허락을 할 것 같으냐구. 당장 제후님께 일러바치지. 그러면 곧바로 제후님이 우리 모두의 목을 베려고 달려들걸."

궐바하르는 마음을 좀처럼 가라앉힐 수 없었다. 밤마다 잠을 이루지 못했다. 아흐멧의 얼굴이 환한 불꽃처럼 눈앞에서 왔다 갔다 했다. 그가 웃고 있었다. 커다랗고, 푸른 눈에는 극복할 수 없는 슬픔과 고통이 담겨져 있었다. 아마도 커다란 상처와 고통이 있는 듯했다. 치유할 수 없는 상처. 아무도, 부모 형제도, 사랑하는 사람도 없는 것 같았다. 세상에 오직

혼자인 것처럼 보였다. 완전한 혼자처럼 보였다. 귈바하르는 갈수록 마음이 너무 괴로웠다. 말해야 한다고 생각했다. 멈추지 않고 마음속으로 생각했다.

'그에게 말을 걸어봐야지. 그의 외로움과 고통을 나누어야 해. 게다가 감옥에 있잖아……'

왜 계속 그 사람만 생각하게 되는 걸까? 왜 눈앞에 계속 그가 떠오르는 걸까? 잠을 잘 때도, 꿈속에서도 언제나 아흐멧이 있었다. 어디를 가도 그 사람만 보였다. 누구를 보아도, 어디를 보아도 그가 떠올랐다. 달콤했다. 어디에서도 그녀의 마음은 감옥으로 이끌려 들어갔다. 귈바하르는 몇 번이나 감옥에 가보았다. 무거운 철문은 굳게 닫혀 있었고, 사슬이 감긴 묵직한 자물쇠로 잠겨 있었다. 문 가운데와 가장자리는 아연석으로 되어 있었는데, 돌 표면은 삐죽삐죽 튀어나와 있었다.

교도관의 이름은 메모였다. 메모는 제후가 자식만큼이나 신뢰하는 사람이었다. 메모의 아버지도 궁궐 생활에 아주 충실하고, 또 용감한 사람으로 정평이 나 있었다. 메모가 두 살도 되기 전, 그의 아버지는 전쟁터에서 전사했다.

메모는 젊었다. 아주 용감하고, 제후를 위해서라면 물불을 가리지 않는, 한마디로 생명도 바칠 수 있는 사람이었다. 교도관은 이런 사람만이 할 수 있는 일이었다. 메모는 아무하고도 말을 하지 않았고, 누군가 말을 걸면 쌀쌀맞은 소녀처럼 화를 냈다. 메모는 귈바하르와 알고 지낸 이래로 단 한 번도 그녀를 똑바로 쳐다본 적이 없었다. 그녀를 볼 때면 언제나 그는 얼굴이 붉어지고, 입술을 파르르 떨며 피가 안 통하는 것처럼 손을 떨었다. 귈바하르는 메모의 이런 모든 행동들이 수줍은 성격 때문이라고만 여겼다. 메모는 언제나 땅만 쳐다보고, 수줍은 소녀처럼 얼굴을 붉히며,

말이 없었다.

궁궐 안의 수라간은 아무도 몰래 감옥에 있는 사람들을 위해서 움직였다. 메모에게도 따로 맛있는 음식들을 가져다주었다.

"직접 내 손으로 만든 거야, 메모."

귈바하르는 언제나 메모를 친절히 대했다.

이렇게 여러 날이 지났다. 귈바하르는 겨우 몇 차례 멀리서만 아흐멧의 얼굴을 볼 수 있었을 뿐이었다. 그것도 메모의 협조 덕이었다. 메모는 가끔 감옥 문을 살짝 열어놓고 사라졌다. 그러면 귈바하르는 감옥의 돌계단에서 소피와 이야기를 나눈다는 핑계로 아흐멧이 감옥에서 움직이는 것을 바라보았다. 아흐멧이 한 걸음씩 땅에서 뗄 때마다 힘이 느껴졌다. 잘생긴 데다가 진지하고 믿음이 가는 남자였다.

조금 위쪽으로 붙은 길고 좁은 창문에서부터 감옥 밑으로 사람 손 크기만 한 불빛이 새어 들어왔다. 감옥은 절벽이 시작되는 지점에 있었다. 베야즈트 평지에는 커다란 길이 한쪽 끝에서 다른 끝으로 길게 뻗어 있었다.

가끔씩 길을 지나는 대상(隊商)들의 쨍그랑 소리가 감옥에 들려오고, 그 소리는 감옥이 있는 바로 그곳에 메아리쳐 퍼졌다. 산에서 들려오는 소리, 평지에서 퍼진 모든 소리는 이 절벽에 부딪혀 메아리쳤다. 감옥 밑쪽으로 사람 손톱만 한 구멍 하나가 뚫려 있었다. 이 구멍에 대해서는 모르는 사람이 없었다. 사람들은 이 구멍 때문에 궁전을 건축했던 사람을 신성시했다. 모두들 그를 성인(聖人)으로 여겼다. 더구나 그는 기독교인이었고, 수차례 감옥에 감금되었던 화려한 경력이 있는 사람이었다. 감옥의 열악함과 처절함을 그 사람처럼 잘 아는 사람도 아마 없을 것이다. 그래서 그는 감옥을 만들면서 눈 하나 정도 크기의 구멍을 남겨놓았다.

'세상에 나서 처음으로 내가 만든 이 감옥에 어둠을 깨는 파리한 빛이

스며들 것이다. 누구도 감히 내가 만든 빛 등잔을 꺼뜨리는 무례를 범하지 않길 바란다.'

궁전 건축이 다 끝나고 나서 그 건축가는 제후에게 편지 한 장을 남기고 사라져버렸다. 그 편지는 '그게 누구든'이라는 구절로 시작하고 있었다.

'그게 누구든 이 구멍을 막는 사람은 궁전과 함께 파멸할 것이다. 이 궁전은 이 구멍 위에 세워졌다. 그 감옥의 빛 등잔을 메우는 사람에게는 온갖 재앙이 내려질 것이다. 가문이고 미래고 할 것 없이 모두 재앙을 면치 못할 것이다. 이 편지를 궁전에 전하지 않는 자의 가문 또한 멸망하게 될 것이다.'

궁전이 완성된 그날부터 지금까지 이 빛 등잔에는 아무도 손을 대지 못했다. 베야즈트 궁은 빛 등잔 때문에 신화로 남게 되었다. 그리고 감옥에 수감되는 사람들은 모두 감옥에 들어가자마자 건축가 슐레이만 공에게 바치는 기도문을 외웠다.

겨울이나 여름이나 그 구멍으로 보는 세상은 마치 다른 세상 같았다. 평지 위에서 하늘 쪽으로 길, 새, 대상 들, 학, 망아지, 거위, 오리 들이 날아오르는 것처럼 뻗어 있고, 맞은편 나지막한 언덕 위에는 찬란한 별들이 쏟아지는 것처럼 밤마다 흩날렸다. 수감자들은 감옥을 나오면 그 구멍을 통해 보던 마법과 같은 세상, 꽃들과 형형색색의 불빛, 순간순간 변화무쌍하던 평지를 찾아 몇 날 며칠이고 헤매고 다녔다.

그러나 끝내 찾을 수 없었다. 수감자들이 감옥에서 나오는 순간 세상도, 평원도 다른 나라로 가버렸다.

소피와 아흐멧, 무사는 구멍 밖의 봄을 바라보았다. 봄마다 평원에서는 언덕들이 아른아른 보일까 말까 하게 파란 깃털처럼 가느다란 연기가 피어올랐다. 연기는 점차 분홍빛이 돌더니 결국 사라져버렸다.

귈바하르는 말을 잃었다. 그녀의 몸은 뼛속까지 사랑으로 채워져 있었다. 그녀의 손길이 닿는 모든 생물과 무생물들도 사랑의 열병으로 고통스러워했다. 궁궐 안의 귈바하르는 사랑의 폭우라도 맞은 듯 한 순간도 가만히 있지 못했다. 갑자기 기뻐서 날뛰다가는 또 절망 속 벼랑에 떨어진 듯 조용했다. 사랑과 두려움이 분노처럼 엄습해왔다.

그녀는 마음속으로 말해보았다. 한순간이라고. 감옥에 있는 기간뿐이라고. 아흐멧을 볼 수 있는 시간은 여기까지일 뿐이라고…… 다른 것은 아무것도 생각할 수가 없었다. 아버지도, 제왕도, 제아무리 케르반 황제의 소원이라 해도 아흐멧을 다시 볼 수는 없을 터였다. 세상 모든 것에는 방법이 있기 마련이건만 이 일에는 해결책이 없었다. 멀리서라도 아흐멧을 지켜볼 수 있는 곳은 오직 감옥뿐이었다. 감옥이 아니라면, 그 기회마저도 없을 것이었다.

귈바하르의 흥분이 고조되었다. 사랑과, 절망과, 죽음과, 이별과, 폭력을 넘나드는 모든 감정이 엉클어져 있었다.

그녀는 갑자기 피곤함을 느꼈다. 온몸이 납처럼 무거웠다. 온몸을 절굿공이로 얻어맞은 것만 같았다. 그녀는 절반은 시체가 된 듯한 몸을 끌고 궁을 빠져나가 여기저기를 두드리기 시작했다. 그것을 본 사람들은 모두 놀랐다. 폭풍우 같던 귈바하르가 갑자기 멈추었다.

그러더니 입도 벙긋하지 않고, 꼼짝 않고 얼어붙은 듯 잠에 취해 시체처럼 누워 있던 그녀가 갑자기 일어나 3일 동안 헤매어 다니기 시작했다. 그녀의 얼굴은 누렇게 떠 있었다. 머리카락도, 치아도 투명한 광채를 잃은 지 오래였다. 커다란 두 눈은 촉촉이 젖어 있었다. 두 눈은 반짝거리다가도 곧 빛을 잃어버렸다. 그녀의 얼굴에서 가장 귀여웠던 보조개와 함박웃음, 그녀의 행복한 표정은 슬픔으로 옷을 갈아입은 듯했다. 온몸이 슬픔으로 가득 차올랐다.

저녁 무렵이 되자 귈바하르가 갑자기 달라졌다. 마음속에 기쁨의 바람이 불기 시작했던 것이다. 귈바하르는 가만히 있지 못했다. 그러다가 이내 온몸에 기쁨이 흔적도 없이 사라져버렸다. 기쁨은 땅속으로 꺼져버리고 말았다. 밤을 기다렸다. 그녀에게 밤은 다시 오지 않을 것처럼 느껴졌다. 아주 영영 오지 않을 것처럼…… 갑자기 궁 밖으로 뛰쳐나갔다. 그녀는 대장간으로 가서 대장간의 불꽃을 바라보고 있었다. 대장장이 휘소가 불꽃더미 아래서 땀을 흘리고 있었다. 그 후 곧장 아흐메디 하니의 무덤으로 갔다. 잠시 묵념을 했다. 기도를 하고 도움을 청했다. 기도는 샘물처럼 콸콸 쏟아졌다. 그 누구도 멈추게 할 수 없을 것같이 보였다. 아흐메디 하니의 무덤에서 자리를 뜨려고 일어났을 때는 이미 해가 지고 아으르 산 기슭에 밤이 찾아들고 있었다. 가느다란 빗방울마저 흩날리기 시작했다.

그녀의 방에는 무겁고 자수가 많이 놓인 호두나무 상자가 있었다. 그 상자에는 할머니가 그에게 선물로 주신 금, 호박, 카프카스 보석 들이 들어 있었다. 반지와 진주 몇 개가 박힌 팔찌, 외삼촌이 저 멀리 인도에서 가져다주신 금발찌, 귀걸이도 역시 외삼촌이 아프가니스탄에서 가져다 주신 것이었다. 그녀는 가진 것 모두를 모아 우단 주머니에 넣었다. 곧장 감옥으로 달려갔다. 메모는 감옥 입구에 있는 자기 방에 있었다. 그녀는 문을 두드렸다. 메모도 문을 열었다. 차고 있는 커다란 칼이 허리춤에서 발 아래까지 늘어져 있었다. 망아지 가죽 위에 카프카스산 은과 천 조각으로 장식한 겉옷을 입고, 머리에는 양과 염소 털을 섞어 짠 건을 쓰고 있었다. 메모는 귈바하르를 보자 기쁨을 감추지 못했다. 얼굴에는 형언할 수 없는 기쁨이 번졌다. 귈바하르도 그 모습을 놓치지 않았다. 그런데 한순간에 메모의 얼굴이 절망으로, 어둠으로 뒤바뀌었다. 귈바하르의 표정도 희망에서 놀라움으로 변했다. 메모는 다시 얼굴을 붉히고, 두 눈을 땅에 꽂았다. 손과 입술이 떨리고 있는 게 분명했다.

귈바하르는 손에 쥐고 있던 주머니를 메모에게 내밀었다.

"받아."

"이것 전부 다 줄게."

메모는 주머니를 받아 들었고, 주머니를 쳐다보았다. 손이 심하게 떨렸다.

"그 대신 감옥에 있는 아흐멧을 만나게 해줘."

메모의 손에 있던 주머니가 땅으로 떨어졌다. 땡그랑 소리가 조용한 밤으로 스며들었다. 귈바하르가 허리를 굽혀 주머니를 주웠다. 다시 메모에게 내밀었다. 메모는 주머니를 받지 않았다. 그의 얼굴에는 핏기 하나 남지 않았다. 온몸에 핏기가 가신 듯했다. 얼굴이 백지장처럼 하얗게 질렸다.

"자 받아, 메모. 이걸 받고 나를 안에 있는 그 사람에게 데려다줘. 아버지에게 가서 모든 걸 일러바쳐도 좋아. 가서 말해. 내 목을 치라고."

메모는 얼어붙었다. 고개를 무겁게 쳐들고 귈바하르를 바라보았다. 두 눈은 죽음의 공포에 질려 있었다. 생명을 위협을 느끼는 남자의 두 눈에 죽음의 공포가 서려 있었다. 귈바하르는 눈을 내리깔고 있는 수밖에 없었다.

메모의 두 손이 허리로 향했다. 무감각하고, 무겁게⋯⋯ 허리춤에서 감옥 열쇠를 꺼냈다. 귈바하르에게 내밀었다. 귈바하르는 잠시 두 손에 열쇠를 쥐고, 기뻐서 웃어야 할지 아니면 울어야 할지 알 수가 없었다. 그곳에, 메모의 방 문턱에 걸터앉았다. 갑자기 울음보가 터졌다. 감옥 열쇠를 문 앞에 놓아두고 가버리려 했지만 그럴 수가 없었다. 억지로 일어나서 발을 이리저리 흔들고 심장이 터져라 가슴을 두들기며 감옥 문으로 다가갔다.

커다란 자물쇠 구멍에 열쇠를 넣었다. 감옥은 컴컴했다. 감옥 아래쪽에서 보일 듯 말 듯한 빛이 새어 들어오고 있었다. 궐바하르는 더듬거리며 오래된, 궁전보다 수백 년 전에 만들어진 돌계단을 내려갔다. 감옥 아래에 움직이는 것은 아무것도 없었다. 모든 것이 반듯했다. 흐리게 번지는 빛 아래 바닥에 깔린 쓰레기가 널려 있었다. 아래쪽에서 옛날에 걸어놓은 가죽, 짐승 가죽 냄새가 번져오고 있을 뿐 바닥에는 습기라고는 전혀 없었다.

궐바하르는 감옥 아래쪽에 앉아서 밑으로 내려가는 길을 가늠해보았다.
"소피, 소피 할아버지!"
궐바하르는 조그맣게 불러보았다.
궐바하르의 목소리를 들은 소피는 속옷바람으로 계단으로 뛰어 올랐다.
"어인 일이시오? 우리 옹주님이 아니신가? 어떻게 여기까지 왔어요? 제후님이 아시는 날에는 우리 모두의 목이 날아갑니다. 자! 나가세요. 여기에 들어온 여자는 아마도 감옥이 생기고 옹주님이 처음일 거예요. 자, 나가요! 여기 들어올 때 아무도 본 사람 없겠지요?"
"아흐멧 어디 있어요? 그 사람을 보고 싶어요. 지금요, 지금."
소피는 내려갔다.

어둠 속 쓰레기 더미에서 부스럭거리는 소리가 잠시 들렸다. 그리고 모든 것이 침묵 속에 잠겼다. 궐바하르의 심장이 '특 특' 뛰었다. 감옥의 차가운 돌 더미에서 그 소리가 메아리처럼 울렸다. 아니면 궐바하르에게만 그렇게 들렸는지도 몰랐다.

기다리고 또 기다렸지만 아무도 오지 않았다. 기다리는 시간이 길어질수록 흥분이 심해져, 심장은 더더욱 헐떡거리는 새가슴처럼 두근거렸다.

아래 쓰레기 더미 쪽에서 아주 기다랗고 거무스름한 물체가 일어나서 걷는 것을 볼 때까지 궐바하르의 이런 상태는 계속되었다. 그녀는 검은 그림자를 보자 좋아 죽을 지경이었다. 손과 발이 풀리고, 머리가 핑 돌았다. 벽에 기대지 않으면 땅에 주저앉을 것만 같았다.

아흐멧의 숨소리를 듣자 갑자기 정신이 들었다. 두 사람은 그렇게 마주 보고 우뚝 서 있었다. 아무도 입을 열지 못했다.

"귈바하르, 당신이군요."

"맞아요."

귈바하르가 들릴까 말까 하는 소리로 대답했다.

두 사람은 마치 아주 옛날부터 친구였고, 연인이었고, 가까운 사이 같았다. 사랑의 구름이 둘을 감쌌다. 따뜻하고, 아름답고, 우호적인…… 이 사랑은 감옥 전체로 번졌다. 감옥에는 수많은 들꿩들이 있었다. 어디에서 찾아낸 것인지는 모르지만 소피가 찾아낸 것이었다. 들꿩들은 한밤중, 아침나절, 정오 할 것 없이 언제든지 기분이 내키면 울어댔다. 아래쪽 쓰레기 안에서 들꿩 소리가 들려왔다. 이 소리에 귈바하르가 겁을 먹었다. 그녀는 손을 내밀어 아흐멧의 손을 붙들고, 계단을 밟아 위쪽으로 올라갔다. 감옥 성탑이 있는 곳에 다다랐다. 이 성탑은 평원 옆에 있었다. 그곳에서 두 걸음만 걸으면 끝을 알 수 없는 절벽이었다. 저 먼 곳에 있는 별들과 평지, 가느다랗게 남겨진 언덕 위에는 깊은 어둠과 아으르 산의 그림자가 드리워져 있었다. 아으르 산 위에는 아주 오래된, 한 면이 잘려져나간 보름달이 걸려 있었다. 잠시 후 달 표면을 시커먼 먹구름이 와서 덮어버렸다. 귈바하르는 아직 아흐멧의 손을 놓지 않고 있었다. 갈수록 그들의 손이 달아올랐다……

새벽 첫닭이 울자 그들은 성탑 바닥에서 일어났다. 불기둥이 떨어져내린 것처럼 그들은 서로에게서 떨어졌다. 귈바하르는 사실 그와 조금도 떨어지고 싶은 마음이 없었다. 이렇게 말없이 아흐멧의 손을 잡고 그 느낌을 음미하고 싶었다. 이후 무슨 일이 벌어질지에 대해서는 생각조차 하고 싶지 않았다. 아흐멧의 손을 다시 한 번 잡았다. 두 개의 불기둥이 다시 한 번 하나가 되었다. 날이 밝아오고 있었다. 그들은 다시 서로에게서 떨어졌다. 아흐멧은 걸어서 감옥으로 들어갔다. 궐바하르는 무거운 감옥 문이 아흐멧의 등 뒤로 잠기는 소리를 들었다. 잠시 동안 텅 빈 가슴으로 무엇을 해야 하는지 어디로 가야 하는지 몰라 그곳에 그냥 그렇게 서 있었다. 그러다 손에 쥐고 있는 열쇠를 메모에게 돌려주어야 한다는 것을 깨달았다. 감옥 문 옆에 있는 메모의 방으로 들어갔다. 문은 열려 있었지만 메모는 그 안에 없었다. 그녀는 겁이 덜컥 났다. 궁을 샅샅이 뒤지며 메모를 찾아 다녔다. 메모는 궁의 안쪽 성벽 밖 큰 대문 오른쪽에 허리를 벽에 기대고 앉아 있었다. 그는 시체같이 꿈쩍도 하지 않았다. 궐바하르의 발자국 소리를 듣고도 메모는 정신을 차리지 못했다.

궐바하르는 메모의 귀에 대고 열쇠를 잘그랑거렸다. 그래도 메모의 얼굴과 표정에는 조금의 변화도 일지 않았다. 궐바하르가 머리맡에서 계속해서 기다렸지만 그래도 그는 꿈쩍도 하지 않았다. 그녀는 열쇠를 메모의 품에 넣었다.

"메모, 고마웠어. 이 은혜는 죽을 때까지 잊지 않을게."

메모는 조금도 움직이지 않았다. 궐바하르는 그로부터 멀어졌고, 동이 텄다.

아흐멧은 감옥 바닥에 홀로 바위같이 우뚝 앉아 있었다. 기적 같은 이 사건을, 궐바하르의 마법을, 그리고 따사로운 여인의 향내를 믿을 수가 없었다. 어젯밤 꿈을 꾼 것처럼만 느껴졌다. 갑자기 정신이 들어 꿈인지 생시인지를 자신에게 물어보았다. 뼛속까지 사랑과 행복이 차올라왔지만 또다시 공허함과 믿기지 않을 만큼 외로움이 찾아오기도 했다.

어쩌면 말이 이것을 위해 찾아왔는지도 몰랐다. 어쩌면 이것이 알라께서 준비하신 운명일지도 몰랐다. 그 말과 이 소녀는 알라께서 내게 주신 아으르 산의 선물인 것이다. 내게 속한 것일 것이다. 귈바하르는 아으르에 핀 꽃처럼 강렬하고, 싱싱했다. 그녀에게는 정신을 잃게 만드는 매력이 있었다.

"소피 삼촌, 피리를 주세요." 그가 말했다.

소피는 그에게 피리를 내주었다. 지금 소피와 무사 그리고 감옥, 꿩들은 여지껏 듣지 못했던 피리 소리를 듣고 있었다. 귈바하르도 이 소리를 듣는다면 좋아서 어쩔 줄 모를 터였다.

그날 귈바하르는 잠시도 가만히 있지를 못하고, 궁 안을 뱅글뱅글 돌았다. 몽유병이라도 걸린 듯 뭔가에 홀려 아무것도 먹지 못했다…… 아버지가 아흐멧을 놓아주지 말아야 한다. 놓아주면 그를 다시 만나지 못할 것이다. 그 어느 제후도 자기 딸을 산사람에게 주지는 않을 것이니 말이다.

그녀는 감옥에서 들려오는 피리 소리를 듣자 제정신이 들었다. 온몸이 머리끝부터 발끝까지 달아올랐다.

아흐멧이 감옥에서 빠져나와 어느 날 밤 내게 온다면, 그와 함께 말을 잡아타고 영양떼가 사는 사막으로 달려간다면……

그곳에는 기다란 천막을 치고 사는 쿠르드 부족 마을이 있었다. 쿠르드족들은 손님을 환대했다. 그리고 아으르 산 사람들에게는 특별대우를 했다. 신성한 사람이라도 되는 듯, 마치 다른 세상에서 온 사람처럼 대했다. 그러나 어디를 간다고 해도 아버지가 그들을 찾아내서 결국은 죽여버릴 게 뻔했다. 오스만 왕조의 사람은 누가 어디를 가도 찾아낼 만큼 치밀했다. 아흐멧도 찾아내서 죽여버릴 것이었다. 그녀는 속이 탔다.

그날 밤 아흐멧에게 가야만 했다. 매일 밤 그랬다. 그러나 아버지가 알게 된다면 아흐멧은 물론이고, 자기 목도 벨 것이 틀림없었다. 메모도 죽을 것이다. 메모는 좋은 사람이었다. 그렇게 많은 금은보화도 거절했다. 그리고 열쇠를 그녀에게 주고 가버렸다. 메모를 생각할수록 그의 불쌍한 얼굴이 눈앞에 선해 그녀는 마음이 미어졌다. 될 수 있으면 메모 생각은 머릿속에서 지워버리고 싶었다. 생각하지 않으려고 애썼다. 마음속 깊은 곳으로부터 뭔가 느껴지는 게 있었다. 아주 오래전부터 메모는 그녀에게 아주 잘해주었다. 메모에게 갈 때면, 그녀가 원하는 것은 모두 메모가 들어줄 것임을 그녀는 알고 있었다.

그녀는 아흐멧이 여기 머무는 기간 동안만이라도 매일 밤 만나고 싶었다. 그러나 매일 밤 어떻게 메모에게 열쇠를 달라고 할지, 어떻게 그의 고통스런 얼굴을 감당해야 할지 용기가 생기지 않았다. 메모는 열쇠를 내줄 때 죽음보다 더 고통스러운 고문을 당한 것 같은 얼굴이었다. 궐바하르가 아닌 그 누구라도 알아차렸을 터였다.

궐바하르의 마음속에는 모든 감정이 반란을 일으켰다. 아버지, 관습, 궁 생활, 아으르 산 등 모든 것이 세상을 향한 반란이었다.

내정에서 아버지의 무겁고 우렁찬 소리가 들려왔다. 마흐뭇 제후는 아주 나이가 많았다. 그리고 쿠르드어로 얘기할 때 훨씬 더 부드럽고 따뜻하고, 잘생겨 보였다. 고매한 독수리처럼도 보였다. 궐바하르는 지금까지 아버지만을 좋아했다. 아버지에게 빠져 있었다. 아버지도 그녀가 자기를 매우 사랑한다는 것을 알고 있었다.

저녁이 되었고 해가 졌다. 궐바하르는 궁 안에서 서성이고 있었다. 안절부절못해 도무지 내정 앞을 떠날 수가 없었다. 안에서 사람 소리가 들리지 않는 것을 보니 내정에는 아무도 남지 않은 것 같았다. 아버지는 지금쯤 주무시기 전 밤 예배에 참가했을 터였다.

'지금 들어갈까' 하는 생각에 이르렀다. 귈바하르는 지금 아버지에게 찾아가서, '이제 더 이상 아버지의 딸이 아닙니다. 소원이 있어 찾아왔습니다. 이렇게 무릎을 꿇고 빌겠습니다. 아흐멧을 제게 주세요. 왕 중의 왕이신 마흐뭇 제후시여, 아버지의 조상을 부정하지 마세요. 아버지의 조상도 아르르 산 출신이잖아요? 아르르 산에서 왔다고 할아버지께서 그러셨어요. 혹시 모르고 계신 건 아니시죠? 우리 집 옆에 독수리 둥지도 있었다고 하던데요, 하고 사정해볼까……?' 하는 생각을 그렸다 지웠다.

매번 호위병이 문을 조금이라도 열 때마다 그녀는 안으로 들어가고 싶은 마음을 억지로 참았다. 가서 아버지 무릎 아래 엎드리고 싶은 마음이 굴뚝 같았다. 마음을 억지로 추스리며 내정 문 앞에서 멀어졌다. 만약 자신만 생각한다면 일은 어렵지 않을 것이었다. 그런데 문제는 아버지가 이 일을 알게 된다면 아버지는 아흐멧을 먼저 죽일 것이 분명하다는 사실이었다.

그녀는 한밤중이 되도록 잠들지 못했다. 모든 베야즈트 마을이 깊은 잠에 취해 있었다. 가끔씩 감옥에서 들려오는 몇 개의 쇠사슬 소리 말고는 아무것도 들리지 않았다. 귈바하르는 오랫동안 침대 위에서 계속 몸을 뒤척였다.

이 일은 결말이 날 수 없었다. 언젠가 어떻게든 꼬리가 잡힐 것이 분명했다. 아버지가 아흐멧을 죽여버릴 게 분명했다. 이 궁전에 지금까지 비밀로 남겨진 것은 아무것도 없었다. 어제는 언니 한 명이, 오늘은 두 명이, 그녀가 뭔가 이상하다는 것을 알아차렸을지도 몰랐다. 두 사람이 만나는 것을 만일 누군가 보기라도 한다면 당장 내일 아침 궁궐은 발칵 뒤집힐 것이다. 아니면 교도관 메모가 겁이 나서 아버지에게 일러바치기라도 한다면……? 메모는 자기 한 목숨은 구할 수 있을 것이다. 그러나 과연 메모가 그렇게 할까?

이런저런 생각과 공포심 때문에 방 안에만 무작정 앉아 있을 수가 없었다. 침대에 벌떡 일어나 앉았다. 얼마 후 그녀는 감옥 문 앞에 가 있었다. 그곳에서 한참을 서성거리다 메모의 방문 앞에 도착했다. 얼마 동안을 문 앞에서 서성거렸다. 도저히 문을 두드릴 용기가 없었다. 두려움과 수줍음, 고통 등의 감정들이 뒤죽박죽되었다. 안에 있는 메모는 그녀가 문 앞에 와 있다는 것을 감지하고는 뭔가 상념에 잠겼다. 그러다 그는 갑자기 문을 확 열어버렸다. 궐바하르가 메모를 보자 놀라 도망치기 시작했다. 메모는 그녀의 뒷모습을 바라보다가 다가가 열쇠를 내밀었다. 그리고 방을 가리켰다.

"여기에서 얘기하세요." 메모는 들릴까 말까 한 아주 작은 소리로 말했다.

궐바하르는 감옥의 철문을 있는 힘을 다해 열었다. 그리고 돌계단을 내려가기 시작했다.

"소피 할아버지, 소피 할아버지."

아흐멧은 숨을 죽이고 저녁부터 그녀를 기다리고 있었다. 아니, 그녀가 가버린 이후 줄곧 그녀를 기다렸다. 바스락 소리를 내지 않으려고 애쓰며 발걸음을 떼고 있는 그녀를 보자 아흐멧은 곧장 궐바하르에게로 달려갔다. 손을 마주 잡은 두 사람은 하나가 되었다.

메모가 자기 방을 가리키며 여기에서 얘기하라고 한 까닭은 뭘까. 메모가 성인(聖人)이라도 된 걸까? 이렇게 관대한 사람이 세상에 또 있을 수 있다는 말인가? 궐바하르는 마음속으로 아픔을 느꼈다. 그녀는 아흐멧을 감옥 위, 성탑 오른쪽 절벽 입구로 데리고 갔다. 두 사람은 벽 밑에 쪼그리고 앉았다. 손을 맞잡고 미동도 하지 않은 채 앉아만 있었다. 가슴과 가슴이 통하는 채로. 한밤의 고요함에 두 사람은 상대방 혈관 속 피 흐르는 소리까지 들을 수 있었다.

"사실이에요?"

퀼바하르는 목이 메어 우는 듯한 소리로 물었다.

"뭐가요?"

아흐멧은 되물었다.

"사십 일 안에 말을 데려오지 않으면, 아버지가 당신도, 소피 할아버지도, 무사도 모두 목을 벤다고 했다면서요."

"사실이에요."

퀼바하르가 어렵사리 뭔가 말했지만 뭐라고 하는지 들리지 않았다.

"나 기억해요? 왜 있잖아요? 큽 호숫가에 있던 망아지……"

"그 후 단 한 번도 잊어본 적 없어요. 당신만을 생각했어요. 당신도?"

"지금처럼 항상 눈앞에 당신이 있었지요. 당신은 그때 발목에 붉은 상아 발찌를 하고 있었어요."

퀼바하르는 정겹고, 신비로운 꿈속에 있는 것만 같았다.

"평원에서였지요."

"큽 호숫가에 긴 머리를 한 시인들이 삼 일 밤낮 동안 스이 아흐메데 실리비(Siy Ahmede Silivi)를 불렀잖아요. 다 끝내지는 못했지만요. 그때 앞머리를 부르고 있었을 거예요."

아흐멧이 덧붙였다.

"그 민요를 다 부르려면 아마 사십 일은 걸릴 걸요. 얼마나 긴데요."

퀼바하르가 깊은 한숨을 내쉬며 말했다.

"말을 안 가져오면 아버지가 세 사람 모두 죽일 거예요. 아아!"

"우리 목을 벨 테면 베라지요. 그렇지만 호호백발 소피 삼촌의 목을 벤다는 게 말이 됩니까? 그건 잔인무도한 일이에요. 그런 잔인무도한 일은 생각도 할 수 없어요. 가여운 소피 삼촌. 그러나 소피 삼촌은 대단한 사람이에요. 조금도 아랑곳하지 않아요. 계속 피리만 불다가 웃다가 그래요. 허리는 두 겹으로 굽었구요. 불쌍해서 죽겠어요. 소피 삼촌이 너무 불쌍하다고요. 내가 할 수만 있다면 소피 삼촌을 구해줄 텐데. 그 나이에 목을 베어 죽는다는 게 말이나 돼요? 제후께서 그러셨대요. 소피 삼촌의 목부터 베겠다고요. 그것도 우리가 보는 앞에서 말예요."

"아무도 죽이지 못하게 하겠어요!"

귈바하르가 말했다.

아흐멧은 입을 다물었다.

귈바하르는 그를 가슴에 안았다.

"그러지 마세요. 당신부터 죽는다구요."

"죽이라지요."

귈바하르는 맞섰다. 단호하고 선전포고라도 하는 듯한 목소리였다.

"무사도 안됐어요. 나 때문에 이렇게 되었으니. 차라리 말을 가져올까요? 소피 삼촌과 무사의 생명은 구하고 봐야 하잖아요? 그렇지만 우리 마을 사람들이 내놓지 않을 거예요. 만일 내준다 해도, 감옥에서 나가서 그 사람들 얼굴을 어떻게 똑바로 볼 수 있겠어요? 목숨이 아까워서 하늘이 내린 영물을 다시 돌려주었다고들 할 거예요. 도저히 얼굴을 들고 다닐 수 없을 거예요. 그러나 소피 삼촌과 무사의 목숨은 어떻게 되는 거예요?"

귈바하르는 가시가 박힌 것처럼 목이 메었다. 머리를 아흐멧의 어깨에 기댔다. 그녀는 줄곧 울고 있었다. 마음속으로 '그만둬, 그만둬, 그만둬'라고 수없이 외쳐대면서.

새벽닭이 울었다. 아으르 산 계곡에 달라붙은 태양은 시뻘겋게 달아 있었다. 태양이 아니라 둥글고 번쩍번쩍 타오르는 크리스탈 같았다. 크리스탈은 곧 붉은 사과 모양으로 변했다.

두 사람의 손이 불길 갈라지듯 떨어졌다. 아흐멧은 감옥을 향해 걸었다. 귈바하르는 꼼짝도 하지 않고 그의 뒷모습을 바라보았다. 다리에는 일어설 힘도 남아 있지 않았다. 해가 중천에 떴을 때쯤에야 그녀는 겨우 자리에서 일어났다. 목이 메었다.

그녀의 아버지가 사형에 처한다고 했으면 곧 그렇게 될 것이다. 제후의 칙령이 내려지면 바로 사형이 집행되었다. 지금까지 그 누구도 감히 그의 말을 어기지 못했다. 아흐멧의 처지도 말이 아니었다. 말을 돌려주고 감옥에서 나간다 해도 산사람들에게 그는 이미 죽은 사람 취급을 당할 것이 뻔했다. 그러면 소피와 무사는 무슨 죄가 있단 말인가? 아흐멧이 그 사람들을 어떻게 자기와 함께 죽음으로 몰아갈 수 있을까?

아흐멧과 귈바하르는 같은 생각을 하고 있었다. 죽음조차도 아흐멧을 구할 수는 없을 터였다.

귈바하르에게는 희망이 없었다. 그 어디에서도 희망의 빛은 찾을 수 없었다. 사방에서 절망스런 폭우가 내리 퍼붓고 있었다. 그녀는 숨이 막혔다. 일생에서 40일간의 행복이었다. 죽을 때까지 그녀가 지닌 모든 행복은 이것이 전부가 될 터였다. 40일간의 기쁨. 그것도 죽은 자의 손을 잡은 행복, 그리고 머리에 총을 맞은 남자를 품에 안을 기쁨일 것이다…… 아흐멧이 말을 가져와서 돌려준다 해도, 그래서 목숨을 건진다고 해도, 귈바하르는 그를 다시 보지는 못할 터였다. 아흐멧은 산으로 돌아가야 할 것이고, 그녀는 여기 궁전에 혼자, 우물 바닥 속의 돌덩이처럼 남겨져야 할 것이었다. 그렇다면 그녀의 삶은 이미 끝난 것이었다. 더군다나 아흐멧은 말을 돌려주지 않을 게 분명했다. 귈바하르가 보는 앞에서 그의 목이 날아갈 것이고, 사람들은 피가 뚝뚝 떨어지는 그의 목을 흔들며 마을 곳곳을 돌아다닐 것이다. '그의 멋진 수염도 피범벅이 되겠지. 입을 맞추기에도 민망할 정도로 피범벅이 되겠지' 하며 그녀는 울고 있었다.

그렇게 된다면 그녀는 성탑 꼭대기에 올라가 몸을 아래로 던질 작정이었다. 이미 아흐멧의 것이 된 몸. 몸은 저 꼭대기에서 절벽 아래까지 바위에 부딪히고 부딪히며 떨어지겠지.

"나는 차마 입을 맞출 수도 없었어."

그녀는 곡을 하다가는 이를 악물고 아흐멧을 구할 수 있는 방법을 생각하고 있었다.

"반드시 그는 살아야 해. 내가 더 이상 죽을 때까지 그를 다시 볼 수 없다고 해도. 그는 꼭 살아야 해…… 그는 꼭 살아야 해. 산으로 돌아가 자식들도 많이 낳고…… 그는 살아야 해. 내가 죽더라도."

어쩌면 희망이 있을지도 몰랐다. 무사의 아버지가 아들 목이 잘리도록 이렇게 계속 보고만 있을까? 다른 쿠르드 부족들은…… 무사는 그 사람들의 거짓말에 희생양이 되었다. 그 사람들이 가서 '소피와 아흐멧과 무사의 목숨을 위해 말을 주세요' 하고 산사람들에게 말한다면 산사람들이 말을 내주지 않을까?

산사람들은 강한 사람이었다. 그 누구의 말도 듣지 않았다. 그러나 간청하고 애원하는 사람들을 그 이유가 어찌되었든 모른 척하지는 않았다. 아으르 산의 모든 것은 관습 한가운데에 있었다. 누구라도 관습을 벗어날 수는 없었다.

귈바하르의 마음속에 작은 희망이 샘솟았다. 갑자기 떠오르는 게 있었다.

'만일 내가 가서 산사람들에게 말을 달라고 한다면? 더구나 여자의 부탁을 거절하지는 않겠지. 호족들이 아버지가 무서워 산사람들에게 가지 않는다면, 나라도 가겠어. 내가 갈 테야…… 아흐멧을 구해야 해. 나는 죽는 날까지 그 사람 얼굴을 다시 보지 못하겠지만, 아흐멧은 한 무리 자식을 낳고 살겠지……'

이 일을 믿을 만한 누군가에게 알려야 한다. 어쩌면 산사람들에게 자신이 직접 가야 할지도 몰랐다. 아니면 무사의 아버지에게 먼저 소식을 전해야 할지도 몰랐다. 산사람들에게 가보라고 말이다.

이런저런 생각으로 그녀는 밤을 지샜다. 그녀는 가족들 중에서 어머니와 아버지, 그리고 오빠 유수프와 아주 친했다. 이 일을 유수프에게 말하면, 유수프가 나를 죽이지는 않을까? 유수프를 믿어도 좋을까? 유수프가 말을 돌려달라고 얘기하러 나와 함께 가줄 수 있을까? 유수프가 동의했다고 치자. 산사람들이 유수프를 아흐멧 대신 포로로 잡지는 않을까? 만일 유수프가 혼자 간다면 그곳에 감금해둘지도 몰라.

궐바하르는 고개를 저었다. 아냐, 내가 산사람들을 너무 몰아세우는 걸 거야. 그 사람들은 아버지 같지는 않을 거야. 손님으로 온 사람을, 더구나 부탁하러 온 사람을 포로로 잡지는 않을 거야. 그들은 자신들에게 부탁하러 온 여자에게는 손도 대지 않을 거야. 그 여자가 무엇을 어찌하든 여자에게 손을 대지는 못할 거야.

그녀는 유수프의 방으로 들어갔다. 유수프는 아직 잠을 자고 있지 않은 것 같았다. 보료에 옆으로 기대어 낡은 칼을 닦아 손질하고는 자수와 글씨를 새긴 실을 뽑고 있었다.

궐바하르를 보자 그는 살짝 웃었다.

"무슨 일이야, 이 시간에?"

궐바하르는 옆에 앉았다. 유수프의 얼굴은 가늘고 길며 핏기가 없었다. 마치 햇빛을 한번도 보지 못한 듯한 얼굴이었다. 유수프는 아주 키가 컸다. 그는 부드러운 눈길로 귈바하르를 쳐다보았다. 두 눈에는 왜냐고 묻고 있었다. 귈바하르는 오빠의 목에 손을 감고 울기 시작했다. 한참을 울고 났을 때 유수프가 얼음같이 차가운 목소리로 물었다.

"왜 그래? 왜 울어, 귈바하르?"

"고민이 있는데, 방법이 없어. 아마 오빠라면 할 수 있을 거야, 유수프."

유수프의 커다란 녹색 눈동자가 놀라서 더욱 커졌다.

"고민이 뭔데?"

귈바하르의 입술이 떨렸다. 잠시 동안 말을 하지 않다가, 입을 열었다.

"나를 죽음에서 구해줄 수 있는 것은 바로 오빠야."

유수프는 놀라서, 당황하기까지 했다.

"무슨 일인데 그래?"

유수프는 고함을 질렀다.

"아버지가 그 사람들 목을 벤대. 막아야 해. 산사람들을 찾아가자. 가서 말을 달라고 하자. 우리가 달라고 하면 산사람들도 말을 내줄 거야. 유수프, 같이 가자, 산사람들에게 가자구…… 응?" 그녀는 재빠르게 말을 해버렸다.

"그게 네게 어쨌다는 거야? 그 사람들이 너한테 뭔데? 아버지가 그놈들 목을 베는 게 당연하지. 그 사람들이 너와 무슨 관계라도 있는 거야?"

그는 갑자기 칼로 베듯이 잘라 말하며, 꼿꼿하게 귈바하르를 쏘아 보았다.

"아니면, 너."

목소리에 힘을 주었다.

"너?"

"맞아."

궬바하르는 들릴까 말까 한 목소리로 대답했다.

유수프가 벌떡 일어났다.

"아흐멧 맞지? 그렇지? 아버지가 아시면 네 목부터 벨 거야. 널 죽일 거라구! 너를 죽인다니까……"

유수프는 방 안에서 이리 왔다 저리 갔다. 갈수록 제정신을 차리지 못하고, 폭탄이라도 맞은 것 같았다.

"아버지가 너를 죽일 텐데, 죽인다고…… 죽일 거야, 죽일 거라고……!"

계속해서 중얼거렸다. 마치 신이 들린 것 같았다. 잠시도 멈추지 않았다. 두려움 때문에 눈은 또 휘둥그랬다. 궬바하르는 그가 이상해졌다고 생각했다.

"유수프 오빠. 왜 그래? 미쳤어?"

유수프는 오랫동안 웃다 입을 열었다.

"미친 건 너야, 너라구! 넌 미쳤어. 넌…… 아버지가 너를 죽일 거야."

궬바하르는 마지막으로 시도해보았다.

"유수프, 유수프, 유수프 오빠. 나와 함께 말을 달라고 하러 갈래?"

"너 미쳤구나. 너 미쳤어."

"그렇지만 사람들과 아흐멧의 목숨이 달린 일이야. 말을 가져오지 못하면 다 죽는다고. 나도 죽어버릴 거야."

"제발 그러지 마, 궬바하르. 제발 자살 같은 건 하지 말라구! 나는 말을 달라고 하러 갈 수 없어. 아버지가 너를 죽일 거야. 그래도 궬바하르, 넌 자살 같은 건 하지 마. 알았지, 궬바하르?"

아으르 산의 신화 157

유수프는 넋이 나갔다. 겁에 질린 듯했다. 귈바하르는 두려워하고 있는 오빠를 보면서 더욱 놀랐다.

"오빠한테는 희망이 없구나."

귈바하르는 유수프의 손을 잡고 신음하듯 말했다.

"그렇지만 이 얘기는 아무한테도 하지 마. 엄마한테도 말야…… 귈리스탄이나 귈리즈가 들으면 나를 죽이려고 할 거야. 나를 갈갈이 찢어버릴 걸. 그러니 아무에게도 말하지 마, 알겠지?"

"아무에게도 말 안 할게. 그러나 아버지가 너를 가만히 안 놓아두실 걸. 몸뚱어리를 조각 내서 개한테 주시겠지! 나도 말은 안 하겠지만, 너도 아무에게도 말하지 마라. 귈바하르."

유수프는 제정신이 아니었다. 겁을 먹은 것 같았다. 겁을 잔뜩 먹고, 어미 깃털 안에 숨은 작은 새끼 새처럼 되어버렸다.

유수프에게서는 아무것도 기대할 수가 없었다. 그는 용감하고, 냉철하고, 너그러워 보였었다. 그런데 여지껏 속은 것이다. 유수프가 아버지에게 모든 일을 일러바치지는 않을까? 그것도 알 수 없는 일이었다. 그렇게 된다면 그 정도로 겁을 먹었다는 얘기이다. 궁지에 몰리면 하지 못할 일이 없는 게 사람이다. 그녀는 넋이 나가 혼자 앉아 있는 유수프를 버려두고 방에서 나왔다.

아으르 산 정상 가까운 곳 남서쪽 골짜기 쪽으로 호수가 하나 있다. 모두 쾹 호수라고 불렀다. 타작 마당만 한 크기에다 물은 샘물처럼 맑고 투명했다. 호수는 붉고, 예리하고, 번들거리는 바위 더미 밑에 있었다. 해마다 봄이 되면 아으르 산에는 수많은 목동들이 날아다니는 나비들을 황토 위에 흩뿌리며 호숫가로 모여들었다. 목동들은 해가 뜰 때부터 해가 지는 바로 그 순간까지 아으르 산의 분노를 피리로 불었다. 아으르 산의 목동들은 검고 아름다웠으며 슬픈 눈빛을 하고 있었다. 그들의 손은 아주 길고, 예뻤다. 그 중의 일부는 탐스럽고 황금빛이 나는 턱수염을 하고 있기도 했다. 목동들이 피리를 부는 동안에는 작고 귀여운 새들이 주변을 맴돌았다. 그러다 해가 지면 목동들은 어둠 속으로 흩어져 돌아가버렸다. 꼭, 이 시간이면 언덕을 도는 하얀 새가 있다. 새는 날개를 투명한 호수에 적시고는 목동들과 함께 어둠 속으로 사라진다. 새의 날개가 닿을라치면 호수 위에는 미세한 물결이 일었다. 가느다란 물결은 퍼져나가다 황토빛 가장자리에 가서 찰랑이며 부딪혔다. 그러면 커다란 말 그림자가 호수를 덮치고는 곧 사라져버렸다.

궁은 산의 남쪽 끝에 있는 평지, 바위 더미 위에 세워져 있었다. 아래와 옆은 깎아지른 듯한 절벽이었다. 절벽 아래에는 또 평원이 펼쳐지고 있었다. 평원에는 커다란 길이 나 있었다. 베야즈트 마을은 궁에서부터 동쪽으로, 아으르 산의 계곡 쪽으로 황토 집들이 줄지어 있었다.

커다란 바위 아래에 있는 하얗고 탐스러운 머리칼을 한 대장장이 휴소의 대장간에서는 밤새도록 불빛이 새어나왔다. 아침이 될 때까지도 대장간 문 밖으로 탁탁 하는 소리가 어둠을 밀어내곤 했다. 가끔씩은 거대한 분수대처럼 밤새 불꽃들이 어둠 속으로 흩어지기도 했다. 마흐뭇 제후는 기분 좋은 날 밤이면 휴소의 대장간 문 밖으로 흩어지는 불꽃들을 창문 밖으로 내다보았.

휴소가 몇 살인지는 분명치 않았다. 그는 대장간에서 아들 다섯 명과 함께 일했는데, 예리하고 멋진, 여간해서는 부러지지 않는 금도금 칼을 만들었다. 그런데 그는 단 한 번도 제후가 사는 궁궐이나, 호족들의 저택에 발을 들여놓지 않았다. 라마단에도 금식을 하지 않았다. 예배에도 참석하지 않았다. 기도도 하지 않았다. 휴소가 불을 숭배한다고 하는 사람들도 있었다. 가끔 밤마다 풍구질을 너무 해서 대장간 문 안에까지 불꽃이 가득 차는 경우도 있었다. 그러면 휴소는 불 앞에서 무릎을 꿇고 불을 향해 두 손을 벌렸다.

휴소는 여름이든 겨울이든 거의 아무것도 입지 않았다. 다리에 아주 두꺼운 숄을 걸치고, 허리에는 붉은 띠를 두르고 있을 뿐이었다.

귈바하르는 절망에 빠져 창문 밖을 내다보았다. 모든 마을이 잠들어 있었다. 휴소의 대장간에는 문밖으로 불꽃이 튀고 있었다. 톡톡 불꽃이 밤의 어둠 속으로 흩어졌다.

안에서는 감옥에 있는 소피가 깊고 깊은 피리 소리로 아으르 산의 분노를 불고 있었다. 먼 곳 아래쪽 베야즈트 평원에서 말 울음 소리가 들렸다. 무섭고 두려움에 차 있는 미친 듯한 울음이었다.

"소피 할아버지."

귈바하르가 불렀다.

"소피가 대신 죽어야지."

소피가 피리를 멈추었다.

"얼마 안 남았어요. 당신들의 목이 날아갈 거예요. 방법이 없을까요?"

"없다."

"할아버지가 여기서 나가서, 말을 가져오면, 모두 괜찮을 텐데……"

"안 된다. 말은 안 온다. 소피가 대신 죽어야지."

밤이었다. 그녀는 소피와 마주 보며 그렇게 있었다. 소피도 귈바하르도 아무 말도 하지 않았다.

"그렇지만, 안 돼요."

귈바하르가 맞섰다.

"안 돼요. 이건 죄악이에요. 잔인하다구요. 안 돼요…… 차라리 이 궁을 부숴버리라고 해요!"

목소리가 거의 기어들어갔다.

"이 궁이 무너지라지."

소피는 죽어가는 그녀의 목소리에 자신의 부드러운 목소리를 덧붙였다.

"말 한 마리 때문에 이게 뭐예요. 네 명이나 죽어야 하다니."

"이 궁은 파멸할 거야. 말 한 마리가 아니란다. 천 개의 궁전이지……"

"방법이 없을까요? 내가 산으로 가볼까요? 가서 아흐멧 집안사람들에게 아흐멧이 말을 달라고 한다고 해볼까요?"

"안 된다."

"내가 가볼게요. 내가 아버지에게 사정해볼까요? 말을 포기하시라구요."

"애야, 소용없다니까. 안 된다. 그게 말이나 되는 소리야? 소피가 너의 말을 위해 희생양이 되리라. 달콤한 꿀 같은…… 소피가 너의 머리카락 대신 희생양이 되리라. 삼단 같은 머리카락…… 소피가 너의 눈을 위해 희생양이 되리라. 사슴 같은 눈동자…… 소피가 너의 목을 대신해 희생양이 되리라. 기린 같은 목…… 소피가 너의 심장을 위해 희생양이 되리라. 사랑에 빠진 레일라[1]…… 게다가 불 더미…… 모든 것에는 방법이 있건만 사랑의 끝은 없도다. 소피가 너의 무기력을 대신해 희생하리라. 너를 위해서 이게 가장 좋은 방법이다……소피가 너의 절망을 위해 희생양

---

1 사랑에 빠져 목숨을 잃은 전설 속 여주인공.

이 되리라……"

"알아요."

귈바하르는 깊은 한숨을 내쉬었다.

"그게 나를 위해서는 더 나을지도 모르죠. 두 사람 다 아버지가 목을 벨 거예요. 얼마 안 남았어요. 소피 할아버지. 곧 실행할 거라구요. 그럼 나도 당신들 무덤 위에서 자결을 할 거예요. 소피 할아버지. 도와주세요. 이렇게 엎드려 빌게요."

소피는 더 이상 아무 말도 하지 않았다. 귈바하르가 무어라 말을 했지만 무얼 말하고 있는지 자신도 몰랐다. 소피는 돌처럼 굳어서 더 이상 아무 말도 하지 않았다.

귈바하르가 떠날 때 소피는 다시 피리를 불었다. 소피는 아침이 올 때까지 피리를 불었다.

귈바하르는 창밖 밤 풍경을 바라보았다. 휴소의 대장간을 한 번 더 쳐다보았다. 멀리 신선이 사는 것 같은 아으르 산 깊은 곳이 들썩였다. 커다란 산은 가끔씩 숨을 내쉬었다. 산은 두려워하고 있었다.

휴소의 대장간에서 한 움큼 불꽃이 다시 밖으로 쏟아져 밤하늘에 흩어졌다. 산의 적막 속으로 탁탁 망치 소리가 스며들었다.

귈바하르는 가만히 있을 수가 없었다. 어떻게 해서든 방법을 찾아내야만 했다. 하늘의 새나, 기어 다니는 뱀에게라도 물어보고 싶은 심정이었다. 이것도 저것도 모두 마땅치가 않았다. 두 눈에는 아무것도 들어오지 않았다. 궁 안에서만 맴돌 뿐이었다. 그러다가 불현듯 떠오르는 것이 있었다.

"휴소가 불을 숭배한다고 했지. 그러면 마술사일지도 몰라. 더구나 그는 좋은 사람이잖아. 어쩌면 그에게 무슨 방법이 있을지도 몰라."

귈바하르는 곧 밖으로 나갔다. 곧장 대장간으로 갔다. 불꽃이 한바탕

튀는 곳을 통과해 안으로 들어갔다. 대장간 안은 후끈했다. 휴소는 언제나처럼 웃통을 벗고 있었다. 귈바하르를 보고도 전혀 놀라지 않았다. 한 손은 풍구를 돌리고 있었다. 풍구를 당기며 돌더니 그녀를 한번 힐끗 쳐다보았을 뿐이었다. 마치 그녀를 오래전부터 기다리고 있었던 것 같았다. 표정이 그렇게 말하는 듯했다. 그는 풍구질을 멈추지 않았다. 잠시 동안 불꽃 안에 있는 쇠를 쳐다보고 있다가 숯처럼 되어버린 쇠를 가마에서 꺼냈다. 주형 위에 넣고는 망치로 내려쳤다. 대장간에 온통 가득 찰 정도로 쇠에서 불똥이 튀었다.

휴소는 그제서야 그녀를 보며 미소를 지었다.

"어서 오세요. 귈바하르 옹주님."

귈바하르는 반가웠다.

휴소의 목소리는 건강하고 우호적이며 활기에 차 있었다.

귈바하르는 얼른 말에 대한 얘기를 있는 그대로 들려주었다.

"알고 있어요."

휴소가 말했다.

그리고는 떠오르는 대로, 아흐멧, 소피, 무사에 대해서도 말해주었다.

"그것도 알고 있어요."

휴소는 대답했다.

귈바하르는 아흐멧에 대한 사랑도 고백했다. 휴소는 안다고도, 모른다고도 하지 않았다…… 그저 생각에 잠긴 듯했다.

"다음 주 토요일 성탑에서 그들을 처형한대. 아버지가."

귈바하르가 말해주었다. "뭔가 좋은 방법이 없을까?"

휴소는 대답을 하지 않았다. 그저 뭔가 생각할 뿐이었다. 가마에 있는 숯들이 서서히 까맣게 변해갔고 쇠는 식었다. 얼음처럼 차가워졌지만, 휴소는 자리에서 꿈쩍도 하지 않았다.

수탉이 울 때쯤 되서야 그는 고개를 들었다.

"내일 다시 오세요…… 어쩌면 한 가지 방법이 있을 것도 같군요."

귈바하르의 마음속에 빛이 생겨났다.

태양은 아으르 산 골짜기에 붙은 채 멈추어 있었다. 붉지만 차가워 보였다. 매서운 바람이 산 아래로 불었다. 차갑고, 살을 엘 것 같은 바람이었다. 모든 것을 날려버릴 것 같았다.

귈바하르에게 저녁은 도무지 안 올 것만 같았다. 궁에서 대장간이 보이는 창문 앞에 앉아 미동도 하지 않고 그곳만 바라보았다. 마법이 이루어지기만을 바랄 뿐이었다.

대장간 문밖으로 한 무리 하얀 새가 나는 듯했다. 한 무리, 한 무리가 더…… 궁의 하늘은 하얗게 보였다. 갑자기 궁 안의 모든 문이 열렸다. 아흐멧과 귈바하르는 아으르 산의 큅 호숫가에, 커다란 독수리들과 함께 손에 손을 맞잡고 있었다. 그들은 두 눈을 마주 보고 웃었다. 저녁이 될 때까지 대장장이가 대장간에서 어떤 마법인들 해내지 못했을까? 귈바하르는 자신이 아으르 산의 분노를 막을 수 있다고 생각하며 행복에 젖었다.

해가 질 무렵이 되자 귈바하르는 안절부절 어쩔 줄을 몰랐다. 아무것도 하지 못했다. 자리에서 꿈틀거릴 힘도 없었다. 한밤중에 수탉이 울자 그녀는 완전히 탈진 상태가 되었다. 벽을 붙잡고 새가슴처럼 콩당거리는 가슴을 부여잡으며 휴소에게 갔다.

휴소는 초죽음이 다 된 귈바하르를 보고 속으로 말했다.

"아이고, 이렇게까지 되어버렸는지는 몰랐는데, 하루 만에 초죽음이 되었구나."

휴소는 생각하고 또 생각해보았지만, 적당한 방법을 찾아낼 수가 없었다. 그러나 어찌 이대로 귈바하르를 대한단 말인가…… 귈바하르에게 방법을 찾지 못했다며 곧이곧대로 말할 수는 없었다.

"옹주님."

휴소가 말했다.

"그 사람들이 죽기 전에 말을 찾아올 방법을 찾고 말겠습니다. 옹주님이 직접 저 아래 마을 대상들이 다니는 길목에 사는 주술사에게 가보셔야겠습니다."

"나도 그분을 알아요. 그런데 그분은 아무도 만나려 하지 않는다던데……"

주술사 케르반은 아주 나이가 많았다. 길고 하얀 수염은 언제나 눈발처럼 빛났고, 밤이고 낮이고 두껍고 아주 털이 많은 곰 가죽 옷을 입고 다녔다. 이제는 가세가 기울어 땅도 별로 가진 게 없었다.

그의 집 앞에는 커다란 떡갈나무가 있었다. 떡갈나무도 주술사 케르반처럼 신령스러워 보였다. 어쩌면 주술사보다 신비로움이 더한지도 몰랐다. 주술사는 사람들에게 나무의 신령스러움에 대해 입에 침이 마르도록 설명하고 또 설명했다.

주술사의 집 앞에 커다란 대상 행렬이 지나고 있었다. 아라비아와 트라브존에서 국내로 들어가는 길은 이곳에서 하나로 합쳐졌다. 이란, 중앙아시아, 인도, 중국, 인도네시아로 갈 때도 여기에서 출발해야 했다. 이 길을 지나는 사람은 누구든, 아무리 외국 대상이라도 이 나무 아래를 그냥 지나치는 법이 없었다. 많든 적든 반드시 돈을 놓았다. 대상들이 놓은 돈에는 아무도 손을 대지 않았다. 그래서 돈은 나무 아래에 잔뜩 쌓이기만 했다. 주술사는 명절이 되면 이 돈을 가난한 사람들에게 나누어 주었다. 대상들은 그 누구도 주술사 집 앞에 있는 떡갈나무를 그냥 지나치지 않았다. 돈을 놓지 않으면 참혹한 재앙을 맞이하게 될 것이라고 믿었기 때문이었다.

매일 밤 떡갈나무 위에는 날이 밝을 때까지 금성이 반짝이고 있었다. 별은 길을 잃은 대상들에게 길을 가르쳐주는 구원의 손길이었다.

"가서 내가 보냈다고 말하세요. 알겠죠." 휴소가 말했다.

퀼바하르는 그곳으로 갔다. 떡갈나무가 있는 주술사 집 현관에서 얼굴을 안으로 들이밀고, 휴소가 보냈다고 말했다. 주술사가 그녀를 안으로 맞이했다.

주술사 케르반의 푸른 눈은 별처럼 빛났다. 오염되지 않은 샘물같이 맑은 눈에서는 광채가 났다…… 퀼바하르는 애원하듯 그의 어깨에 세 번 입을 맞추었다.

"나는 대상입니다. 어르신. 산에서도 지내보았습니다. 그래서 당신을 찾아왔습니다. 길을 잃었기 때문이지요. 대상 무리가 아으르 산 언덕 위에서 폭풍우에 휘말렸어요. 당신이 구조 요청을 거절하시면 우리는 모두 죽게 됩니다. 꺼져가는 희망을 안고 여기까지 날아온 가련한 새 한 마리가 당신 집 앞 떡갈나무에 내려앉았답니다. 누군가 쫓아오고 있어요. 부리를 분지르고, 발톱마저 다 빼버렸다고 하는군요. 심장을 도려내는 것 같아요."

소녀의 이런 모습에 주술사 케르반은 마음이 아팠다. 그리고 퀼바하르의 아름다움에 그는 마음을 사로잡혔다.

"얘야. 문제가 뭔지 말해보거라."

퀼바하르는 있는 그대로 이야기를 전해주었다. 주술사는 손으로 수염을 쓰다듬으며 깊은 생각에 빠졌다. 그러다가 고개를 들어 집 지붕 위의 푸른 불꽃처럼 반짝이는 금성을 쳐다보았다. 오래도록 생각했다. 그 앞에 무릎을 꿇고 있는 퀼바하르는 온몸이 저렸다.

"애야, 가거라. 아흐멧이 죽기 전에 무슨 일인가가 일어날 게다. 소피도, 무사도 죽지는 않을 거야…… 별의 한쪽이 검어졌지만, 한쪽은 아직도 빛이 남아 있어. 가서 기도를 하거라. 가서 대장장이에게 이렇게 말하거라. 말을 구할 수 있을 거라고. 가서 그 휴소에게 여기로 오라고 해라."

궐바하르는 그 집에서 나왔다. 머리가 핑 돌았다. 마음속 희망의 불꽃이 조금씩 타오르기 시작했다. 궁전으로 돌아가서 기다리기 시작했지만 아무래도 마음이 놓이지 않았다. 그래도 주술사를, 대장장이를, 떡갈나무를, 금성을 믿을 수밖에 없었다. 믿고는 있었지만 아버지의 분노 또한 그들을 처형할 날이 다가올수록 더욱 극에 달했다. 아무도 곁에 접근조차 할 수 없는 지경이었다. 말 한 마디도 건네지 못했다. 제후는 분노에 차서 궁 안에서 안절부절못하고 거의 미칠 지경에 이르렀다. 얼굴은 누렇게 뜨고, 피골이 상접할 정도로 말라 등까지 굽었다. 제후를 이 지경까지 만든 것, 자존심을 건드린 것이 무엇인지 제후 자신도 모르는 듯했다.

궐바하르는 이제는 감옥을 찾아가기도 겁이 났다. 메모는 그녀를 숭배라도 하듯이 대하다가, 환자 다루듯 하다가, 나중에는 폐인이라도 된 사람 다루듯 했다. 메모는 그녀를 끝없는 관용으로 대했다. 그것은 메모의 모든 명예와 자존심을 모두 팽개쳐버려야 가능한 것이었다. 메모의 이런 행동은 그가 세상에 더 이상 미련을 두지 않은 도인(道人)이라도 된 것 같은 느낌을 주었다. 그의 눈에는 지금까지 그 누구에게서도 발견할 수 없었던 슬픔과 절망과 깊은 사랑이 녹아 있었다. 눈빛은 돌과 쇠라도 뚫을 듯 강렬했고, 사람의 간이라도 녹일 듯했다. 세상의 모든 슬픔과 사랑이 이 도인 같은 남자의 얼굴에 모여든 것만 같았다. 마법에 걸린 사람처럼 메모는 그녀의 청이라면 뭐든지 다 들어주었다. 그것도 행복과 기쁨의 절정에서 하는 행위처럼 보였다. 궐바하르에게 메모는 자기를 위해 목숨도 바칠 것처럼 보였다. 메모가 자신을 위해 목숨을 바쳐야 한다 해도, 메모는 그것마저 기꺼이 받아들이리라.

메모가 나를 사랑하고 있던 걸까? 그 정도로 불타게 나를 바라보고 있던 것일까? 그렇다면 왜 나를 아흐멧과 만나게 해주었을까? 그것도 기꺼이 그렇게 했어. 겉으로는 세상에 없는 기쁨을 간직한 듯하지만, 그 이면에 녹아 있는 큰 슬픔……

'메모, 메모. 우리는 친척이잖아, 메모. 너의 인간에 대한 사랑과 우정을 죽을 때까지 잊지 않을게. 내 생명이 이 몸뚱어리를 떠날 때까지 너를 잊지 않을게.'

퀼바하르는 메모의 눈에 띄지 않게 감옥 문 앞에서 서성거렸다.

밤이었다. 대장간 문밖으로 불꽃들만이 탁탁 새어나오고 있었다. 별들은 아으르 산이 훤히 보이는 밤하늘에 크고 작게 흩어져 있었다. 아무 소리도 없었다. 아주 미세한 바람조차 불지 않았다.

퀼바하르는 잠을 이루지 못하고, 창문가에서 밤을 지샜다. 동이 터오르자 기쁨으로 들떠올랐다. 대장간 앞에 말 한 마리가 서 있었던 것이다. 잠시 후에 대장장이가 대장간에서 나오더니 말을 타고 산으로 달려갔다. 퀼바하르는 휴소가 어디로 가는지 알고 있었다. 휴소는 반드시 말을 가져올 것이다.

휴소가 주술사 케르반의 인장을 지니고 말을 가져오기 위해 산으로 갔다는 소식은 온 마을에 퍼졌다. 아으르 지방이 온통 기쁨에 들떴다. 주술사 케르반의 인장을 휴소가 산사람에게 가지고 갔는데, 빈손으로 돌아온다는 것은 있을 수 없는 일이었다. 주술사 케르반의 인장을 거부할 수 있는 사람은, 이 지방에서는 아무도 없었다. 이 소식을 들은 쿠르드 부족들과 무사의 아버지, 그리고 등에는 염소 가죽, 머리에는 퀼라흐를 쓴 사람들이 말을 타고 베야즈트 마을로 모여들었다. 모두 기뻐서 어쩔 줄을 몰랐다. 그러나 어느 누구도 이 일이 시작된 까닭은 알지 못했다. 주술사 케르반 같은 위대한 사람이 어찌 이런 일에 관여하게 되었을까? 말 한 마리 때문에 세 명이나 죽게 생겼다는 것을 어디에서 들었을까? 주술사 케르반은 세상과 온전히 등지고 사는 사람인데……

그들이 처형되기까지는 3일이 남아 있었다. 만일 그날까지 대장장이 휴소가 산에서 돌아오지 못한다면 사람들의 기쁨과 희망도 산산조각이 날 것이다.

이 소식을 마흐뭇 제후도 들었다. 화가 나서 미칠 지경이었다. 주술사 케르반에게 있는 대로 욕설을 퍼부어보았다. 토요일까지 도대체 얼마나 남았다고? 어쨌든 산사람들은 말을 돌려주지 않을 게 뻔했다. 야만적인 늑대 같은 놈들이 주술사 케르반이 직접 찾아간들 말을 내주지는 않을 것이다. 있을 수 없는 일이다.

마흐뭇 제후는 형형색색 대리석 기둥이 서 있는 살롱에서 고래고래 고함을 질렀다.

"준다 해도, 준다 해도 말이다…… 말을 가져와서 돌려준다 해도 성탑에서 그놈들 목을 날리고 말 테다. 시체는 개에게 던져줄 거고…… 그놈들은 위대한 오스만 왕조에 말 한 마리 때문에 반역을 꾀했단 말이다. 빌어먹을 놈들. 반역자들 같으니라고, 그 천 살인지 만 살인지 되는 소피도 마찬가지야……"

상황이 이렇게 되어갈 때, 휴소가 목요일 저녁에 말을 데리고 돌아와 궁전 큰 대문 앞에 묶어놓았다. 마을은 금세 축제 분위기가 되었다. 모두들 가장 좋은 옷을 꺼내 입고, 여인들은 머리 장식을 했다.

궐바하르는 너무 좋아서 심장이 터질 것 같았다. 메모는 생각할 겨를도 없이 곧장 아흐멧에게로 뛰어갔다. 메모에게 무슨 변화가 일어나는지, 그가 얼마나 망가지고 있는지 그녀는 알아채지 못했다. 메모의 검고, 아름다운 두 눈은 치유할 수 없는 슬픔 속에 묻혀 있었다. 외로움의 늪에 빠져 버렸다. 아무도 없는 이 세상에 혼자 남겨진 것 같았다. 그는 허리춤에서 억지로, 그리고 힘없이 열쇠를 꺼내 퀼바하르에게 건넸다. 손은 자기 손이 아닌 것 같았다. 열쇠가 저절로 가서 그녀의 손에 떨어진 듯했다.

메모는 이리저리 몸을 흔들며 궁문으로 걸어갔다. 궁전 대문에 묶여 있는 말을 보자 조금은 정신이 들었다. 말은 고개를 치켜들고 밤 향기를 음미하는 것처럼 보였다. 말이 돌아왔지만 아무도 말에게 손을 대지 않고 있었다. 말의 안장 세트도 밤과 함께 번쩍번쩍 빛이 났다. 그는 적대감을 가진 눈으로 말을 무섭게 노려보았다. 칼을 꺼내 말의 목을 후려치고 싶은 마음이었지만 억지로 참고 있었다. 이런 충동을 도저히 억누를 수 없었다. 한 손이 계속 검의 손잡이에 가 있었다. 참을 수 없는 분노와 죽이고 싶은 열망이 마음을 가득 메웠다. 온몸이 땀에 흠뻑 젖었다.

이때 감옥 절벽 위 빈 초소에서는 퀼바하르와 아흐멧이 끌어안고 달콤한 사랑을 나누고 있었다. 황금빛 구름과 밤하늘이 두 사람의 몸을 가려주었다. 그들은 사랑의 홍수에 빠져 세상을 잊고 있었다. 죽기 전에 평생에 나누어야 할 모든 사랑을 한순간, 하룻밤에 쏟아 붓는 사람 같았다. 몸 안의 피도 같은 혈관을 타고 흐르고, 무서운 불꽃이 벌거벗은 두 사람의 몸을 하나로 불태웠다. 죽음이 함께하지 않았던들 이토록 강렬한 사랑의 불꽃이 가능하기나 했을까.

메모는 동이 틀 무렵 절벽 부근 초소에 가보았다. 아흐멧의 커다란 사슴 가죽이 두 사람을 휘감고 있었다. 두 사람은 몸도, 마음도 사랑으로 하나가 되어 있었다. 희미한 새벽 불빛이 두 사람 몸을 비추었다. 메모는 칼을 빼 들고, 입술을 깨물었다. 수염을 쥐어뜯는 메모의 얼굴이 피로 물들었다.

새벽 불빛으로 비추는 귈바하르의 얼굴은 아이와도 같이 행복해 보였다. 메모는 귈바하르의 얼굴을 맞은편에 기대서서 황홀한 듯 바라보았다. 분노가 조금은 사그러들었다. 기다란 칼을 다시 칼집에 쑤셔넣고 그곳을 떠났다. 다시 말에게로 갔다. 말을 보자 또다시 분노가 치밀었다. 말 주변을 씩씩거리며 돌아보고 또 돌아보았다. 온몸이 땀에 젖었다. 다시 칼을 뺐다. 칼을 들고 미친 듯이 궁 밑 절벽으로 뛰어 내려갔다가 다시 돌아오기를 몇 차례…… 궁문을 열어젖히고, 궁에 있는 사람들 전부를 칼로 그어버릴까……? 사람들 모두……! 두 발이 그를 감옥으로 이끌었다. 손에 칼을 든 채 빈 호위병 초소 문 앞에 서 있었다. 귈바하르의 얼굴은 지금 더 환하기만 했다. 입술 사이로 아이같이 깨끗하고 투명한 치아가 보였다. 두 뺨에 있는 보조개는 더욱 예뻐 보였다. 그녀의 머리칼이 아흐멧의 얼굴을 덮고 있다. 메모는 그녀의 얼굴을 황홀한 듯 바라보았다. 이렇게 서서 그녀의 얼굴을 한평생이라도, 아니 천년이라도 바라볼 수 있을 것 같았다. 싫증 따윈 내지 않을 것이었다. 그러나 아침이 오고 있었다. 지금쯤은 일어나야 했다. 밤새 일었던 충동들이 귈바하르의 얼굴을 보자 부끄럽게 느껴졌다. 메모는 귈바하르를 보고 또 보았다. 다시는 보지 못할 것처럼, 그 모습을 잊지 않으려는 듯 눈동자에 새겨두었다.

메모는 마음을 풀고, 밤새 자기가 했던 생각을 부끄러워하며 그곳을 떠났다. 또 한 번 울음을 삼키며 자기 말을 타고 사라졌다. 몇 번이나 탑을 오르내렸다. 환히 드러난 잠에 취한 아름다운 귈바하르의 얼굴을 황홀한 듯 바라보았다.

귈바하르가 드디어 잠에서 깨어났다. 붉은 새벽 기운 속에 다가온 칼을 빼 든 사나이를 보았다. 그것이 메모인 것도, 무엇을 원하는지도 알아차렸다. 그녀는 메모를 보자 몸을 아흐멧에게 더 가까이 밀착시켰다. 서로를 위한 길이라 믿었다. 아흐멧도 그 사나이를 보았다. 아무런 동요 없이 귈바하르를 더 세게 끌어안았다. 아흐멧도 그렇게 하는 게 좋다고 생각했다.

두 사람은 숨도 제대로 쉬지 못했다. 새벽 공기 속의 물방울처럼 차가운 칼끝이 그들을 겨누고 있었다. 메모는 있는 힘을 다해 연인들을 향해 칼을 빼 들었지만 결국 포기하고 말았다. 도저히 내려칠 수가 없었다. 두 사람이 자기를 보았다는 것도, 그러자 서로를 더 세게 부둥켜안고 죽음을 각오하고 있다는 것을 알고 있었다.

그는 다시 궁 대문에 묶여 있는 말에게로 갔다. 이번에도 칼을 빼 들었다. 보초병이 교대하는 시간이었다. 메모는 미친 듯이 칼을 빼 들고, 눈을 부라리며 말에서 감옥으로, 감옥에서 말로 씩씩거리며 뛰어다녔다. 커다란 칼이 번개처럼 부딪히는 소리가 났다.

결국 그는 참다못해 감옥 문의 푸른 아연석 위를 내리쳤다. 칼끝 부딪히는 소리가 온 궁전 안에, 온 베야즈트 지역에 울려 퍼졌다. 칼은 산산조각이 나서 흩어졌다.

그는 호위병 초소로 돌아왔다. 한 번 더 두 사람을 황홀한 듯 바라보았다. 이제 그에게 분노는 남아 있지 않았다. 예전의 도인과 같은 평정 상태를 되찾았다.

"아침이 된 지가 언제인데, 아직도 자고 있소?"

피곤한 목소리로 일깨웠다. 그들은 꼭 껴안고 다가올 운명만을 기다리고 있을 뿐이었다.

"아침이에요. 자, 일어나요. 누가 보기 전에, 어서…… 서두르세요."

그는 그곳을 빠져나왔다.

연인들은 이제 황금색 사랑의 구름 속에서 빠져나왔다. 궐바하르는 궁문으로 뛰어갔다. 말은 거기에, 그렇게 편안히 묶여 있다. 아침 햇살에 말 안장 세트와 장식된 금은이 번쩍번쩍 빛이 나고 있었다.

궐바하르는 행복한 마음으로 햇살을 온몸에 받으며 길고 긴 기지개를 켰다.

말이 돌아왔다! 이제 아흐멧은 돌아갈 것이다. 이제 더 이상 아흐멧을 볼 수 없다. 일생 동안 이 한순간의 행복만을 기억하며 살아야 한다. 일생 동안 이 순간을 회상하고 회상하며 어젯밤을 기억하고 살 것이다.

궐바하르는 말했다.

"고맙습니다. 떠오르는 태양이시여. 고맙습니다. 빛나는 산이시여. 고맙습니다. 조물주시여. 이것만으로도 충분합니다. 다행이에요……"

태양이 거의 중천에 떠올랐다. 쿠르드 부족들은 기쁨에 들떠서, 진지하고 꼿꼿하게, 그리고 허리에 길고, 둔탁한 칼을 차고 궁으로 하나씩 둘씩 모여들었다. 궁으로 들어오는 모든 사람들은 말 주변을 휘이 한번 둘러보고, 말의 요모조모를 이리저리 뜯어보며, 아주 말을 존중하는 듯한 모습으로 말에서 멀어져 궁 안으로 들어왔다.

기둥이 많은 커다란 궁궐 내정에서 고함소리가 들려왔다. 마흐뭇 제후는 화가 나서 노랗게 질리고 부들부들 떨었다.

그는 "저건 내 말이 아니다"라고 했다. "빌어먹을 주술사 같으니라고! 저 말은 내 말이 아니야. 토요일 동이 터올 때 그들의 목을 베겠다."

"제가 그 말을 압니다. 그 말은 제후님 말이 틀림없습니다."

질란가(家)의 호족 무스타파가 받았다. 이 발언은 제후를 더 참을 수 없게 만들었다.

"그럼, 너도, 너도 그놈들과 한패란 말이냐?"

"제후님, 그런 말을 하려는 게 아닙니다. 제후께서 잘못 아셨습니다."

다른 호족들이 아뢰었다.

"내가, 내가 잘못 알았단 말이냐? 도대체 무슨 말을 하고 싶은 거야? 내가 잘못 알았다고?"

"그게 아니구요, 제후님. 우리가 잘못 생각했습니다. 어찌 제후께서 잘못 아실 수 있겠습니까?"

그러자 호족들은 입을 다물고 아무도 말을 하려 들지 않았다. 그들의 기쁨도 흔적도 없이 사라졌다.

"그래, 호족들이여. 토요일 동이 틀 무렵 내 말을 훔쳐다가 돌려주지 않은 저 도적놈들의 목을 벨 것이다. 모든 오스만 백성의 눈앞에서 처형할 것이니, 그리 알라. 지금 곧 방을 붙여 사방에 알릴 것이다."

쿠르드 부족들은 발톱 빠진 맹수처럼, 반역에 대한 갈망을 마음속에 품은 채 궁 밖으로 나왔다. 다시 한 번 말 주변을 맴돌며 말의 이모저모를 오랫동안 뜯어보았다.

"제후의 말이야, 틀림없어." 모두들 동의했다. "맞아, 제후님 말이라고. 봐. 여기 문장이 있잖아. 제후님 문장이라구."

"도대체 왜 제후께서 그렇게 화가 나신 거지? 왜 그 사람들 목을 베려는 거냐구."

"마음대로 하라구 해. 뿌린 대로 거둘 테니까."

"그럼, 그렇구말구."

모두들 일제히 맞장구를 쳤다.

174

이 사실을 마을 사람 모두 알게 되었다. 그리고 병사들이 마을을 돌아다니며 방을 붙여 처형 당할 죄수들의 이름을 알렸다.

대장장이 휴소는 화가 나서 참을 수가 없었다. 한 손에 망치를 들고 궁으로 달려갔다. 소리를 지르고 고함을 질렀다.

"이 난폭한 제후 같으니라고. 잔인무도한 제후. 이런 폭정을 할 날도 얼마 남지 않았다. 얼마 안 걸릴 거라구. 그 말은 당신 말이지만, 결코 당신에게 어울릴 말이 아니지. 그래도 당신 말이라구. 난 거짓말 안 해. 말을 내가 가져왔는데, 그걸 몰라. 당신 말이야."

그리고 궁궐 대문에 묶여 있는 말고삐를 풀어주었다.

"당신에게 어울릴 말이 아니야. 당신은 이 말을 가질 자격도 없어. 제후…… 당신은 자격이 없다구……!"

고삐 풀린 말은 이리저리로 돌아다녔다. 베야즈트에 있는 집이란 집, 상점이란 상점은 전부 쑤시고 다녔다. 그리고 마을 광장으로 오더니 머리를 하늘로 치켜세우고 콧구멍을 있는 대로 열며 오래오래 냄새를 맡았다. 온 힘을 다해서 하늘과 땅이 모두 울리도록 힝힝 울었다. 이 소리가 아르 산에 온통 메아리쳤다. 말은 꼬리를 세우고 한두 차례 날아오를 것처럼 앞발을 하늘로 올렸다. 그러더니 산을 향해 쏜살같이 달려갔다. 말은 별처럼 산 계곡 속으로 사라져버렸다.

말울음 소리를 들은 사람들은 말했다.

"제후가 얼마 안 남았구만."

망나니들은 커다랗고 무거운 사형 칼을 쓸 줄 아는 사람들이었다. 그들은 내일 아침을 위한 준비 작업에 들어갔다.

궐바하르는 안절부절 어쩔 줄을 몰랐다. 궁전 안을 초죽음이 되어 돌아다니며 밤을 지샜다. 저녁이 오고 밤이 되자마자 그녀는 곧장 대장간으로 달려갔다.

"어쩌면 좋아요?"

휴소는 그녀를 맞았다.

"우리가 할 수 있는 게 이제는 더 이상 아무것도 없어요. 주술사도 더 이상은 아무것도 할 수 없어요. 나도 그렇고. 운명이 이렇게 되는 것인가 보지. 어쩌겠어요."

궐바하르는 조용히 흐느끼며 울었다. 마음속으로 다짐하고 있었다.

'속임수를 써야겠어…… 아으르 산의 뱀알이라도 가져다 줄까…… 눈 깜빡할 사이에 어둠 속에 빠뜨릴 속임수를 써야겠어. 이대로 놓아둘 수 없어.'

그녀는 궁으로 돌아왔다. 유수프를 찾았다. 유수프가 뭔가 할 수 있지 않을까? 그러나 유수프는 그녀와는 한마디도 하려 들지 않았다. 어찌나 단호하고 적대적인지 그녀는 얼어붙은 듯 그렇게 서 있기만 했다. 어쩔 수 없이 궁의 책사를 찾아갔다. 아버지는 이스마일 책사를 매우 신뢰했다. 그의 말이라면 무조건 믿었다. 이스마일도 입에 거품을 무는 것을 보고 그녀는 돌아섰다. 어머니에게 사정해보기로 했다. 어머니는 옆에 오지도 못하게 했다. 궁에 있는 모든 것, 모든 사람, 벽, 대리석 기둥, 바닥에 깔린 쿠르드 양탄자, 파란 눈동자에 금빛이 도는 눈을 가진 아끼던 페르시아 고양이마저 그녀에게 적이 되었다. 아니 적이나 된 듯 대했다. 가슴에 품고 침대에서 함께 키우던 고양이를 품에 안고 울먹이며 말했다.

"고양이야. 하얀 고양이, 금빛 눈을 한 고양이. 네게만 말할게. 고민을 네게만 말할게…… 아흐멧을 죽인대. 용맹한 독수리 같은 사람, 내가 좋아하는 사람인데……"

아주 오래 이야기를 나누었다. 고양이는 그녀의 품 안에서 골골거리기만 했다. 갈수록 그녀는 어둠 속으로 침몰하였고, 절망으로 머리를 벽에 기댄 채 신음하면서 어쩔 줄을 몰랐다.

"내일 아침이면 그 사람은 죽어. 아흐멧이 죽는다구. 고양이야, 그 사람들 모두 죽일 거야. 듣고 있니? 가슴이 타는 것만 같아. 그러면 나도 죽어버릴 거야."

고양이를 품에 안고 그녀는 몽유병 환자처럼 스르르 감옥 문 앞으로 다가갔다. 고양이는 따뜻했다. 단지 골골거리는 소리만 크게 낼 뿐이었다.

감옥 문은 차가웠다. 교도관 메모가 커다란 칼에 기댄 채 사슴 가죽으로 만든 웃옷을 무릎까지 늘어뜨리고 있었다. 길고, 잘생긴 얼굴, 검은 두 눈, 곱슬거리는 머리카락이 슬퍼 보였다.

"나도 내일 새벽 그 사람들이 처형 당하면, 그때 몸을 절벽 아래로 던져버릴 거야."

그녀는 제정신이 아니었다. 그녀의 말을 메모가 듣고 있다는 것을 그녀는 알지 못했다.

"메모, 메모. 제발 나를 도와줘. 날 한 번만 그 사람에게 데려다 줘……"

끊어질 듯 잠긴 목소리로, 무슨 말을 하고 있는지 자신도 모르는 듯 지껄였다.

"메모, 그 사람을 놓아줘. 가라고 놔줘. 메모 내 부탁 들어줄 수 있지?"

땅에 놓은 고양이는 메모의 손으로 기어들어갔다. 메모는 마법에 걸린 듯 보였다.

"메모, 네가 가지고 있는 검, 불꽃같이 검은 두 눈, 연필같이 곧은 손가락, 힘센 두 팔, 기다란 목, 그런 게 다 무슨 소용이 있어? 감옥을 지키는 것과 제후를 위해 충성하는 것 말고 아무짝에도 소용이 없잖아! 인간들의 정을 끊어놓는 것 말고는. 메모? 제발 부탁이야. 아흐멧을 놓아줘. 네가 원하는 게 뭐든 다 해줄게."

메모는 깊은 한숨을 내쉬었다. 몽유병 환자 같던 궐바하르는 그 소리에 놀라 정신이 들었다.

"내가 원하는 게 뭐든 다 들어준다구 했죠?"

"원하는 건 다 해줄게, 메모. 용감한 메모. 우린 친구잖아……"

메모는 한 번 더 물었다.

"원하는 건 다 들어준다구요?"

"내 목숨을 달라고 하면, 목숨을 줄게, 메모" 하고 대답했다. 그녀의 목소리에는 겁에 질린 궁금증이 실려 있었다.

그녀는 한 번 더 강조했다.

"뭐든지 다 해줄게. 메모. 뭐든지…… 아흐멧을 살려만 준다면."

메모는 아무 말도 하지 않았다. 뭔가 생각에 잠긴듯 하더니 얼어붙은 듯 서 있었다. 시체 같던 그의 얼굴은 등잔불 아래 행복감으로 부풀어올랐다. 메모는 미소를 지었다. 그는 손을 뻗어 궐바하르의 머리카락을 한 번 쓰다듬었다. 쓰다듬기에도 아까워 보였다. 궐바하르는 '그가 바라는 게 무엇일까' 하고 주춤하며, 온몸과 마음으로 메모가 소원을 말하기를 기다렸다.

메모의 목소리 톤이 변했다. 그는 웃으며, 행복에 겨운 듯, 행복에 넘치는 듯, 마치 지구상에서 모든 소원을 충족시킨 사람과 같은 당당함과 편안한 자세로 그녀에게 물었다.

"무엇이든 다 해준다고 했지요?"

"그래."

궐바하르는 단정하고, 믿음이 가는 소리로 대답했다.

"다 해줄게."

"머리카락을 몇 가닥 잘라주세요."

궐바하르는 조금의 머뭇거림도 없이 칼을 뽑아 메모에게 건냈다.

"자, 이걸 잡고 잘라. 메모. 궐바하르는 네 거야."

메모는 칼을 꺼내 머리카락 끝을 조금 잘라서 가슴 속에 넣었다.

"그리고 한 가지 더 원하는 게 있어요."

궐바하르는 얼른 말했다.

"말해봐. 궐바하르는 네 거야."

"궐바하르, 이 순간을, 오늘 밤을, 그리고 나를 죽는 날까지 잊지 말아주세요."

궐바하르는 메모의 손을 움켜쥐었다. 메모는 그녀를 남겨두고 감옥으로 향했다.

"아흐멧, 소피, 무사, 일어나요."

그들은 자고 있지 않았다. 메모의 말을 듣고 모두 자리에서 일어났다. 메모는 감옥 문의 쇠사슬을 풀었다.

"저기 아래쪽에 있는 문으로 나가시오. 해가 뜰 때까지 시간이 있으니 그때까지 도망칠 수 있을 거요."

아흐멧은 문 앞에 서 있는 궐바하르를 보았다. 그녀를 품에 한 번 안아보았다.

"서두르세요. 서둘러요. 해가 뜰 때까지 시간이 얼마 남지 않았어요. 수비병들에게 들키지 말구요."

아흐멧은 그녀를 놓고 감옥 밑 문을 통해 밖으로 빠져나갔다.

그들이 가자마자 메모도 사라졌다. 궐바하르는 메모를 찾아 헤맸으나 결국은 찾지 못했다.

아침이 되었다. 아으르 산 계곡에서 떠오른 햇살이 베야즈트 궁을 휘감았다.

망나니들이 감옥에 도착했다. 그들은 메모에게 말했다.

"감옥 문을 여시오. 메모. 처형 당할 사람들을 준비시키시오."

메모는 아무 일도 없었던 듯이 태연하게 웃으며 말했다.

"어젯밤에 내가 그 사람들을 풀어주었소."

망나니들은 믿을 수가 없었다. 감옥에 들어가보았지만 감옥은 이미 텅 빈 지 오래였다. 처형 당할 사람은 아무도 남아 있지 않았다. 그들은 곧장 제후에게로 뛰어가서 이 사실을 알렸다. 제후는 칼을 뽑아 들고 쏜살같이 감옥으로 뛰어왔다. 옆에는 책사 이스마일과 호족들, 소령들도 칼을 빼 들고 있었다. 제후가 앞장서고 나머지 사람들이 뒤에 서서 감옥으로 가는 길을 장악하고 있었다. 메모가 혼자서 칼을 빼 들고 그들을 맞이했다.

"그 사람들은 어젯밤 내가 놓아주었습니다, 제후님."

메모가 웃었다.

"잘된 일 아닌가요? 좋아하실 줄 알았는데요."

"개자식."

제후는 고함을 질렀다.

"네놈이 감히?"

제후가 메모를 공격하기 시작했다. 뒤에 대기하던 남자들도 메모를 공격했다. 거칠고, 무자비한 싸움이었다. 아무도 메모에게 다가가지 못했다. 시간이 흐를수록 메모를 빽빽이 둘러쌌다. 칼을 쓰는 사람의 무리도 갈수록 숫자가 늘어났다. 메모는 성탑 입구까지 몰렸다. 오늘 아침 죄인들이 처형 당하기로 했던 장소였다.

메모가 울부짖었다.

"제후님, 제후님, 여기서 당신과 3일 동안 밤낮으로 결투를 하라면 할 수 있습니다. 그러나 그게 무슨 소용이란 말입니까? 나는 태어나서 얻어야 할 것은 이미 얻었습니다. 세상으로부터 충분히 받고 갑니다. 내가 사람을 몇 죽인들 무엇을 얻을 수 있다는 말입니까? 그렇지 않소? 당신의 종 몇 사람을 내가 죽였소. 여러분 모두 잘 사시오. 남은 자들이여. 친구들이여. 나를 사랑해준 자, 사랑해주지 않은 자, 모두 잘 사시오."

메모는 성탑 밑으로 몸을 던졌다. 절벽은 아주 험했다. 위에서 내려다보면 메모의 시체는 날개를 편 새가 죽어 있는 모습처럼 보였다.

메모의 시체에 제일 먼저 대장장이 휴소가 뛰어왔고, 이어 마을 청년들, 그리고 여자들, 소녀들이 뛰어왔다.

베야즈트 지방에 곡소리가 울려 퍼졌다.

휴소는 통곡하며 메모에게 다가가 그의 이마에 입을 맞추었다. 메모의 왼쪽 손이 주먹을 쥔 채 가슴 위에 놓여 있었다. 휴소는 손을 잡아서 힘을 주어 억지로 주먹을 폈다. 메모의 손바닥에는 한 움큼 검은 머리카락이 반짝이고 있었다. 머리카락은 새싹이 돋기 시작한 땅바닥으로 힘없이 툭 떨어졌다.

유수프는 이 모든 사건을 숨죽이고 두려움에 떨며 지켜보고 있었다. 그는 푸른 잔디에 피가 고여가는 것을 보았다. 말은 하늘로 치솟을 듯한 자세로 앞발을 치켜들었다. 모두들 그 말이 자기 아버지 말이라는 것을 알고 있었다. 왜 아버지는 말을 받아들이지 않은 걸까? 아버지가 모든 것을 알아버린 것은 아닐까? 퀼바하르의 모든 것에 대해서? 그래서일까? 그분이 모든 것을 알고 있는 게 틀림없어. 모른다는 게 말이나 되는 소리야? 두꺼운 벽 뒤쪽에서 무슨 일이 일어나는지, 저 멀리서 누가 무슨 얘기를 하는지도 다 알고 있는 분인데…… 그렇지 않을까? 궐바하르가 한 짓도 다 알고 있을 거야. 메모는 왜 자살을 한 걸까? 두려워서일까. 메모가 도망을 갈 수도 있었잖아? 도망을 간다면 어디로 간다는 거지? 도망쳐서 산으로, 아니면 호샵 성(城)으로 숨을 수도 있었잖아? 하지만 어디로 숨든지 아버지는 그를 잡아서 가죽을 벗겨냈을 거야.

유수프가 아직 아이였을 때였다. 마을 광장에 어떤 남자가 당나귀를 거꾸로 타고 있었다. 벌거벗은 채로, 아랫도리만 간신히 가린 남자였다. 당나귀 고삐를, 눈에 상처를 입고 눈썹이 다 빠진 어떤 남자가 끌고 가고 있었다. 눈썹이 빠진 자리에 시뻘건 살이 다 보이고, 눈곱이 볼까지 흘렀다. 당나귀의 양 옆에는 키가 큰 남자 두 명이 있었다. 한 남자는 피가 묻은 식칼을 들고 있었고, 다른 한 사람은 번득이는 낫을 들고 있었다. 그때도 지금처럼 유수프가 빤히 보고 있는데 발생한 일이었다. 낫을 든 남자가 당나귀에 거꾸로 태워진 남자를 잡았다. 그 남자는 주먹을 쥐고 두 팔이 꽁꽁 묶인 그 사람의 왼쪽 귀를 잡아채더니 뿌리째 잘라버렸다. 곧 나머지 귀도 자르고 사람들을 보고 웃었다. 남자는 무서운 고통 속에서 고함을 지르고, 땅에 데굴데굴 구르며 괴로워했다. 귀에서 피가 펑펑 쏟아져 나왔다. 망나니는 귀를 멀리 던져버렸다. 모든 사람들이 보는 앞에서 이루어진 일이었다. 한쪽 귀가 어느 가게에 떨어졌다. 상점 주인은 몸이 크고, 퉁퉁하며, 까만 턱수염이 잔뜩 난 사람이었다. 그는 가게 안에 떨어진 귀 조각을 보고도 그렇게 쳐다만 보고 있더니 잠시 후 놀라 얼어붙었다. 아직 피가 흐르는 귀에서 눈을 떼지 못하고, 꼼짝달싹 못했다. 눈 하나 깜빡거리지 못했다.

당나귀도 피범벅이 되었다. 커다란 칼을 지닌 망나니는 예리한 식칼로 양가죽을 벗기듯 벌거벗은 남자의 살가죽을 도려내기 시작했다. 남자는 고함도 지르지 못했다. 단지 훌쩍거리기만 했다. 사람들이 벌떼같이 모여들었다. 사람들의 얼굴은 그다지 두려움에 떠는 것 같아 보이지는 않았다. 망나니는 남자를 오후 늦게쯤 궁에 데려와서 궁궐 문 돌 위에 걸었다. 아직도 피가 뚝뚝 흐르고 있었다. 온 마을과 집, 상점, 길 위가 모두 피범벅이 되었다. 땅에서도 피가 솟아났다. 유수프는 그날 밤 아침이 될 때까지 계속 토하기만 했다. 마을의 아이들도 모두 토했다. 피에는 거품이 생기고 있었다. 어머니가 방문 앞에 앉아서 울고 있을 때 아버지가 말을 내뱉었다.

"그 애도 적응할 거야. 당신도 곧 익숙해지라고. 세상을 살아가려면 어쩔 수 없어."

어머니는 울음을 그치지 않았다. 유수프는 기절했던 것 같다.

그 이후에도 유수프는 당나귀를 거꾸로 타고 있는 사람을 여럿 보았다. 제후는 눈 하나 꿈쩍하지 않았다. 유수프의 눈앞에서 많은 사람의 머리가 잘렸다. 베야즈트 성에서도, 광장에서도 많은 사람들이 사슬로 매를 맞았다. 이런 일들이 일어날 때마다 아버지는 여유롭고, 의연했다. 얼굴은 평온해지고, 눈은 더 반짝이며, 키도 커 보이고, 어깨는 더 넓어졌다. 마치 딴 사람이 되는 것만 같았다. 아버지는 어쩌면 이런 일을 하기 위해 태어난 사람 같았다. 파괴자 같았다. 아버지는 이럴 때마다 아으르 산에서 1001개의 괴음과 천둥과 번개를 타고 내려온 두려움의 신처럼 보였다.

유수프는 아버지가 몹시 무서웠다. 아버지가 아닌 두려움 그 자체일 뿐이었다.

그는 그날 밤 아침까지 잠을 이루지 못했다. 잠을 자지 못하자 두려움만 더욱 커져갔다. 전능하신 아버지가 궐바하르가 말을 가져오게 했다는 것을 알고도 기회를 노리는 것만 같았다. 그의 아버지는 사랑도, 적대감도, 분노도, 두려움도 절대로 내색하지 않는 사람이었다. 게다가 그 무엇도 두려워하지 않았다.

'여기에서 도망갈까? 호샵 성으로 갈까? 호샵가(家)에게 도움을 요청할까? 나를 아버지에게 넘기지 말아요. 나를 숨겨줄 수 없으면 저기 눈이 검은 영양떼가 뛰어노는 사막으로 보내주세요. 아랍인들이 사는 곳으로요. 그러면 호족들도 아버지에게 겁을 먹겠지? 아버지는 모든 사람이 무서워하니까. 이란의 왕, 오스만 왕조의 제왕, 모두모두 무서워하니까.'

예외가 있다면, 귈바하르뿐이었다. 그리고 대장장이 휴소와 주술사 케르반이었다. 그러나 주술사 케르반도 아버지를 두려워한다. 그러면 무서워하지 않는 사람은 두 명뿐이다.

유수프는 억지로 밤을 지샜다. 아버지가 알게 된다면······? '이런 일이 생겼는데, 내 아들인 네가 감히 나를 거역하고 내게 말을 해주지 않다니, 이젠 내가 죽어야 할 때가 되었구나. 아니면 이 자식을 광장 한가운데에서 눈깔을 빼고 가죽을 도려내서 죽여라!' 아니면, 내가 스스로 죽어야 할지도 모르지······

유수프는 해가 뜨자 두려운 마음이 더 커졌다. 어쩌면 지금, 지금 망나니들이 올지도 몰라. 내 팔을 사슬로 묶겠지. 자, 지금이라고······ 흙더미 옆에는 작은 방이 하나 있었다. 세 사람이 옆으로 누워 간신히 들어갈 수 있는 방이었다. 그는 벽에 귀를 가져다댔다. 어쩌면 지금 궁궐이 발칵 뒤집혀 나를 찾고 있을지도 모른다. 궁에서 찾고 찾다가 결국은 찾지 못하고 길에 기마병을 풀어놓을 것이다. 제후의 아들이 도망갔다 하여 온 세상이 쑥대밭이 될 것이다. 얼마나 소문과 뒷얘기가 많을까······

그는 겁에 질려 방 안에 남아 있었다. 문틈으로 한 줄기 빛이 방 안으로 새어들어왔다. 빛이 꺼지고, 희미해지더니 결국은 어둠이 퍼졌다. 유수프는 안도의 한숨을 내쉬었다. 오늘도 살았구나. 그는 살금살금 방에서 기어나왔다. 그 앞으로 궁 사람들이 쳐다보지도 않고 그에게 정중히 경례를 올리고 지나갔다. 유수프는 속으로 함정일지 모른다고 생각했다. 아버지가 파놓은 함정. 지금 잡으러 올 거야. 지금…… 귀에는 심장에서 쿵쿵 소리가 들렸다. 배에서 쪼르륵거리는 소리도 들렸다. 부엌으로 갔다. 사방이 봄밤 향내로 싱그러웠다. 먼 곳에서 짙은 꽃내음이 퍼졌다. 이어 기름에 튀긴 고기 냄새가 코를 찔렀다. 부엌에 있던 사람들이 그를 보자 모두 발아래 엎드렸다. 유수프는 얼마 동안 그곳을 서성거렸다. 그러나 하인들에게 음식을 달라고 하기도, 거기에서 음식을 먹기도 부끄러웠다. 아버지가 있는 내정에서 시끄럽고, 분노에 찬 소리가 들렸다. 소리는 갑자기 사라졌다. 칼로 베어버린 듯이 소리가 끊겨버렸다. 유수프는 얼른 부엌에서 나왔다. 궁궐 입구로 갔다. 보초병이 있는 곳에 보초병이 화가 나기라도 한 것처럼 그렇게 우뚝 꼼짝도 않고 서 있었다. 유수프는 곧장 궁 안 사원으로 갔다. 쫓겨난 야생 동물처럼 사원 안에서 헉헉거렸다. 그리고 하렘으로 갔다. 모든 것을 어머니에게 말해야만 한다고 느꼈다. 허기져 죽을 것만 같았다. 뭐든 좀 먹어야만 했다.

어머니는 그를 보자 겁이 났다.

"어떻게 된 거니, 유수프?"

어머니는 소리를 질렀다.

"아픈 거야?"

"아파요."

유수프는 신음하며 침대에 누웠다. 온몸이 펄펄 끓고 있었다. 유수프는 정신을 차리지 못하고 3일 밤낮을 신음하며 끙끙 앓았다. 사람들이 의관을 불렀다. 의관이 그에게 약을 주었다. 그러나 굳게 쥐고 있는 주먹은 펴지지 않았다. 3일째 되는 날, 날이 저물어갈 무렵 유수프는 눈을 떴다. 그 사이 손이 조금 느슨해지더니 손가락이 펴졌다. 그리고는 자리를 털고 일어났다. 겁먹은 사슴 같았다. 그는 저녁이 될 때까지도 궁전 내부를 이리저리 돌면서 어찌할 바를 몰랐다. 다른 방법이 없었다. 가서 얼른 모든 것을 이실직고해야만 한다. 어찌되었든 아버지가 모든 것을 알고 있는 것이 틀림없다. 갑자기 귈바하르가 떠올랐다. 그 맹랑한 것. 어쩌면 귈바하르도 아버지가 모든 것을 알고 있다는 사실을 알고 있는지도 모른다. 어쩌면 벌써 자기는 구조될 수 있는 방법을 찾았는지도 모르지. 그는 곧장 하렘으로, 귈바하르의 방으로 달려갔다.

귈바하르는 앉아서 실을 짜고 있었다. 베틀에서 가늘고 기다란 신음 소리가 들려오고 있었다.

그것을 보자 유수프는 화가 머리끝까지 치밀었다.

"귈바하르."

유수프는 소리를 질렀다. 그 소리는 곧 죽을 듯한 소리였다. 공포에 질린 듯했다.

"왜 그래?"

귈바하르는 풀이 죽어 물었다.

"아버지가 우리 눈깔을 빼고, 가죽을 도려낼 거야. 아버지는 전부 알고 계셔."

"오빠가 말했어?"

"내가 말한 건 아니지만 알고 계셔. 우리 눈깔을 빼면 어떡해? 귈바하르, 눈깔을 뺄 거야!"

"누가 일렀대?"

"어쨌든 아버지는 다 아셔. 자, 도망가자. 도망가자구."

그는 귈바하르에게 매달려서, 다리가 뻣뻣해지더니 턱까지 부들부들 떨렸다. 송곳처럼 불안해 보였다.

"아버지가 알고 있다니까. 도망가자!"

"어디로 도망가자는 거야?"

"어디든지. 아버지가 아셔."

귈바하르는 유수프를 보료 위에 앉혔다.

"잠깐만. 도망을 친다 한들, 어디로 간다구? 생각 좀 해보고."

"아버지가 너에게 함정을 준비하고 계셔. 단지 너에게 아버지가 모든 걸 알고 있다는 걸 들키고 싶지 않으신 거라구. 네가 말을 가져오게 했다는 것도, 네가 대장간에 가서 시켰다는 것도 다 아신다구. 나도 네가 대장간에 가는 걸 보았어. 아버지가 그것도 알고 계실 거야. 아흐멧에 대한 것도 그렇고. 전부 다 아실 거야. 지금 우리가 여기서 이런 얘기를 나누고 있다는 것도 아실 거구. 그분은 모든 걸 보고 있고, 모든 걸 다 아신다구. 우리가 도망가지 않으면 우리 눈깔을 빼버릴 거야. 이스마일 책사에게 이야기하는 걸 내가 들었어."

"뭐라구 하셨는데?"

"내 딸년도, 아들놈도 전부 죽여버리겠다는 거야. 유수프가 내게 모든 것을 털어놓을지 기다리는 중이시라는 거야. 귈바하르가 와서 잘못을 빌지 오늘 한 번 더 기다려보자…… 내일은 그놈들을 잡아들여야지……"

귈바하르는 이제야 상황을 제대로 파악할 수 있게 되었다. 아버지에 대한 자신의 감정도 오랫동안 그랬다. 아버지는 모든 사람에게 모든 것을 파악하고 있고, 모든 것을 알고 있다고 믿게 했다. 그리고 이런 감정의 올가미에서 놓여나기란 어려운 일이었다. 아무리 이성적인 사람이라도 한 번 이런 감정에 사로잡히면 빠져나오기 어려웠다. 유수프는 오늘이 아니면 아마도 내일, 자신이 알고 있는 것은 무엇이든 아버지에게 전부 털어놓을 것이다. 아니면 공포에 질려 지레 겁먹고 죽을 것이 뻔했다. 유수프가 지금 여기에 온 것도 제정신이 아니기 때문이었다. 지금껏 아버지에게 가지 못한 것도 공포에 질려서였다. 퀄바하르는 모든 것을 차근차근 생각했다. 유수프가 아버지에게 가서 말해버리면 모든 것이 들통나게 된다. 아버지가 죄수들을 풀어준 것이 누구의 짓인지도 알게 될 것이다. 게다가 메모를 죽음으로 몰아간 것이 누구인지도 밝혀질 것이다. 메모가 왜 그런 짓을 했단 말인가? 메모가 왜 그렇게 목숨을 끊었단 말인가? 아버지가 이것을 생각해내지 않을 리 없었다.

유수프는 갑자기 얼굴이 새하얗게 질렸다.

"나 간다."

유수프는 문을 발로 박차고 밖으로 나갔다.

내정 문으로 뛰어가더니 미친 것처럼 아버지를 보고 손을 흔들었다. 내정에는 쿠르드 호족 두 명, 책사 이스마일, 수비병, 친위대 두 명이 있었다. 몇명은 아주 멀리서 온 탁발승이었다.

"아버지, 저를 용서해주세요. 나를 죽이지 마세요. 내 눈깔을 빼지 말아요. 제발! 모든 것을 다 알고 계시죠? 용서해주세요. 저는 반역을 한 게 아니에요. 제발 용서해주세요……" 그는 말을 이었다.

쉬지 않고, 숨을 헐떡거리며 궐바하르가 자기를 찾아와서 제안을 했다는 것, 대장장이에 대한 것, 주술사 케르반을 찾아갔다는 것 등, 어디에서 어떻게 들었는지 아는 것은 죄다 고해 바쳤다.

"빨리 쫓아가세요. 궐바하르가 도망가고 있다구요. 궐바하르가 도망친다구요."

문득 갑자기 제후의 머릿속에 번개가 스쳤다. 모든 것이 명확해진 것이다. 그는 왜 갑자기 메모가 자기를 거역했는지 도저히 이해할 수가 없었다. 슬픔과 분노와 고통으로 뒤범벅이 되어 도저히 그 원인을 찾을 수가 없었다. 제후는 메모를 자식처럼 아꼈다. 그래서 더 미칠 것 같았다.

제후는 두 손을 독수리 날개 펴듯이 펼치며 자리에서 일어났다. 얼굴이 노랬다. 어지러웠다. 한두 걸음 내딛었다. 벽에 기대지 않으면 넘어질 것 같았다. 얼굴은 새하얗고, 입술은 말라 갈라졌다. 수염이 떨리고 있었다. 그리고 뒤로 주춤하더니 용상 위에 주저앉았다. 어쩔 줄을 몰랐다.

책사 이스마일만 빼고, 방에 있던 사람이 모두 밖으로 나갔다. 유수프는 탈진 상태였다. 소파 위에 널브러져 있었다.

"이스마일."

제후가 불렀다.

"이스마일, 사건이 그렇게 된 거란 말이지? 이런 불결한 일이 어디 있나? 그 애가 이런 일을 하다니? 메모가 그렇게 되었단 말이지? 메모가 요정 같은 내 딸한테 반해서? 그 애가 우리 가문에 먹칠을 하다니! 우리 명예를 땅에 떨어뜨려도 유분수지. 우리 가문에 지금껏 이런 수치스러운 일은 없었어. 아닌 밤중에 홍두깨도 유분수지, 이스마일, 이 일은 아무도 모르게 해! 위대한 오스만 왕조의 얼굴에도 먹칠을 하는 일이구만. 이스마일, 알겠나? 그렇지만 알다가도 모르겠구만! 그러면 이 애가 반한 게 누구라는 거야? 아흐멧이야? 아니면, 메모야? 메모냐구? 메모야?"

마흐뭇 제후는 짚이는 것이 있기는 했지만 도저히 자기 자신과 딸에게 연결시킬 수 없었다.

"이스마일." 그는 자리에서 일어났.

"이 일은 아무도 모르게 하게. 지금, 당장 그 아이를 없앨 수는 없지 않은가?"

"그럴 수는 없지요."

이스마일이 대답했다.

"사람들이 당장 메모하고 연관시킬 거예요."

"그렇다면 이 애를 어쩌면 좋단 말인가? 방법이 있는가? 이스마일?"

"방법요?"

아주 오랫동안 침묵이 계속되었다.

"이 일은 우리가 아주 몰랐던 것으로, 없었던 것으로 하게나. 알겠지?"

"그럴 수는 없지요."

책사 이스마일이 대답했다.

"옹주님을 궁에 계속 잡아둘 수는 없을 것 같습니다. 그럼 도망가겠지요. 그럼, 몰래 죽여버릴까요? 아니면, 감옥에 처넣을까요? 왜 그 알제리 호족을 가두었던……"

"그게 좋겠군." 제후가 동의했다.

"문지기를 제대로 된 사람으로 넣게. 아니면……"

"알겠습니다."

제후는 조금씩 정신이 들었다. 냉정함을 되찾고 있었다. 말에 관한 것, 소피에 대한 신화, 모든 것을, 이제 모든 것을 알 것 같았다. 아흐멧과 귈바하르의 관계도 오래된 것임이 분명했다.

책사 이스마일은 서둘러 밖으로 나갔다. 남자 두 명을 데리고 귈바하르의 방으로 들어갔다. 귈바하르는 유수프가 다녀간 후 책사 이스마일과 망나니가 올 것을 알고 기다리고 있었다. 모든 것을 각오하고 있었다. 이스마일은 꼿꼿하게 서 있는 귈바하르를 가리켰다. 남자들이 그녀를 붙들었다. 이스마일이 앞장서고, 나머지는 뒤를 따라 감옥 입구에 도착했다. 안에는 아무도 없었다.

책사 이스마일은 말했다.

"옹주님을 아래로 처넣어라."

귈바하르는 여전히 반듯했다. 스스로 걸어서 감옥 안으로 들어갔다. 이스마일 책사가 문을 직접 잠그고 열쇠를 가져갔다.

"너희 둘은 여기를 지키고 있거라. 옹주님이 여기서 사라지는 날에는 너희들 목도 날아가는 줄 알아라."

제후는 부인을 불러 있었던 사건의 전말을 말해주었다. 그리고 땅에 널브러져 있는 유수프를 가리켰다.

"아이가 파김치가 되었어. 상태가 좋지 않구만. 애를 잘 보살피시오. 그 애가 어디에 있는지는 당신 말고는 아무도 몰라야 하오. 유수프가 정신을 차리면 잘 일러두시오. 입단속을 잘 시켜요."

제후는 유수프를 일으켜 세워 옆에 앉혔다. 유수프의 머리를 쓰다듬었다. 유수프는 조금씩 정신을 차리고 있었다.

"넌."

제후는 말을 이었다.

"자랑스런 내 아들이다. 가문의 영광. 용감한 사내는 그렇게 하는 거다. 정조와 명예를 지켜야지."

"날 죽이지 않을 거죠? 눈깔도 빼지 않을 거죠?"

유수프는 놀라서 휘둥그렇게 된 두 눈을 껌벅이며 물었다.

제후는 그의 이마에 입을 맞추었다.

"무슨 소리를 하는 게냐. 인간적이고 용감한 네 행동을 치하하는 마음으로 네가 원하는 무기나 말을 선물해주겠다. 널 왜 죽인단 말이냐?"

유수프는 안도감에 엉엉 울었다.

제후는 부인에게 말했다.

"부인, 이 애를 데려가시오. 지금 제정신이 아냐. 겁을 잔뜩 먹었구만."
부인은 유수프의 팔을 부축하고 내정에서 나갔다.
두 사람이 나갈 때 이스마일이 알현하러 왔다.
"다 되었습니다. 제후님."
"아무도 모르게 해라. 아무도 알면 안 돼. 이스마일."
"알겠습니다."
"이제야 마음이 놓이는구만. 이스마일 책사. 도대체 이번 일은 이해가 안 갔었는데 말야. 머리가 아주 혼란스럽더군. 조금 시간이 지나면 우리 딸을 어찌해야 할지 생각해보자구."
"그렇게 하지요. 제후님. 방법은 아주 쉽습니다. 조금 시간이 지나게 두어야지요. 모든 것이 잊혀지도록."

그렇게 감추고 단속을 했지만 귈바하르가 감옥에 갇혔다는 것이 사람들에게 알려졌다. 처음에는 아무도 이 소식을 믿으려 하지 않았다. 대장장이 휴소도 이 소식을 들었다. 주술사 케르반도 이를 알게 되었다. 그들은 일이 이렇게 되리라는 것을 예견하고 있었다. 그리고 이 소식은 아르 지방에 전부 퍼졌다. 심지어 반 호수 지방까지 알려졌다. 에르주름, 카르스, 에르진잔에도 알려졌다. 귈바하르와 아흐멧의 사랑 이야기는 신화가 되어 사람들의 입에 회자되었다. 감옥에 갇힌 귈바하르를 위해 음유시인들은 민요를 지었다. 목동들과 노래꾼들은 노래를 불러 퍼뜨렸다. 아으르 산이 온통 슬픔에 잠겼다.

젊은이들, 용감한 남자들, 사랑을 그리는 여인네들 할 것 없이 사람들은 말했다.
"만일 옹주님이 감옥에 계속 있게 된다면 우리가 어찌 얼굴을 들고 다닐 수 있겠어요······"

아흐멧과 주술사 케르반, 휴소, 아으르 산과 계곡, 그리고 에르주름 평원 모두 밤마다 잠을 이루지 못했다. 양심이 사람들을 편히 놓아두지 못했다. 분노와 수치심이 가슴속에 상처가 되어 밤이고 낮이고 그들을 괴롭혔다.

아으르 산은 지구상의 별천지 같았다. 산의 자태 또한 진지하고, 의젓했다. 아으르 산 꼭대기에는 언제나 연기가 솟았다. 가끔은 구름이 있던 자리를 별들이 채우기도 했다. 빙글빙글 도는 폭풍우와 함께 불어오는 별들이었다. 긴 밤을 지새고 나면 태양이 기다렸다는 듯이 아으르 산 아랫도리에서 시뻘건 불덩이같이 솟아오르곤 했다.

아으르 산은 밤이 되면 더욱 커지고, 무거워 보였다. 세상에 오직 아으르 산만 존재하는 것처럼 보였다. 무서운 고요함은 거대한 괴음으로 산산조각이 났다. 이쪽 끝에서 저쪽 끝을 가르는 괴음…… 아으르 산은 고요함에서 생겨났다. 밤마다 아으르는 지워지지 않고, 밤에도 녹아들지 않는 어두움과 고요함으로 우주를 돌았다. 달빛에 몸이 떨리기도 했다. 밤은 두려움이었다. 어둠이 벽처럼 둘러치고, 별도 없는 칠흑 같은 깊은 밤. 천년 된 깊고, 목 멘 울음소리가 아으르 산으로부터 들려오곤 했다.

밤이란 돌처럼 무겁고 넘을 수 없는 벽 같은 것이었다…… 아으르 산이 움직인다. 사방은 아주 고요했다. 세상이 창조되기 전의 고요함 같았다. 밤과 어둠도 요동치기 시작했다. 아으르 산의 두꺼운 표면이 겁을 먹었다. 밤 허리도 분노와 결의에 차서 서로 엉겨들기 시작했다. 하늘에는 별 하나 없었다. 앞에는 말을 탄 아흐멧이, 그 옆에는 아으르 산 사람들…… 집들, 마을들이 텅텅 비워지기 시작했다. 산 아래로 구르는 돌들과 함께 사람들은 산에서 베야즈트로 홍수가 되어 흘렀다.

그 순간 반 호숫가도 깨어났다. 평원의 마을들도 베야즈트를 향해 흐르기 시작했다. 하늘과 땅을 잇는 한 무리 군중이 밤과 아으르 산과 함께 마흐뭇 제후가 있는 궁궐로 향하기 시작했다.

태양이 아으르 산의 한쪽 날개에 숨어 사라질듯 떠오를 무렵, 마흐뭇 제후는 창문으로 수많은 군중이 몰려오는 것을 보았다. 꿈인지 생시인지 분간이 가지 않았다. 말을 탄 사람들, 걸어오는 사람들, 염소 가죽, 양 가죽, 사슴 가죽, 망아지 가죽을 두른 사람들, 키가 장대 같은 사람들, 피부가 검은 사람들, 금발, 맑은 푸른 눈을 한 사람들, 팔목이 예쁜 사람들, 키가 크고 눈이 큰 사람들……

날이 밝아올수록 군중들은 흩어진 안개 아래서 솟아나는 것처럼 넘실넘실 밤을 넘어왔다. 마흐뭇 제후는 사람들 무리를 보자 눈을 비비고, 다시 똑바로 쳐다보았다. 말을 타고 있는 사람은 아흐멧이었다. 순간 마흐뭇 제후는 분노에 사로잡혔다. 아흐멧의 아래 위를 훑어보고 엄명을 내리고자 했으나 입이 말랐다. 제후는 한번 생각해보았다. 이건 여기 베야즈트의 돌이나 흙으로 군대를 만들었다고 해도 불가능한 숫자이다. 이 많은 사람들이 다 어디서 왔단 말인가? 한쪽 끝은 베야즈트 평원에 닿을 듯하고, 한쪽 끝은 아으르 산 정상에 닿을 듯하니……

무리는 무거운 걸음으로 궁전을 향해 걸었다. 마치 개미떼 같았다. 특하는 소리 하나 들리지 않았다. 갑자기 강력한 지지직 소리가 들리더니 궁문이 무너졌다. 사람들이 우르르 안으로 쏟아져 들어갔다. 사람들은 곧장 감옥으로 갔다. 이스마일 책사가 퀼바하르를 감옥에서 꺼내놓고 감옥 문 앞에 벌벌 떨며 서 있었다. 퀼바하르는 떠오르는 태양을 보면서 눈을 비볐다. 눈이 부셔서 도대체 무슨 일이 벌어지고 있는지 보이지가 않았다. 단지 알 수 있는 건 자기가 감옥을 나와 있다는 사실이었다. 사람들은 조용하고 무거운 동작으로 퀼바하르를 에워싸서 호위하더니 궁 밖으로 빠져나왔다.

아흐메디 하니의 무덤 앞에 커다란 불이 지펴졌다. 탁발승들과 소피가 불씨들을 밟았다. 불씨 주변에 줄지어 원을 만든 신도들도 불을 밟고 있는 사람들을 위해 송가를 부르고, 피리를 불어주었다. 군중들은 불씨 주변을 둘러쌌다. 아으르 산 계곡 사람들이었다. 아주 멀리서도 불을 밟고 있는 사람들이 보였다. 불을 밟고 있는 탁발승들의 벗은 몸에는 땀이 분수처럼 솟아났다.

"나는 겁쟁이다."

마흐멧 제후는 칼을 뽑아들고 혼자서 군중들과 맞서기 위해 뛰어들려고 하였다. 책사 이스마일과 나머지 신하들이 그를 억지로 뜯어말렸다.

"이렇게 더 살면 뭐 한단 말이냐?"

제후는 신음했다.

"위대한 오스만 제국의 명예에 내가 이렇게 먹칠을 하다니…… 세상에 나서 이런 망신은 처음이다. 이 일을 이스탄불 조정에서 알게 된다면 뭐라고 하겠느냐? 이제 더 산다 한들 뭣해?"

'그 많은 사람들, 그 많은 군중을 무슨 수로 당한단 말인가……! 그렇게 많은 사람들은 군대로도 당할 재간이 없다…… 그 말이 천하의 재앙을 몰고 올 줄이야.' 제후는 속으로 혀를 찼다. 이번 재앙은 알라께서 예정하신 일이란 말인가?

군중들은 해가 질 무렵까지 아흐메디 하니의 무덤 옆에서 북 장단에 맞추어 흥겹게 놀았다. 탁발승들은 반쯤 벗은 몸과 우산처럼 열린 머리 모양을 하고 불 위에서 발을 놀렸다. 손도 발과 함께 놀렸다. 청년들, 여자아이들, 부인네들은 사람이 보았던 가장 우아한 동작으로 불 모양을 만들었다. 여자 한 명과 남자 한 명이 엮어낸 불똥 꼬리가 궁에까지 가서 떨어졌다. 북 치는 사람 일곱 명과 나팔수 일곱 명은 같은 템포로 연주하면서 기나긴 놀이를 겨우 감당해내고 있었다. 여자들은 수놓은 비단 앞치마를 두르고 있었다. 불꽃들은 날이 가듯 흐르고 사람들이 만들어내는 불꽃은 아으르 산 허리에 치는 파도 같았다. 파도는 작아지다가 얇아지고, 그러다 거품이 났다.

사람들은 귈바하르를 대장장이 집으로 데리고 갔다. 목욕을 시키고, 라호르 천으로 만든 예쁜 옷을 입혔다. 바느질을 몰랐을 때 입었던 신화에 나오는 옷 같았다. 그리고 그녀를 아버지 말에 태워서 주술사 케르반 집으로 데리고 갔다. 아흐멧은 다른 말에 태웠다.

귈바하르와 아흐멧은 예의를 갖추어 주술사 케르반의 어깨에 입을 맞추었다. 주술사도 두 사람에게 입을 맞추고 축복해주었다. 마흐뭇 제후는 사건 대부분을 직접 보았고, 보지 못한 부분은 전해 들었다.

주술사가 말했다.

"마흐뭇 제후는 오스만 사람이고, 무신론자요. 이런 사람들은 우리와는 다른 사람이오. 그 사람은 아으르 산을 멸망시킬 것이오. 다름이 아니라 아이들을 죽게 만들 것이오. 우리 전통을 우리가 무너뜨리지는 맙시다. 아흐멧, 너는 당장 귈바하르를 데리고 곧장 호샵 성(城)으로 가거라. 할리페 이브라힘이 함께 가도록 해주마. 호샵 성의 성주가 이브라힘을 잘 안다. 가거라, 이 일을 호샵 성주가 알아야 한다. 그 사람도 우리와 같은 신자이니라."

이곳에는 전통이 있었다. 한 청년이 여자를 납치해 어느 집에든 숨게 되면, 그 여자의 아버지가 누구라도 집주인은 여자를 아버지에게 내줄 수가 없었다. 아버지의 요구가 무엇이든, 그는 신부대를 지불하고 결혼식을 치러주어야 했다. 그래서 납치된 여자 때문에 수없이 많은 사람이 피를 흘렸다.

마침내 귈바하르와 아흐멧은 호샵 성으로 출발했다. 호샵 성 성주는 오스만 왕조에 반쯤 끈이 있는 사람이었다. 그러나 납치된 여자가 마흐뭇 제후의 딸이 아니라, 오스만 왕조 왕족의 딸이라 할지라도 돌려 보내거나 할 사람은 아니었다. 호족들의 전통이 그런 행위를 허락하지 않았다. 싸워서 목숨을 주는 한이 있더라도 여자와 청년을 넘겨주지는 않았다. 그렇게 하지 않으면 사람들 사이에 말거리가 되고, 아무도 그와 상대를 해주지 않았다.

호샵 성은 반 호수의 동쪽 평원에 솟아 있었다. 커다란 대상들이 다니는 길 위에 커다란 담장처럼 깎아진 가파른 바위에 세워져 안이 담장 세 개로 둘러싸인 아름다운 성이었다. 밑으로는 맑은 샘물이 흘렀다. 성이 언제 만들어졌는지는 아무도 몰랐다. 이 성은 수백 년 전부터 지금까지 그 시대마다 조금씩 다르게 증축되었다고 했다. 그러나 조금도 이 성의 모양을 망가뜨리지는 않았다. 호샵가(家)는 지구상에서 가장 아름다운 성에 살고 있다!

귈바하르와 아흐멧은 성 입구 바윗돌 근처에서 말에서 내렸다. 말들은 평지에 있는 아랫마을 군대 마구간에 보냈다. 보초병은 이브라힘을 보자 경례를 하고, 성까지 안내했다.

성주가 이브라힘에게서 사건의 전말을 모두 전해 듣고 나서 말했다.

"마흐뭇 제후는 전통이고 관습이고 도무지 아무것도 모르는구만. 그 사람은 이 지방 호족이 아냐. 제후가 되었으니 오스만 왕조 사람이 되었겠지. 만일 자네들이 여기에 와 있다는 것을 알게 되면 당장 군대를 몰아 쳐들어올 걸세. 어쩌겠나, 우리도 정당한 방법으로 딸을 달라고 해봐야지.

우리가 가진 것은 전부라도 줘야지. 아흐멧에게 여자를 얻어줘야지. 주술사 명이 그러시니, 우리 목숨이라도 바쳐야 하지 않겠나?"

그리고 손짓을 해서 사람을 불렀다.

"손님들에게 음식을 대접하여라. 묵을 곳으로 안내도 해드리고. 먼 곳에서 말을 타고 오느라 피곤하실 게다."

귈바하르와 아흐멧이 자리를 비우자 젊은 호샵 성주의 얼굴에 슬픔이 드리워졌다. 두 눈이 흐려지고, 금발은 광채를 잃었다. 그는 떨고 있었다. 키가 큰 성주가 갑자기 벌떡 일어났다.

"여보게" 하고 부르더니 말을 이었다.

"주술사께서 부탁하신 것이니 들어드려야지. 그러나 이 일을 어찌 하면 좋단 말인가? 다른 사람, 보통 사람 같으면 당장 말을 타고 달려가서 '나를 봐서라도 당신 따님을 아흐멧에게 주시오' 하겠네. 그러나 마흐뭇 제후는 이런 게 통하는 사람이 아니야. 날 당장 감옥에 가두겠지. 명예와 용맹함이란 바로 그 사람을 두고 하는 말이라구. 나는 그분을 이스탄불에 있을 때부터 잘 알아. 부친끼리도 잘 아는 사이라네. 도대체 어떻게 된 거란 말인가? 아흐멧은 감옥에 있는 귈바하르를 어떻게 꺼내 온 거야? 자네가 좀 말해보게. 그래야 방법을 찾아볼 것 아니겠나?"

이브라힘은 먼저 말에 대한 얘기를 시작했다. 있는 그대로 사건의 경위를 모두 설명해주었다.

성주가 말했다.

"어려운 일이구만."

"정말 어려워. 마흐뭇 제후, 지금쯤 난리가 났겠군. 이 원수를 아마도 모든 아으르 산과 반 호수 사람들에게 갚으려고 들거야. 그리고 내게도 복수를 하려 들겠지. 제후도 이미 그들이 여기에 있다는 걸 알고 있을걸. 어쩌면 좋단 말인가?"

그날 밤 그는 밤이 새도록 궁리를 해보았다. 아침이 되자 이브라힘을 불렀다.

"여보게. 내게 묘안이 있네. 한 보름이나 이십 일쯤 지나서 마흐뭇 제후에게 언변이 뛰어난 몰라 무하메드를 한번 보내보자구. 주술사께 가서 전해. 만일 마흐뭇 제후께서 딸 몸값으로 호샵 성을 달라고 하신다면 기꺼이 드리겠다고 말하게. 군대를 끌고 쳐들어온다 해도 내 목숨이 끊어지기 전에는 절대로 여자를 내주지 않을 거라고 전해줘. 안부도 좀 전하고. 나를 믿어주셔서 고맙다는 말도 전해주게. 고귀한 임무를 내게 주셨으니 은혜가 이만저만이 아니라구. 내 대신 그분에게 경의를 표해주게."

그날 밤 그들에게는 성에서 귀한 손님들만 쓸 수 있는 방이 하사되었다. 천장이 높고, 대리석 바닥에 붉은 염소 털로 짠 침구가 놓여진, 쿠르드 장식과 양탄자로 벽을 장식한 방이었다. 이불은 비단으로 만든 것이었다. 침대는 아주 넓었다.

귈바하르는 아흐멧이 침대로 들어오기를 경외하는 마음으로 기다렸다. 벽에는 은으로 만든 등잔불이 방을 밝히고 있었다. 기름에 냄새가 좋은 향을 넣은 것 같았다. 방을 감미로운 향내가 휘감았다.

아흐멧은 침대에 들어가기 전에 칼을 뽑더니 침대를 두 개로 가르는 것처럼 중앙에 꽂았다. 그러더니 칼의 손잡이를 베개에 기대어 놓았다. 금으로 된 손잡이가 베개 바닥에 놓여졌다. 아흐멧은 곧 베개의 저쪽 편으로 돌아누웠다. 귈바하르는 그의 이런 행동에 놀랐다. 여행 중 에르지쉬에 있는 여관에서도, 또 반에서도 아흐멧은 이렇게 하고 잠자리에 들었다. 도대체 무슨 일인가? 같은 침대에서 오누이처럼 잠을 자다니! 도대체 우리가 오누이 같은 그런 사이란 말인가? 궁 안 감옥 호위병 방 안에서 이제는 더 이상 볼 수 없다는 생각에 그의 여자가 되어버렸다. 그런데 지금 이 행동은 무엇을 의미하는 것인가? 칼을 두 사람 사이에 꽂는 게 무슨 뜻이란 말인가?

귈바하르도 침대에 들었다. 아흐멧은 그녀에게 입을 맞추지도 않았고, 손끝 하나 건드리지도 않았다. 칼을 사이에 꽂은 것도 아마도 그래서인 것 같았다. 그날 밤 두 사람은 아무 얘기도 하지 않았다.

귈바하르는 가슴이 타들어갔다. 이게 뭘까? 무슨 뜻일까? 아흐멧에게 무슨 일이 일어난 걸까? 아으르 산에 그녀가 모르는 풍습이 또 있는 걸까?

그녀는 아침이 되도록 잠을 이루지 못했다. 머릿속에 좋고 나쁜 여러 가지 생각들이 떠올랐다.

귈바하르는 활처럼 팽팽히 긴장한 상태였다. 미칠 것 같았다. 그렇다면 뭔가 돌이킬 수 없는 변화가 생긴 것이 분명했다. 아흐멧의 태도가 처음 만난 그날 같지 않았다. 차갑고, 화가 난 것 같기도 하고, 뭔가 생각에 빠져 있는 것 같기도 했다. 왜일까? 무엇일까? 아흐멧의 이런 변화는.

아침이 되자 귈바하르는 더 이상 참을 수가 없었다. 아흐멧을 흔들어 깨웠다.

"일어나봐요." 귈바하르는 강하게 말했다.

"당신에게 물어볼 게 한 가지 있어요. 솔직하게, 정말 솔직하게 말해봐요. 마음속에 있는 그대로요."

아흐멧은 아무 말도 하지 않았다. 동쪽 산머리가 밝아오고, 뜨거운 햇살이 침대 머리맡에 쏟아졌다.

"이 칼을 왜 우리 사이에 꽂은 거죠? 그 이유를 알아야겠어요. 궁에 있을 때 내가 당신 여자가 된 걸 잊기라도 한 거예요? 이제 와서 우리 사이에 칼을 꽂아서 뭘 어쩌겠다는 거예요? 아니면 내가 모르는 산사람들만의 풍습이라도 있는 거예요? 내게 이 질문에 답을 해주세요. 나를 사랑한다면요."

아흐멧은 입을 열지 않았다.

"내게 말을 해달라구요."

아흐멧은 대답을 하지 않았다. 궐바하르는 계속 졸랐다. 아흐멧은 부끄러워서 땅바닥만 뚫어져라 바라보다가 문득 무슨 생각이 떠올랐는지 그 생각을 떨쳐버리려고 애를 썼다. 그러나 아무리 애를 써도 도저히 그 생각을 떨쳐낼 수가 없었다. 마음을 쥐어짜는 것 같고, 너무 수치스러워서 도저히 입 밖에 낼 수가 없었다. 궐바하르에게는 더더욱 말할 수 없었다.

결국 아흐멧은 궐바하르에게 거짓말을 했다.

"우리 지방 풍습은 아니지만 호샵 성과 호수 지방, 그리고 평원의 풍습이 그렇소. 그래서 우리 사이에 칼을 꽂은 거요. 당신 아버지께서 내게 당신을 주실 때까지 당신에게 손을 댈 수 없어요."

궐바하르는 믿지 않았지만 아무 말도 하지 않았다. 아흐멧이 자기 몸에 손대지 않은 이유를 어렴풋이 느낌으로 짐작은 하고 있었지만 그녀도 도저히 입 밖에 낼 수는 없었다.

여러 날이 지났다. 아흐멧의 마음은 벌레 먹은 듯 썩어가고 있었다. 궐바하르도 아흐멧의 얼굴이 망가져가는 것을 매 순간 지켜보고 있었다. 두 눈은 푹 파이고 빛을 잃었다.

궐바하르는 하루하루 녹초가 되어갔다. 세상이 깜깜한 벽으로 막힌 것 같았다. 모욕감은 하늘 끝에까지 닿았다. 넓디넓은 성 안 하렘에서 그녀는 슬픔에 잠겨, 몽유병 환자처럼 넋이 나가서는 목에 물 한 모금 넘기지 않았다. 일주일에 몇 번씩 아흐멧은 호샵 성주와 함께 말을 타고 사냥을 하러 나갔다. 저녁 무렵에는 들염소나, 한번도 보지 못했던 이상하게 생긴 커다란 새, 아니면 사슴 같은 것을 잡아서 돌아왔다. 궐바하르는 조금쯤 숨을 쉴 여유는 있었다. 어찌 되었든 눈앞에 살아 숨쉬는 아흐멧을 보고 있으니까.

이제 아흐멧은 그녀와 눈도 마주치지 않았다. 성에 있는 사람들 모두 아흐멧의 이런 변화를 눈치 채고 있었다. 성주는 아흐멧을 볼 때마다 위로했다.

"아흐멧, 걱정하지 마. 오스만 군대를 죄다 끌고 쳐들어온다 해도 자네 소원을 들어줄 테니. 우리 집에 찾아온 손님이고, 게다가 주술사의 특령이 있었고, 옹주님 또한 지체 높은 분이신데 무엇이 두렵고 무섭겠나? 이렇게 절망에 빠진다는 게 말이나 되냐구?"

아흐멧은 아무 말도 하지 않았다. 그저 성주에게 미소로 답할 뿐이었다. 가슴속 깊이 타들어가는 고통을 아무도 알지 못했다. 궐바하르도 그 고통을 느낄 수는 있겠지만 고통의 실체가 무엇인지 알 수는 없을 것이었다.

보름 전에 베야즈트에 갔던 몰라 무하메드가 어느 날 아침 돌아왔다. 성주와 아흐멧은 사냥을 가기 위해 준비 중이었다. 성주는 몰라를 내정으로 불러 물었다.

"어떻든가? 무하메드. 어떤 소식이야? 좋은 소식인가, 나쁜 소식인가?"

"나쁜 소식입니다." 무하메드가 대답했다. 하얀 수염이 얼굴 위에서 물처럼 흐르고 있었다.

"아주 안 좋습니다. 제후께서 저를 아주 안 좋게 맞이했어요. 그 뿐이 아니라 칼을 뽑아 저를 동강 내려고 했죠. 저한테 그러시더군요. 가서 전하라구요…… '내 딸과 아흐멧을 하나로 묶어서 당장 보내라고 해라. 군사들과 함께…… 네가 가고 나서 보름을 기다려주겠다. 만일 내 딸과 아흐멧이 오지 않는다면 군대를 보낼 것이야라고 하시더군요. 그러더니 주술사님께도, 성주께도 폭언을 하시더군요."

"주술사님께도 말이야? 주술사님께도?"

"네."

"이 사람 약이 단단히 올랐구만. 미쳤어."

성주는 대답을 듣고 밖으로 나갔다. 아흐멧이 문 밖에서 기다리고 있었다. 성주는 아무 말도 하지 않았다. 두 사람은 함께 성 아래 다리로 내려갔다. 아흐멧은 의문에 가득 찬 눈빛으로 그의 말을 기다리고 있었다. 결국 다리 한가운데 멈추어 서서 성주가 말을 꺼냈다.

"이 사람 미쳤나 봐. 주술사님께도 욕을 했다는 거야. 무슨 벌을 받으려고. 군대를 끌고 여기로 쳐들어온다네. 보름 안에."

아흐멧은 말했다.

"우리가 떠나겠습니다, 성주님. 우리 때문에 피를 흘릴 수는 없어요. 그럴 수는 없어요."

성주는 발끈했다.

"어디를 간다는 거야? 호샵 성이 지어진 이래 단 한 번도 함락된 적이 없어. 마흐뭇 제후가 와서 겪어보면 알게 되겠지. 자네는 이 집의 자식이야. 아무 데도 가면 안 되네. 이건 내 명예와 자존심이야. 내가 있지 않은가? 자네는 상관하지 않아도 괜찮아. 그저 성에서 행복하게 살면 돼."

성주는 아흐멧을 데리고 사냥을 나갔다 왔다. 사냥을 하면서도 그들은 마흐뭇 제후의 군대를 기다리며 전쟁을 준비하였다. 호샵 성에는 아랫녘 사막, 아으르 산, 무쉬 평원, 우르미예 호수, 반, 비트리스, 디야르바크르…… 온 사방에서 도움의 손길이 뻗치기 시작했다. 상황이 이렇게 되자 성주는 매우 흡족해 하였다. 오스만 왕조와 한 번 더 겨룰 수 있게 된 것이다. 기원을 알 수 없는 오랜 한 부족의 전통과 평안을 위해서. 등에 짊어진 짐을 위해서.

먼동이 틀 무렵 저 멀리서 말 탄 사람들이 보이기 시작했다. 사람들이 타고 있는 말은 모두 얼룩이 있는 하얀 말이었다. 그들은 곧바로 달려와 호샵 성 다리 밑에 말을 세웠다. 호샵 성 사람들은 정중하게 맞이하면서 말 머리를 당겼다.

호샵 성주는 성 안쪽 문에서 손님들을 맞이했다. 성주와 손님들은 잘 알고 지내는 사이였다. 모두 이 지방 호족들이었다. 성주는 사람들이 찾아온 이유도 알고 있었다. 마흐뭇 제후가 전쟁할 엄두를 내지 못한 것이다.

질란 성주는 젊고, 잘생겼지만 성질이 급하고 광적인 사람이었다. 독수리 부리처럼 휘면서 구부러진 코가 성격을 잘 말해주고 있었다. 그는 낮은 목소리로 말했다.

"성주, 이런 일 때문에 전쟁 같은 건 하지 맙시다. 뭔가 방법을 찾아보려고 왔소. 마흐뭇 제후가 군사를 보내려고 하는 걸 우리가 막았소. 모든 게 당신 하기에 달렸소."

호샵 성주가 말을 받았다.

"당신들이 저보다 더 상황을 잘 아시지 않소. 저는 제후님께 아흐멧과 궐바하르를 보낼 수는 없소이다. 방법이 없어요. 그것만 아니면 제후님께서 원하시는 게 뭐든 모두 따르겠소. 만일 아흐멧과 궐바하르를 돌려보내면 우리 가문과 내 얼굴에 먹칠을 하는 게 아니고 뭐겠소? 강아지도 침 뱉을 짓이지. 고매하신 분들이시니 방법을 찾아주세요. 제 목숨은 당신들께

달렸소이다. 제후님께도 저의 존경의 뜻을 전해주세요. 제후님의 뜻이시라면 전 재산이라도, 그리고 목숨이라도 내놓겠소. 그분 뜻이라면 제후님께 성이라도 선사하겠소. 무슨 청이라도 다 들어주겠소. 그렇지만 내 집에 찾아온 손님을, 사람 목숨을 그렇게 모른 척할 수는 없소."

질란 성주가 대답했다.

"성주 말이 맞소, 우리가 공연히 헛걸음을 했구료."

"헛걸음을 했군. 우리가 결례를 범했군." 다른 사람들도 맞장구를 쳤다.

"우리가 조금이라도 인간적으로 판단을 했더라면 여기 성주를 찾아와서 이런 제안 같은 건 하지 않는 건데 그랬구만. 결례가 컸구만."

그들은 다음 날 바로 말을 타고 떠났다.

마흐뭇 제후는 호족들이 아흐멧과 귈바하르를 데리고 올 것이라고 기대하고 있었다. 그들을 데리고 오면 어떤 고문을 가할까, 어떤 방법으로 처형할까에 대해 궁리하고 있었다. 호샵 성주가 아흐멧과 귈바하르를 내주지 않을 것이라고는 단 한 번도 상상해본 적이 없었다. 오스만 군대를 보내 쳐들어가리라고 단단히 엄포를 놓아서 보냈기 때문이다. 예전의 호샵 성주라면 지금처럼 힘이 세지는 않았으니 어떻게 해서라도 두 남녀를 돌려보냈을 것이었다. 가문이 좋고, 위력 있는 호족들을 보냈으니 빈손으로 돌아오지는 않겠지……

그러나 호족들이 빈손으로 돌아오자 제후는 제정신이 아니었다. 예측하지 못한 결과였다. 뭔가 일어나고 있는 게 분명했다. 이제는 아무도 오스만 왕조를 두려워하지 않는다. 호샵 성 하나도 제대로 처리하지 못하고 있는 현실이 아닌가. 에르주름에 있는 뤼스템 제후에게 이 사건을 알리고 도움을 요청해야 한다. 호샵 성을 쓸어버려야 한다…… 그러나 그는 호족들에게 자신의 분노를 전혀 드러내지 않았다.

질란 성주는 말했다.

"호샵 성주의 말도 일리는 있습니다. 손님으로 찾아온 연인들의 생명을 지켜주는 게 마땅하구말구요. 제후님, 다른 방법을 찾아보시는 게 좋겠습니다."

마흐뭇 제후는 아무 말도 하지 않았다.

그날 밤 제후는 크게 잔치를 열어 호족들을 대접했다. 내정은 많은 사람들로 붐볐다.

아침이 되자 제후는 에르주름에 있는 제후에게 편지를 써 상세히 이 사건을 알렸다. 에르주름 제후는 마후뭇 제후가 아주 존경하는 사람이었다. 오랫동안 전쟁에 참가했었고, 그때마다 큰 승리를 손에 거머쥐었다. 만일 에르주름 제후가 자기 편을 들어주기만 한다면 이제 모든 일은 식은 죽 먹기가 될 것이다. 편지 내용은 아주 애절했다. 어느 날 밤 산에서 늑대 같은 놈이 내려와서 사람들과 궁전을 덮쳤으며 자기 딸을 납치해 도망쳤다는 내용이 구구절절이 씌어 있었다. 그리고 웬 사람들이 인산인해를 이루고 나타나 군대도 속수무책으로 당할 수밖에 없었고 개미떼 같은 군중들 때문에 전혀 손을 쓸 수가 없었다는 내용이었다.

아주 오랜 기간이 흘러서야 에르주름에 보낸 칙사가 돌아왔다. 뤼스템 제후는 편지를 읽고, 또 읽었다고 했다. 웃음을 참지 못해 기절이라도 할 것처럼 땅에서 데굴데굴 구르며 웃다가, 한밤중에 나타났던 개미떼 같은 군중들에 대해서 자세히 묻더니 또 깔깔댔다고 했다. 그리고 칙사에게 이렇게 말했다는 것이다.

"가서 마흐뭇 제후에게 내 안부를 전하고, 당장 딸을 그 젊은이에게 주라고 하거라. 그 젊은이가 딸을 데려갈 자격이 있구만. 그 말을 가져갈 자격도 충분하고. 나도 제후에게 편지를 쓰지……"

마흐뭇 제후가 아주 훌륭한 필체로 써내려간 뤼스템 제후의 편지를 읽어내려가면서 내뱉었다.

"나쁜 놈. 못된 놈 같으니라구. 지금 날 데리고 장난하는 거야? 제 일이 아니라구 이럴 수 있어? 자기 딸을 웬 놈이 와서 훔쳐가면 어떻게 하나 두고보자구. 지금처럼 웃을 수 있겠어? 이런 장난이나 할 수 있겠냐구? 딸 하나 때문에 온 세상을 전쟁터로 만들 작정이라구 감히 말할 수 있겠냐구. 내가 이런 개 같은 놈을 친구라고 생각했으니! 내 집에라도 올라 치면 황제라도 모시듯이 받들었으니! 우리 궁을 질투한 게지! 지금 그 원수를 이 편지 한 장으로 단단히 갚고 있으니!"

그는 편지를 이리 펼치고 저리 돌려가며 읽고 또 읽었다.

호샵 성에 군대를 보내 쳐들어갈 것이다. 그런데 호샵 성에, 이 맹수처럼 야만적인 늑대에게 지기라도 한다면……? 지금까지 호샵 성이 싸움에서 졌다는 얘기는 들어본 적이 없었다.

마흐뭇 제후의 의식은 분열되기에 이르렀다. 어쩔 줄을 몰랐다. 매일 책사 이스마일을 불러 의견을 모으고, 믿음이 가는 호족들을 불러 의논을 했지만 뾰족한 방법을 찾아내지는 못했다.

그러는 동안 호샵 성주가 보낸 달변가 몰라 무하메드가 궁을 드나들었다.

"제후님, 당신께 우리 목숨을 맡기겠습니다. 우리 성주님께서는 제발 따님으로 인해서 망신살이 뻗치지 않도록 해달라고 하십니다. 엎드려서 절이라도 하시겠다구요. 손님으로 찾아온 사람들을 제후께 내준다면 강아지도 침 뱉을 일이라는 겁니다. 그리고 가문의 명예에도 먹칠을 하는 거구요. 따님의 신부대를 얼마를 원하시든 드리겠답니다. 목숨을 원하신다면, 제후님께 목숨을 바치겠답니다. 아흐멧도 죽으라고 명하시는 그 자리에서 죽게 하시겠답니다."

　호샵 성주는 마흐뭇 제후의 움직임을 오랫동안 지켜보았다. 그는 에르주름과 반 지방 제후들, 그리고 크고 작은 호족들, 심지어 이스탄불의 황제에게까지 이 일을 알리고 의논했다. 이 무식하고 고집불통인 영감은 결국 군대를 풀고, 몇 년이 가도 끝나지 않을 전쟁을 시작하고야 말 것이다. 여자 한 명 납치한 것 때문에 가난한 사람들만 죽어날 것이다. 이런 전통을 도대체 누가, 어떤 멍청한 호족이, 어떤 멍청한 놈이 만들었단 말인가?

　제후도 두려움에 떨고 있었다. 이 일을 어떻게든 끝내야만 했다. 말이 제 발로 아흐멧을 찾아간 것과 그래서 맺어진 사랑 이야기, 또 그들의 사랑을 지키기 위한 메모의 희생…… 이 모든 서사가 아흐멧과 궐바하르에게 성스러움을 더해주고 있었다. 또 다시 어느 날 밤 산사람들과 평원사람들이 들고 일어나서, 이번에는 다시는 궁을 짓지 못하도록 무너뜨려버리고 궁궐에 쥐새끼 한 마리 살지 못하도록 쓸어버릴지도 몰랐다.

　마흐뭇 제후는 하루하루 미칠 것만 같았다. 밤마다 잠을 이루지 못하는 지경에 이르렀다. 아주 작은 부스럭거리는 소리라도 날라 치면 금방 뛰쳐나가서, 칼을 빼 들고 몽유병 환자처럼 궁궐을 온통 헤집고 다녔다.

　답답했다. 도저히 방법이 떠오르지 않았다. 자신의 명예도, 위대한 오스만 제국의 명예도 땅에 곤두박질친 것이다. 그 보잘것없는 호샵 성에 패배한 것이다. 그것은 결국 오스만 왕조의 패배를 의미하는 것이었다.

　날이 갈수록 제후는 애가 타고, 지쳐갔다. 안절부절, 아무하고도 말을 하지 않았다. 날이 갈수록 자신의 몸을 둘러싸고 있는 저주의 울타리를 느낄 수 있었다. 그것은 심장 깊은 곳에서 일깨우는 가르침이었다.

　해마다 봄기운이 아으르 산 허리를 휘감을 때면 그 지방 목동들이 산

기슭 큅 호수로 모여들었다. 목동들은 나비들을 황토색 호숫가로 흩뿌리며 붉은 조약돌로 둥그렇게 원을 만들고 바윗돌 위에 걸터앉곤 했다. 목동들의 숫자는 해마다 달랐다. 동이 터 오면 목동들은 일제히 허리춤에 차고 있는 피리를 꺼내 아으르 산의 분노를 불어댔다. 그러다 해가 빠지면 조용히 허리춤에 피리를 쑤셔넣고 돌아가버렸다. 꼭 이때쯤 하얗고 작은 새가 한 마리 호수로 날아들었다. 새는 한쪽 날개를 투명하고 푸른 물에 적시고는 멀리 날아가버렸다. 그러면 먼 곳, 하늘 위에서 조각배 같은 눈송이들이 바윗돌 밑으로 떨어져 녹아내렸다. 호숫가에 내리는 눈은 꿈처럼 펄펄 내려서 평원으로 흩어져 사라졌다.

목동들이 모두 사라져버리고 나면, 음유시인들은 천막을 치고, 시냇물이 졸졸거리는 봄 땅 위에 지팡이를 흔들며, 민요를 지어 부르기 시작했다. 반주는 피리꾼들이 해주었다.

나는 저주받은 아후리 땅에 무릎을 꿇는다. 천년이나 된 사랑의 땅에, 천년이나 된 봄 땅 위에 무릎을 꿇는다. 나는 세 번 소리를 지른다. 세 번 모두 높은 산이 대답을 해주었다. 나는 빨강, 파랑, 노랑꽃들에게, 우거진 녹음, 그리고 산꼭대기 은하수에게 무릎을 꿇는다. 산등성이 눈 쌓인 심장 위에 무릎을 꿇는다…… 커다란 사랑에 가슴을 활짝 연 밝음에, 그리고 빛에 무릎을 꿇는다. 닿을 수 없는 분노의 노래를 부른다. 어두운 구름 아래로, 머리가 돌 것처럼 짙은 향내 안으로 무릎을 꿇는다. 끝없이 펼쳐진 산에 터진 거대한 홍수에 무릎을 꿇는다. 산을 향해 세 번 소리를 지른다. 천년이나 묵은 땅을 향해 세 번 소리를 지른다. 천년이나 묵은 사랑의 땅을 향해 세 번 소리를 지른다. '목동들이여' 하고 부른다. '목동들이여, 어디에 있는가?' 목동이 와서 내 앞에 멈추어 선다.

목동은 제후의 딸을 사랑했다. 그녀도 목동을 사랑했다. 제후가 이 사실을 알게 되었다. 제후 손아귀에는 마을 열다섯이 있었다. 열다섯 개 마을이 여기 아후리 성에 속했다. 성주가 말했다. '저 목동을 잡아라. 감히 내 딸을 사랑하는 저 용감한 목동을 잡아라. 시체를 갈갈이 찢어 처형할 것이다.'

사랑은 불처럼 타올랐다. 불꽃은 버드나무 위에 둥지를 틀었다. 사랑의 새는 둥지에서 살았다. 새끼가 세 마리 태어났다. 사랑의 새가 세 마리 새끼와 함께 날아올랐다. 날아간 곳마다, 내려앉은 곳마다 불꽃이 번졌다. 산에도 불길이 번지고, 돌에도 불길이 번지고, 땅에도 불길이 번졌다. 하늘도, 별도, 불꽃에 감싸여 휘청거렸다. 사람들도 불길에 휩싸였다. 불길을 빠져나온 사랑의 새들이 산과 바다 위로 날아올랐다. 바다 건너편이 불길에 휩싸였다. 산의 저편과 꽃들이 불길에 싸였다. 투명한 파랑이 불길에 싸이고, 노랑, 초록도 불길에 싸였다.

목동은 아으르 산으로 숨어들었다. 아으르 산의 심장이 불꽃에 휩싸였다. 목동으로도 모자라 마을의 남자 열다섯 명을 잡아 죽이라는 명이 내려졌다. 사람들이 아으르 산을 샅샅이 뒤졌다. 산은 목동을 숨겨주었다. 목동은 불길에 싸였다.

소녀도 마음속에 품고 있는 사랑을 참을 수가 없었다. 그녀도 아으르 산으로 몸을 숨겼다. 아이들이며, 마을 사람들 모두 남녀노소 할 것 없이 소녀를 찾기 위해 흩어졌다. 아으르 산이 소녀도 숨겨주었다. 소녀도 불길에 싸였다.

어느 날 목동은 견딜 수가 없어 숨어 있던 곳에서 나왔다.

"내 사랑을 한 번만이라도 보고 싶어. 날 죽이려면 죽이라지."

목동은 마을을 향해서 걸었다. 3일 밤낮을 마을 근처에서 어슬렁거렸다. 그는 죽음을 미루고 싶었다. 죽는 건 어려운 일이다. 다시 눈을 감고 마을을 향해 걸었다. 눈을 떠보니 마을 위에 바람이 불었다. 그러나 또 눈을 떠보니 마을이 그 자리에 없었다. 그러다가 다시 눈을 떠보니 저쪽 자기 집에 있는 바위 옆에 사랑하는 여인이 거닐고 있는 것이 아닌가. 연인들은 이렇게 만났다.

아으르 산은 잔인함과 악 때문에 화가 나서 산 한쪽 귀퉁이를 들어 사람들 위에 날렸다. 수많은 생명과 마을이 산 아래 깔려버렸다. 산이 삼켜버린 것이다…… 아으르의 분노란 바로 이런 것이다. 사랑의 새는 불꽃이고, 새가 어루만진 가슴은 불꽃으로 변한다. 사랑의 둥지는 불꽃이다.

이것이 아으르의 분노이다. 아으르의 재앙이다. 아으르에 맞선다는 것은 있을 수 없다. 아으르의 저주가 바로 이것이다.

해마다 봄이 되면 큅 호숫가에 꽃이 만발하고, 아으르 산의 목동들은 호숫가로 모여들었다. 목동들은 천년이나 묵은 봄 땅 위로 나방들을 흩뿌렸다…… 불꽃으로 만든 사랑의 새…… 새는 투명한 호수에 날개를 적시고 사라졌다.

대장장이 휴소가 반쯤 벗은 몸으로 궁궐 문 앞으로 서서 있는 힘을 다해 고래고래 소리를 질렀다.

"제후님, 제후님."

"봄 피리 소리를 들으셨소? 제후님, 들었냐구요? 아으르 산의 분노가 당신에게 내릴 거요…… 아으르의 재앙이 내릴 것이니 연인들을 제발 놓아주시오."

마흐뭇 제후는 신하들에게 명령했다.

"가서 저 대장장이를 이리로 데려와보거라. 도대체 뭐라고 하는지 들어보자."

휴소는 반쯤 벗은 몸이었다. 단련된 근육질의 몸이 초인간적인 힘을 느끼게 했다. 마흐뭇 제후는 그의 몸을 보고 겁을 먹었다.

휴소가 물었다.

"당신께 보낸 민요를 들어보셨수?"

제후가 대답했다.

"들어보았다."

"그래, 무슨 생각이 드시오? 무섭지도 않으시오?"

제후는 입을 다물었다.

휴소는 폭언을 퍼붓고 벌떡 일어나 나갔다. 한 조각 산이 움직이는 것 같았다. 내정 문을 나서면서 그는 말했다.

"제후님, 무슨 뜻인지 아실 거요. 무슨 일인지 아셔야 한다구요."

그가 나가자 이스마일 책사가 물었다.

"제후님, 여쭈어볼 게 몇 가지 있습니다."

"물어보아라."

"지금까지 아으르 산 꼭대기에 올라갔던 사람이 있습니까?"

"없다."

"거기에 사람이 갈 수는 있는지요?"

"어쩌면 갈 수 있는지도 모르지. 그러나 다시 돌아올 수는 없다. 아으르 산이 삼켜버리고 말지."

수많은 사람들이 아으르 산 정상에 올라가려는 시도를 해보았다. 그러나 산꼭대기에 올라갔던 사람들은 단 한 명도 살아 돌아오지 못했다.

아으르 산 꼭대기에는 불을 지피는 봉화대가 있었다. 정상 한복판에 웅덩이 하나가 푹 패어 있었다. 인간이 맨 처음 이곳에서 불을 얻었다고 한다. 인류가 처음 본 불은 아으르 산의 심장이었다. 사람들은 이 불을 얻고 싶어했고, 결국 얻어냈다. 불을 훔친 사람이 산의 경비가 허술한 틈을 타서 한 줄기 불을 가지고 산 아래로 도망가기 시작했다. 저 산 아래까지 내려갔을 때 마침 아으르 산이 일어나 한 사람이 불을 훔쳐 도망가고 있다는 것을 알게 되었다. 산은 즉시 그 사람을 그 자리에서 멈추게 했다. 그 사람도, 손에 쥐고 있던 불도 모두 그 자리에서 얼어붙었다.

아으르 산의 계곡에는 이렇게 돌이 되었다는 사람들로 가득 차 있다. 아으르는 산꼭대기에 올라간 사람을, 그곳을 본 사람을, 불을 훔쳤든 아니든 용서한 적이 단 한 번도 없었다.

이스마일 책사가 물었다.

"그렇다면 제후님, 제게 묘안이 있습니다."

"말해보게. 이스마일."

"지금 호샵으로 전갈을 보내서 말입니다. 귈바하르 옹주님과 아흐멧을 여기로 오라고 하는 겁니다. 아니면, 제가 가도 좋구요. 호샵에 가서 두 분을 이리로 모시고 오겠습니다. 아흐멧이 아으르 산 정상에 올라간다면, 올라가서 그것을 우리에게 입증한다면 옹주님을 주겠다고 하는 거죠. 혼례식도 우리가 준비하구요. 그렇게 된다면 아흐멧에게서는 이제 놓여날 수 있는 거 아닙니까? 백성들한테 '잔인한 제후'라는 오명을 벗을 수도 있구요. 그 누구도 할 말이 없도록 하는 거죠."

제후가 맞장구를 쳤다.

"그렇겠군. 좋은 생각이야, 이스마일, 자네가 호족을 두세 명 데리고 호샵으로 가게. 가서 아흐멧을 이리 오라고 해. 귈바하르도 오라고 하고. 만일 내 제안을 받아들이지 않는다면 아흐멧과 호샵 성주에게 전하게. 내 딸을 돌려보내라구."

이스마일 책사는 호족 두 명을 포함해서 모두 다섯 명을 이끌고 당장 그날 길을 떠났다. 곧장 호샵으로 향했다.

그들은 호샵 성에 당도했다. 성주는 그들을 예전보다 더 극진히 모셨다. 커다란 잔치를 베풀어 손님들을 접대했다. 이스마일 책사는 그날 밤 성주에게 이야기를 꺼냈다.

성주가 말을 받았다.

"어떻게 그럴 수 있단 말인가. 그건 죽으라는 소리야. 제후께서 아흐멧을 죽음으로 몰아넣는구만. 아으르 산 꼭대기에 올라갔다가 다시 돌아온 사람이 어디 한 명이라도 있던가? 도대체 그런 사람이 있냐고?"

이스마일 책사가 말했다.

"없습니다. 그러나 우리 쪽 청이 어떤 것이든 따르겠다고 하신 건 그쪽이십니다. 우리 쪽 제안은 이겁니다."

성주는 절망에 빠진 듯 힘없이 말했다.

"그럼, 한번 아흐멧에게 말은 해보지. 아흐멧이 뭐라고 하는지 한번 보자구."

아흐멧이 이 제안을 받아들이지 않는다면 성주는 더 이상 그를 보호해줄 의무가 없었다. 이것을 아흐멧은 물론 모두가 잘 알고 있었다. 이것은 또한 제후에게 전쟁을 할 명분을 주는 계기이기도 했다.

성주는 아흐멧을 불러 이스마일 책사와 사람들이 보는 앞에서 물었다.

아흐멧은 조금도 주저하지 않고 기쁨에 찬 얼굴로 대답했다.

"그러죠. 아으르 산 꼭대기에 올라가겠습니다. 올라가서 불을 커다랗게 지피겠습니다. 제후님도 보실 수 있도록 말이에요. 그럼, 이제 길 떠날 준비를 해야겠군요."

호샵 성주도, 궐바하르도, 그 어느 누구도 아흐멧이 아으르 산 정상으로 올라가는 것, 말하자면 죽으러 가는 여행길을 떠나는 것을 말리지 못했다.

다음 날 그들은 작별 인사를 했다. 말에 올라타고, 베야즈트에도 이별을 고했다.

아흐멧과 궐바하르는 케르반 주술사의 집에 도착하자 말에서 내렸다. 두 사람이 돌아왔다는 것을 모든 베야즈트와 아으르 산 사람들이 알게 되었다. 대장장이 휴소도 주술사의 집을 찾아왔다. 주술사도 아흐멧을 말렸다.

"그 못된 제후가 자네를 죽이려고 그러는 거야."

그러나 아무도 아흐멧을 말리지 못했다. 산사람들도 달려와 아흐멧에게 애원하다시피했지만 아흐멧은 그 누구의 말도 듣지 않았다.

그는 어느 날 아침 주술사의 손에 입을 맞춘 후 말에 올라탔다. 먼저 궁으로 향했다. 아흐멧은 제후를 알현했다.

"아으르 산 정상에 올라가겠습니다, 제후님. 당신이 고맙게도 나를 이렇게 어려운 일에 밀어넣어주셨군요. 그럴 자격이 있으시지요."

제후는 그에게 건투를 빌었다.

"삼 일째 되는 날 밤 아으르 산 정상을 보시기 바랍니다. 구름 한 점 없는 그날 밤 불을 지피겠습니다."

다시 말에 올라탔다. 말은 그를 태우고 아으르 산 꼭대기로 떠났다.

사람들이 하나씩 둘씩 베야즈트 광장으로, 시장으로, 궁궐 앞으로 모여들었다. 사람들은 홍수가 밀어닥치듯 베야즈트 지방으로 모여들었다. 산 위쪽에 있는 사람들도 능선을 타고 베야즈트로 걸어오고 있었다. 사람들이 모여들었다. 사람들은 광장을, 골목골목을, 사원을 가득 채웠다. 그러나 그들은 아직 아무 말이 없었다.

이스마일 책사가 정오쯤에 제후에게로 왔다. 제후가 물었다.

"아직도 모여들고 있나? 끝도 없고?"

이스마일 책사는 "아직도 몰려옵니다" 하고는 힘이 쭉 빠진 듯 손바닥을 펴 보였다.

"모여들어요. 엄청나게 몰려오고 있어요. 인산인해를 이루었지요. 홍수가 어디서 터진 것인지도 알 수 없을 만큼 모여드네요. 세상에, 이 산, 이 평원에 사람이 이토록 많이 사는지 처음 알았다니까요."

제후가 말했다.

"많이 살기는 하지. 이 세상엔 사람이 많아. 그러나 이게 이로운 일이라면 이만큼 모여들 리가 없을 텐데. 그놈이 산으로 간다는 것을 어느새 들었단 말인가? 도대체 어디서 듣고 오는 거야? 누가 소식을 전한 거야? 아직도 올 사람들이 남았단 말인가?"

제후는 길쭉하고, 기둥이 많은 대리석 살롱에서 발을 양탄자 사이로 밀어넣으며 걷고 있었다. 얼굴이 길게 빠지고, 샛노랬다. 팽팽 돌아가는 눈가에는 주름살이 깊어만 갔다.

제후는 답답한 듯이 물었다.

"이스마일 책사, 우리 식구들은 어디 있어?"

이스마일은 창밖에 있는 군중들을 가리켰다.

"저기요, 군중들 끝에 있습니다. 아흐메디 하니 묘 가까운 곳에 있습니다. 여인네들 사이에 있네요. 자, 저기 보세요. 노란 옷을 입은 사람들을."

제후는 손을 흔들었다. 그리고 뒤를 돌아다보았다. 뭔가 말을 하려 했다. 그러나 결국 자기가 할 말이 아니라고 생각하고는 포기했다. 그러더니 이스마일 책사를 보지도 않고 다시 걷기 시작했다. 이스마일 책사는 멈추어 서서 제후가 무슨 명령을 내리기만을 기다리고 있었다. 오랜 시간이 지난 후에 제후는 갑자기 멈추더니 고개를 들고 시뻘건 눈으로 이스마일 책사를 쳐다보았다.

"이 군중들에게는 아무 짓도 하면 안돼. 우리가 사람들을 강제 해산시킬 수도 없다구. 그렇지 않나, 책사?"

이스마일이 대답했다.

"우리가 할 수 있는 게 없어요. 우리 군대도 군중들에 의해 포위되었습니다. 손가락도 까딱할 수가 없습니다. 궁에는 겨우 이백 명 남짓한 군사만 남아 있을 뿐입니다. 이 많은 사람을 우리 군대가 상대하기에는 무리입니다."

제후는 한숨을 내쉬었다.

"그렇지…… 그럼, 자네는 가서 한번 보게, 아직도 더 모여들고 있는지, 어떤지."

그날 저녁이 되자 사람들은 더 늘어났다. 사람들은 마침내 그 지방의 경계선을 넘어서까지 늘어섰다. 사람들은 아랫녘에 있는 저택들과 저택 남쪽에 있는 평원까지도 가득 메웠다. 아흐메디 하니의 묘 건너편 골짜기까지 늘어섰다. 군중은 산에서 평원으로 줄지어 끊임없이 걸어오고 있었다. 그러더니 사람들은 저녁 무렵 천막을 치고, 천막 앞에다 불을 지폈다. 기름 냄새와 건초, 마른 풀 냄새 들이 사방에 가득했다. 수많은 군중들이 모두 생명이 없는 사람들 같았다. 꿈틀거리지도 않았다. 조용하게, 햇살처럼 여기저기서 넘실거릴 뿐이었다.

어둠이 밀려올 때쯤 마흐뭇 제후가 이스마일 책사에게 물었다.

"아직도 오고 있나?"

"하늘과 땅을 가득 메운 것 같습니다. 하늘에 있는 수많은 별보다 더

많습니다. 발 디딜 곳이 없어요."

"그런데도 아무 말도 안 한단 말이지?"

"전혀 말을 하지 않아요."

"전혀 쳐다보는 곳도 없구? 아으르 산도 쳐다보지 않는단 말이지?"

"아무 데도 쳐다보지 않아요. 모두 뭔가에 홀리기라도 한 것 같아요. 사람들이 혼이 나갔나 봐요. 사람들이 죽음에 짓눌리기라도 한 것처럼 생명이 없어 보여요. 어느 누구도 얼굴 한 번 꿈틀거리지 않아요."

밤은 어두웠다. 하늘은 구름 한 점 없었다. 별들이 아으르 산 계곡 위로, 산꼭대기로 꽂히는 것 같았다. 별들이 하늘을 메운 것처럼 짤그랑거렸다. 사방을 죽음의 고요함이 덮고 있었다. 사람들은 숨도 제대로 쉴 수가 없었다.

마흐뭇 제후는 그날 아침까지 잠을 이루지 못했다. 궁으로 돌아가서 곰곰이 생각해보았다. 삶과 죽음에 대해서도 생각해보았다. 사람들과 산과 들에서 빠져나온 군중들에 대해서도 생각해보았다. 이들은 한 남자와 한 여자의 행복을 위해서 모인 사람들이다. 최소한 겉으로 드러난 것은 그렇다. 그러나 이번 사건의 내막에는 많은 것이 숨겨져 있었다. 밖으로 표출되고 있지 못하던 분노…… 그것이 한 청년과 한 여자의 사랑을 구실 삼아 드러나게 되었던 것이다. 갈수록 세상은 험악해지고 민심은 흉흉해졌다. 사람들은 언젠가 딸을 핑계 삼아 궁 안을 덮칠 것이고, 언젠가는 이스탄불을 덮칠 것이다. 또 다른 핑계가 있으면 황제의 궁궐도 허물려고 하겠지. 이제 때가 된 것 같다. 백성들에게 뭔가 해결책을 제시하지 않으면 우리 모두의 목숨이 날아갈 것이다. 내일이면, 내 폭정을 핑계 삼겠지. 그 다음에는 세금을, 그 다음에는 궁궐을, 그 다음에는 빵을…… 쌓이고 쌓였구나…… 10만 년의 분노와 고통이…… 지금처럼 소리 없이 쌓이기만 했어. 이제는 이 사람들을 당해낼 재간이 없다. 이 사람들에게 군대가 무슨 소용이란 말인가. 지구를 가득 메운 군대가 있다 해도 무슨 소용이란 말인가. 이 사람들은 도저히 내가 감당해낼 수가 없다. 무슨 방법이, 이 사람들을 하나로 모을 수 있는 무슨 방법이 없단 말인가……?

해는 반짝반짝 환하게 구름 한 점 없는 하늘로, 그리고 씻은 듯이 깨끗한 산 위로 떠올랐다. 태양이 잠시 아으르 산 계곡에 붙었다가 떨어졌다. 그리고 다시 붙었다가 이번에는 번쩍 하고 떠오르더니 산 맞은편에 멈추었다. 마흐뭇 제후는 태양이 이렇게 떠오르는 모습을 여지껏 본 적이 없었다. 태양마저도 모습을 바꾸었다고 사람들은 말했다. 최후의 심판이 가까웠다고……

벌들이 벌집에서 뛰쳐나와 공중에서 배회하다가 무리를 지어 하늘로 흩어졌다. 그러다가 가지를 골라 내려앉았다. 가지는 이 끝부터 저 끝까지 벌들로 가득했다. 베야즈트 지방의 오늘 아침은 이렇게 시작되었다.

아침 햇살을 받으며 양털 두건을 쓴 남자들, 염소, 사슴, 망아지 가죽을 색색으로 두른 남자들, 수염을 길게 기른 남자들이 수천 개 색 장식과 금과 은으로 치장한 사슴 같은 커다란 눈망울의 여인들과 만났다.

군중들에게는 변화가 일었다. 군중들은 전부 얼굴을 아으르 산으로 돌리고 눈 하나 깜박하지 않았다. 오로지 산꼭대기만을 쳐다보았다. 고집스럽게 그렇게 앉아만 있었다.

마흐뭇 제후가 이 모습을 보자 겁이 덜컥 났다.

"아무 말도 하지 않는단 말이지, 이스마일 책사?"

"아무 말도 하지 않습니다. 제후님. 그냥 그렇게 있어요. 눈 하나 깜박하지 않고, 산만 쳐다보고 있어요. 가끔씩 손을 하늘을 향해 쳐들고 조용히 그렇게 기도만 합니다."

아으르 산의 신화 219

사람들은 아마도 3일을 이렇게 기다릴 것이다. 그리고도 아으르 산 봉우리에 불이 지펴지지 않으면 궁으로 쳐들어와 궁을 쓸어버릴 것이었다. 바위 위에 지어진 궁전들은 순식간에 돌덩이가 되어버리겠지.

아니면 나 혼자만 이렇게 공포에 떠는 걸까? 근거도 없는 공포에…… 마흐뭇 제후는 속으로 생각해보았다.

"아직도 몰려오는 사람들이 있나, 이스마일 책사?"

"갈수록 늘어납니다…… 어디서 이 많은 사람들이 몰려오는 거죠? 누가 데려오는 거냐구요?"

"그 망할 놈, 못된 주술사 놈 같으니라구."

마흐뭇 제후가 고함을 질렀다.

"그놈들, 그 주술사 놈은 언제나 우리에게는 적이었다. 이 사람들을 해결하지 못하면 우린 끝이야, 끝이라구, 이스마일 책사…… 이건 아주 골이 깊어, 이스마일 책사…… 아주 뿌리가 깊어. 아마 십만 년쯤이나 거슬러 올라갈 걸세…… 이 사람들 마음을 사지 못한다면……"

제후는 창문 밖의 사람들을 가리켰다.

"자, 이렇다니까, 이스마일 책사……"

"이 사람들과 언제나 연대할 수 있습니다, 제후님."

이스마일 책사의 대답이었다.

마흐뭇 제후는 '오늘 밤 아이들과 신하들을 모두 데리고 궁을 떠날까' 하는 생각도 해보았다. '비겁하지 않을까, 이스탄불에서 알게 된다면' 하고도 생각해보았다. 나중에 궁이 사방으로 포위되고 나면, 어떻게 도망친다는 말인가?

그의 눈이 갑자기 반짝였다.

"이 상황을 모면해야겠다. 저 케르반 주술사니, 호샵 성주니 하는 놈들의 목을 베어야겠어. 그놈들의 목을 베고말고. 그놈들만 아니었다면 이 수많은 사람들이 내 궁을 포위할 리 없지. 목을 베고야 말 테다. 목을 베고야 말 테야! 목을 벤다고, 이스마일 책사. 자, 보라고 해라. 보라고 해."

제후는 목청이 터져라 소리를 질렀다. 목이 부어오르는데도 제정신이 아니었다. 그는 계속 중얼중얼 말을 이어갔다. 그러더니 조금 잠잠해졌다. 조용조용 말을 시작했다.

"그놈들을 모두 벨 테다. 벨 거라고. 목을 벨 테다. 이 재앙에서 벗어나야겠어."

이스마일 책사는 문 옆 분홍색 대리석 기둥에 기대서서 마흐뭇 제후의 분노가 가라앉기만를 기다렸다.

"음유시인들, 그리고 피리꾼들도 모두 왔나? 이스마일 책사?"

"수백 명은 될 것 같습니다. 북 치는 사람도 수백 명 왔어요. 혼례식을 기다리고 있습니다."

"산에 불이 보이는 날만을 기다려야겠구만, 이스마일 책사. 아니면……"

제후는 갑자기 두려움에 떨고 있는 속마음을 들킨 것 같아 이스마일에게 부끄러운 생각이 들었다. 할 말이 튀어나올 것 같았지만 억지로 말을 바꾸었다. 그러나 결국 그러지 못하고 고개를 앞으로 숙였다.

이스마일 책사는 제후가 괴로워하고 있다는 것을 알아차렸다. 이스마일 책사는 겉과 속이 다르지 않은 사람이었다. 그는 솔직히 털어놓았다.

"제후님, 이 수많은 사람들이 오늘 밤 산꼭대기에 불이 지펴지는 것을 보지 못한다면, 인내심도 한계에 이를 겁니다. 그러면 당장 궁으로 처들어오겠지요. 사람들은 우리 모두를 죽일 겁니다. 왜 사실을 우리에게 숨기려 하시는 겁니까? 사실을 인정하는 게 그토록 두렵다는 겁니까? 이게 운명인 것 같으니, 이제는 받아들여야 할 것 같습니다."

마흐뭇 제후는 죽어가는 목소리로 물었다.

"뭐라고? 무슨 방법? 이스마일?"

"포기하세요. 이제 포기하세요. 제후님. 궁문을 나가서 이토록 사람들이 원하는데, 사람들을 위해서 포기했다고 말씀하세요. 그리고 따님을 아흐멧에게 주시겠다고 하세요. 아흐멧도 이제 그만 와서 혼례를 치르라구요. 사람들을 접대하기 위해서 혼례 연회를 베푸시겠다고 하세요. 그러면 사람들이 좋아서 제후님을 목마라도 태울 거예요. 그 사람들에게는 제후님이 알라 다음으로 중요한 사람이 되실 거라구요. 다른 방법은 없습니다."

"그건 못하네, 이스마일 책사. 그럼, 내가 두려워한다는 걸 모두 알게 될 거 아닌가?"

"우리가 두려워한다고는 생각지 못할 겁니다. 이 사람들은 나쁜 생각은 하지 못해요. 다 좋은 사람들이지요."

"할 거야. 이스마일, 이 사람들처럼 영리한 사람들은 세상에 또 없을 걸세."

"잘못 생각하시는 겁니다. 제후님. 궁전을 쓸어버린다고 해서 그 사람들에게 득이 될 게 뭐가 있겠습니까? 그렇지만 궁을 허물 수밖에 없는 거지요. 사람들이 당할 일을 생각해서라도 그럴 수밖에 없는 거지요. 우리를 죽일 수밖에 없는 거구요. 어쩌면 벌써 아흐멧이 죽었는지도 모르죠. 아으르 산이 벌써 삼켜버렸는지도……"

"맞아, 자네 말이 맞다구. 그래도 난 못해. 이스마일 책사. 내가 내뱉은 말을 어찌 바꿀 수 있겠나."

"사람들도 겁을 먹고 있을 겁니다. 제후님이 포기한다고 하시면 모두 기뻐할 거예요. 우리가 두려워하고 있다고는 아무도 생각하지 못할 거예요. 반대로 제후님을 축복하고, 제후님의 선행을 하늘까지 가져갈 거예요. 그러면 신화로 남겠지요."

"못해. 도저히 못하겠어, 이스마일 책사. 차라리 날 죽이라고 해. 어쩌면 그 애가 오늘 산에다가 불을 지필지도 모르지. 어쩌면 오늘 불을 볼 수 있을지도 모르잖아!"

"그럴 리가 없습니다." 이스마일 책사가 윽박지르듯 말했다.

"아으르 산은 그 누구도 정상에 올라가도록 가만히 놔두지 않는다면서요? 돌로 만들어버리지요."

"케르반 주술사에게 신통력이 있어. 어쩌면 그 신통력이……"

"아으르 산은 그런 신통력이 안 통합니다. 아으르 산의 신성함을 어기는 행위를 아무에게도 허락할 리 없지요."

"어쩌면 아흐멧이 꼭대기에는 못 올라가니까 그 아래에 불을 피울지도 모르지."

이스마일은 수염을 어루만지며 빙긋 웃더니 손을 저었다.

"아흐멧은 의인이에요. 죽을 걸 알면서도 산으로 가지 않습니까? 정상까지 갈 겁니다."

"나도 내가 한번 내뱉은 말을 바꾸지는 못하겠네, 이스마일. 끝까지 싸우다가 죽겠네. 가서 군대를 준비시키게. 부대에 있는 군사들도 모두 궁으로 소집시키게. 싸우다가 죽을 거야."

"싸우려 해도 시간이 없습니다. 제후님. 군중들의 힘이 뭔지 알아요. 눈 깜빡하는 순간에 우리를 쓸어버립니다. 우리 모두를 말예요!"

"죽이라고 해!"

제후가 고함쳤다.

"마지막 순간까지도 싸우겠어. 가서 군대를 대기시켜. 부대에 있는 군사들도 모두 오라고 해."

이스마일 책사는 이제 더 이상 아무 말도 하지 않았다. 말해보아도 아무 소용도 없다는 것을 잘 알고 있었다. 제후가 시키는 대로 하는 수밖에 없었다.

저녁이 되었다. 어둠이 밀려왔다. 아랫녘 평원이 사람들로 가득했다. 평원 길목까지 사람들이 몰려들었고 수많은 천막이 즐비했다. 천막 앞에는 별처럼 많은 불들이 지펴졌다.

사람들은 어둠이 몰려들자마자 모두 일어났다. 두 눈을 산꼭대기에 꽂고 한 마음이 되어 오로지 한곳만을 지켜보고 있었다. 이 사람들은 3일 동안 아으르 산 꼭대기에 태양이 솟듯 그렇게 불꽃이 솟아오르기만을 기다리고 있었다. 모두들 눈이 빠질 것만 같았다.

마흐뭇 제후도 불이 타오르기만을 기다리고 있었다.

한 쪽에서는 사람들이, 다른 한 쪽에서는 마흐뭇 제후가 몸과 마음을 담아 산꼭대기에서 타오를 기적을 기다리고 있었다.

한밤중이 되자 수탉이 울었다. 아으르 산 꼭대기에는 보석을 박아놓은 듯한 별들 이외에는 아무것도 보이지 않았다. 먼동이 트자 햇살이 불꽃처럼 이글거리며 파란 하늘로 흩어졌다. 어찌 보면 햇살은 달과도 닮았다.

이스마일 책사가 헐떡거리며 뛰어왔다. 땀에 흠뻑 젖어 있었다.

"지금 사람들이 움직이기 시작했습니다. 방향을 조금씩 궁궐 쪽으로 틀고 있어요. 전부는 아니지만요. 일부가 그래요."

마흐뭇 제후의 눈에 핏발이 섰다. 제후는 한 손에 칼을, 나머지 한 손에는 금도금과 상아로 손잡이를 만든 총을 잡았다. 어젯밤도 밤이 새도록 이렇게 앉아 있었다. 잠시도 산꼭대기에서 눈을 떼지 못하였다.

"다른 방법이 없습니다. 제후님, 구출될 방법이라곤……"

제후는 힘이 풀렸다. 무겁고, 지친 몸을 휘청거리며, 몸을 추스려 궁궐 문을 향해 걸었다. 사원 문 앞을 지나 현관에서 몇 번 다리를 뒤로 하고 돌고자 했으나 돌 수가 없었다. 웅성거리던 사람들이 커다란 허리띠를 두른 그를 보자 조용해졌다. 모두들 쥐죽은듯 조용했다. 숨소리도 들리지 않았다. 마흐뭇 제후는 커다란 두 눈으로 사람들을 이리저리 오래도록 훑어보았다. 사람들은 밀물과 썰물 때의 바다처럼 출렁거렸다.

제후는 궁궐 앞 동산으로 걸어가더니 언덕 위로 올라갔다.

"아흐멧을 당신들 성의를 생각해서 용서하도록 하겠소. 혼례식도 내가 직접 치러줄까 생각 중이오. 이왕지사 이렇게 된 것, 이렇게 많은 사람들이 오셨으니, 지금 사람을 보내 아흐멧을 다시 데리고 오겠소. 여러분들 중에서 말을 빨리 몰 수 있는 분이 있으면, 아흐멧을 뒤쫓아 가기 바라오. 가서 제후가 포기했다고 말씀하시오."

사람들은 환호성을 질렀다. 몇 차례 이쪽 끝에서 저쪽 끝으로 사람들이 물결처럼 출렁거렸다. 활시위처럼 팽팽했던 사람들은 이제 안심을 했고, 마음을 놓았다.

제후는 겉으로는 태연한 척했지만, 속으로는 부들부들 떨면서 언덕에서 내려왔다. 그리고는 점잖은 걸음으로 궁으로 들어갔다. 제후의 호위병이 그를 세 걸음 뒤에서 뒤쫓았다.

제후가 안으로 들어가자마자 수많은 사람들이 말을 타고, 혹은 걸어서 아으르 산으로 향하기 시작했다. 많은 사람들이 벌떼가 날듯이 아으르 산으로 흩어졌다.

그날 밤 사람들은 흩어졌고, 모두들 입을 열어 말하기 시작했다. 베야즈트는 커다란 벌집처럼 웅웅거렸다. 사람들은 두 손을 늘어뜨리고, 느긋하게 햇살이 가득한 광장에서 무엇을 하는지, 어디로 가는지도 모른 채 그렇게 어슬렁거리기만 했다.

대장장이 휴소가 사람들 사이에 끼어들더니 기쁜 목소리로 말했다.

"제후가 이렇게 변하다니, 두려움이 사람을 바꾸어놓았군. 그 좋은 금은보화로 지어진 궁전을 쓸어버릴 거라는 것을 알았나 보지? 눈치를 채고 알라를 두려워하다니!"

모두들 놀라운 듯 대장장이 휴소를 바라보았다.

"우리가 언제나 이렇듯, 모든 일에 하나로 뭉친다면 아무도 우리를 건드리지 못할 거요. 우리를 산도, 왕도 함부로 못한다구요. 아무도…… 그러니 모두 단결합시다."

뒤에서 몇몇 궁궐 사람들이 고함을 질렀다.

"배화교도 같으니라구!"

"너는 우리 신자들에게는 적이야. 우리가 하나로 연대를 하든 아니든 네놈과 무슨 상관이란 말이냐. 너는 배화교도가 아니더냐?"

그러나 휴소는 뒤에서 하는 말을 듣지 못했다.

평원에 있는 사람들은 시내로 나가고, 또 아랫녘으로 내려갔다. 그들은 아으르 산에서 올 소식만을 기다리고 있었다. 벌써부터 몇몇은 기다리다가 지쳐서 마을로 돌아간 사람도 있었다. 시간이 지날수록 사람들은 지루해서 마을로 돌아간 사람이 늘었고, 가려고 준비하는 사람들도 많았다. 기다림과 분노 때문에 남은 사람이 별로 없었다.

다시 저녁이 되었다. 어둠이 깔렸다. 사람들이 웅웅대는 소리가 땅 밑에서 들려오는 것처럼 깊고 커져만 갔다. 몇몇 사람들은 가끔씩 궁금증을 못 이기고 고개를 빼 들어 아으르 산 언덕을 바라보기도 했다. 마흐뭇 제후도 삼십 분, 한 시간 간격으로 창문가로 다가가 아으르 산 꼭대기를 쳐다보았다. 단 한 사람, 휴소만이 산꼭대기에서 줄곧 눈을 떼지 않았다.

'내가 그에게 손쓸 방법을 알려주었는데…… 아으르 산이 그를 붙들어놓지 않을 것이다. 다시 돌려보낼 거야. 불꽃과 예언자들의 사랑과 헌신으로 아으르 산은 아흐멧을 우리에게 돌려보낼 거야.'

오늘은 나흘째 되는 밤이다. 갑자기 휴소의 고함소리가 온 밤을 뒤흔들었다. 이어 공이 터지는 것 같은 소리가 아으르 산에서 메아리쳤다. 산이 떨렸다. 저 멀리 대저택 쪽에서도 공 터지는 소리가 났다. 모두 아으르 산 꼭대기를 쳐다보았다. 꼭대기에서 가느다란 불꽃이 올라오고 있었다. 꺼지는 듯하더니 다시 불길이 솟아올랐다. 그리고 다시 꺼져 들어갔다.

웅웅거리는 사람들 말소리는 기쁨으로 변했다. 기쁨의 소리가 밤을 뒤흔들었다. 사람들은 북을 치고 나팔을 불었다. 젊은 여자들과 남자들은 춤을 추었다. 큰 축제가 시작되었다.

마흐뭇 제후가 물었다.

"아으르 산이 아흐멧을 잡아먹지 않았으니 어찌 된 일이지?"

이스마일 책사가 대답했다.

"아흐멧은 아으르 산이 보낸 사람입니다. 아으르 산도 어찌 못하지요."

마흐뭇 제후가 고함쳤다.

"거짓말도 유분수지. 뭔가 숨겨진 게 있어."

아침이 되자 땀에 범벅이 된 아흐멧이 돌아왔다. 아흐멧은 궁 문 앞에 말을 세웠다. 사람들이 그를 에워쌌다. 사람들에 둘러싸여 그는 궁 안으로 들어갈 수가 없었다. 사람들이 휴소의 대장간으로 그를 데리고 갔다. 아흐멧은 휴소의 손에 입을 맞추었다.

"사도들이 자네를 도와준 거야. 언제나 사도들의 은총이 자네와 함께 하길 빌겠네."

휴소는 불꽃을 훑으며 아흐멧을 축복해주었다.

귈바하르도 한 구석에서 그를 지켜보았다. 아흐멧은 그녀에게 눈길 한 번 주지 않았다. 귈바하르는 아흐멧의 태도에 마음이 상했다. 그녀는 아무 말도 하지 않았다. 이러려고 했던 것인가? 이럴 거면 이 남자는 왜 목숨까지 걸어가면서 산꼭대기까지 기를 쓰고 올라갔단 말인가? 귈바하르는 이해하려고 애를 써보았다. 그러자 마음속의 사랑이 다시 샘물처럼 솟구쳐 올랐다.

귈바하르는 아흐멧을 따라 밖으로 나왔다.

"가요."

아흐멧도 대답했다.

"갑시다."

두 사람은 궁궐로 가지 않았다. 사람들에게도 눈길 한 번 주지 않았다. 두 사람을 위해서 준비된 혼례식도 보지 못했다. 케르반 주술사의 손에 입을 맞추러 가지도 않았다. 그들은 말을 타고 산으로 들어갔다.

아으르 산 골짜기에는 호수가 하나 있었다. 타작 멍석만 한 호수였다. 호수는 투명하고 맑았다. 수많은 목동들은 동이 트기도 전에 호수로 모여들었고, 그들은 호숫가의 붉은 바윗돌 위, 천년이나 된 사랑이 녹아든 흙 위에 모여 앉았다. 그리고 언제나 같은 곡을 연주했다. 저녁이 되면 하얀 새가 날아들었다. 작은 새였다. 새는 날개 한 쪽을 맑은 물에 빠뜨리고는 날아서 돌아가곤 했다. 그 뒤로 커다란 말 그림자가 호수에 드리워졌다. 말 그림자는 오자마자 사라졌다. 해지기가 무섭게 목동들은 일제히 연주를 멈추고 아으르 산의 어둠 속으로 흩어져 사라졌다.

두 사람은 쿱 호숫가 동굴 앞으로 말 머리를 돌렸다. 동굴 위 평지와 아래쪽 골짜기에는 천막들이 쳐져 있었다. 천막들의 꺼져가는 불빛들이 아으르 산에 흩어지듯 가물거렸다. 사방에는 진하고 독한, 머리가 돌 것 같은 냄새가 퍼지고 있었다. 가을의 모든 향기는 강렬한 냄새였다. 들사과가 썩는 냄새 같았다. 말라버린 풀과 햇볕에 타버린 꽃들은 뭉툭하고 둔한 소리를 내며 바스락거렸다. 두 사람은 말을 나무 밑둥에 묶어놓았다. 아흐멧은 성냥을 몇 번 그어서 불을 피웠다. 귈바하르는 여기저기에 흩어져 있는 마른 나뭇가지를 주워 모았다. 그들은 불가에 마주보고 앉았다. 아흐멧이 자루에서 빵과 냄새가 진한 연두색 치즈를 꺼내 놓았다. 두사람은 마주보고 먹었다. 아무 말도 하지 않았고, 서로 얼굴도 쳐다보지 않았다. 불이 꺼져가자 귈바하르가 나가서 나뭇가지를 한 아름 품에 안고 돌아왔다. 연기 때문에 눈이 매웠지만 두 사람은 아무것도 느끼지 못했다.

멀리 있는 골짜기에서 산을 휘감는 소리가 들려오고 있었다. 수백 개 눈덩이가 갑자기 터지는 소리 같았다. 이것은 산꼭대기에 있는 커다란 얼음 조각이 아래로 떨어지면서 나는 소리였다. 소리는 갈수록 커졌다. 아으르 산에는 어느 계절이고 산만큼 커다란 얼음이 굴러 떨어진다. 소리는 갈수록 크게 메아리쳤다.

귈바하르는 얼굴을 무릎 사이에 묻고 몸을 웅크렸다. 두렵기도 하고, 속상하기도 해서 어쩔 줄을 몰랐다. 밖에는 폭풍우가 불었다. 폭풍우는 시작됐나 했더니 금세 끝나버렸다. 매서운 바람이 불었다. 그러더니 또 어느새 날씨가 풀렸다. 한밤중이 지났다. 그렇게 두 사람은 마주 보고 앉아만 있었다. 타오르는 불꽃만을 바라보면서 그렇게 시간을 보냈다.

아무도 입을 떼지 않았다.

귈바하르의 마음속에 분노가 치밀기 시작했다. 사랑이 깊은 것만큼 분노도 크기만 했다. 그녀가 갑자기 폭발했다.

"아흐멧, 말해봐요. 마음속에 무슨 생각을 하고 있는지 시원하게 말해봐요."

아흐멧의 커다란 두 눈이 놀라서 더욱 커졌다. 귈바하르도 아흐멧의 흠칫 놀라는 표정을 놓치지 않았다. 몇 년 만에 그녀를 처음 보는 것이라도 되는 그런 표정이었다. 예전에 알았던 사람을 기억하려고 애쓰는 얼굴 같았다.

아흐멧은 무슨 말을 해야 할지 몰랐다. 귈바하르는 불꽃 같기만 했다. 뭔가 반드시 대답을 해야 할 것 같았다. 아흐멧의 두 눈이 귈바하르의 얼굴에 꽂혔다. 한참을 그렇게 바라보더니 어렵게 기어들어가는 목소리로 말했다.

"나를 어떻게 구한 거요, 귈바하르? 메모에게 무엇을 주었길래 내 목숨과 바꿀 수 있었냐구요. 메모가 도대체 왜 자기 목숨과 내 목숨을 맞바꾸었는지 이해가 안돼요. 메모가 나를 풀어줄 때 자기가 죽을 거라는 사실을 몰랐단 말인가요? 말해봐요. 그걸 알았는지, 몰랐는지."

아흐멧은 말을 멈추었다. 두 눈으로 귈바하르를 쏘아보면서 그녀의 대답을 기다렸다.

귈바하르가 대답했다.

"알고 있었어요. 세상의 그 어떤 교도관이 죄수를 풀어주면서 자기 목숨을 건질 수 있다고 생각했겠어요? 세상의 어떤 나라에서도 있을 수 없는 일이지요. 메모도 그걸 알고 있었구요. 그래서 성탑 밑으로 몸을 던진 거지요."

"금덩이라도 주었나 보죠? 목숨까지 바친 걸 보면?"

"아니에요."

"궁전이라도 하사했으니 목숨을 준 것 아닌가요?"

"아니에요."

"그럼, 뭘 준 거죠? 궐바하르. 대가로 무엇을 주고 내 목숨을 얻은 거지요? 그 사람과 내 목숨을 어떻게 맞바꾼 거예요?"

"아흐멧, 아무것도 준 게 없어요. 그 사람은 아무것도 원한 게 없다구요."

"그러고도 날 구해주었다?"

궐바하르가 말을 잘랐다.

"저도 말했죠. 원하는 건 뭐든지 다 줄 테니 당신 목숨만 구해달라구요. 근데 아무것도 요구하지 않았어요."

"당신이 원하는 건 뭐든지 주겠다고 했다구요? 그래요?"

"그래요. 그렇지만 메모는 아무것도 원하지 않았어요."

두 사람은 입을 다물었다.

불꽃이 서서히 꺼져가고 있었다. 이제 모든 것이 끝난 것이다. 궐바하르는 무슨 말을 하는지 알 것 같았다.

아흐멧이 일어났다. 말 위에 있는 비옷을 가져와 땅에 깔았다. 냄새가 독한 아으르 산 빗자루풀로 베개를 만들었다. 칼을 칼집에서 빼내 가운데에 꽂았다. 칼날이 꺼져가는 불꽃 때문에 번들거렸다. 아흐멧이 돌아눕더니 비옷을 몸 위에 덮었다.

궐바하르는 밖으로 나갔다. 한 아름 마른 나뭇가지와 건초를 안아왔다. 불길이 커졌다. 그녀는 아흐멧의 얼굴을 연민에 젖은 눈빛으로 황홀한 듯 오래오래 바라보았다. 바라볼수록 그녀의 사랑과 연민은 더욱 커져만 갔다. 그러나 그녀의 마음에 절망감이 고개를 들었다. 모든 것이, 이제 모든 것이 끝이 났다…… 그녀는 무섭도록 아픈 고통을 느꼈다. 참을 수가 없었다. 이제 어떻게 해야 하나? 어디로 가서 누구를 의지해야 하나? 그녀의 사랑은 뼛속까지 채워져 있었다. 진심으로 아흐멧을 사랑했었는데…… 그랬더라면 죽음도 감수해야 했었다. 메모를 끌어들이지 말고……

그녀는 비틀비틀 밖으로 나갔다. 별들이 흩어지고 있었다. 하나가 떨어지면 또 하나가 아으르 산으로 떨어졌다. 아으르 산은 별들과 함께 혼돈에 빠졌다. 귈바하르가 비틀거리며 나뭇가지를 한 아름 안고 안으로 돌아왔다. 불길이 치솟았다. 아흐멧의 얼굴이 아름답게 보였다. 더욱 사랑스러워 보였다. 아흐멧은 자고 있는 걸까? 내 사랑을 느끼고 있는 걸까? 시체처럼 피곤한 걸까? 귈바하르는 숨이 막힐 것만 같았다…… 바라볼수록 아흐멧이 사랑스럽게 느껴졌다. 불길이 커지더니 환하게 밝아왔다. 귈바하르는 바닥에 쓰러져 몸을 웅크렸다. 세상이 빙글빙글 돌고, 동굴 안의 바위들이 무시무시한 비명을 질렀다. 별들이 서로 엇갈리게 날고 세상이 흔들거렸다. 세상이 끝난 듯했다.

귈바하르는 갑자기 어둠 속으로 빨려들어갔다. 어둠 속에서 아흐멧의 얼굴을 순간적으로 보았을 뿐이었다. 귈바하르의 한 손이 칼을 움켜쥐었다. 칼은 갑자기 여기저기를 내리그었다. 그 행위는 팔이 아프다는 생각이 들 때까지 계속되었다.

그녀가 눈을 떴을 때는 날이 밝아오고 있었다. 온화한 날씨, 독한 냄새가 사방으로 흩어지고 있었다. 귈바하르는 빛이 쏟아지는 저 앞 바위 위에 반쯤 어둠에 가려진 채 누워 있는 아흐멧을 보았다. 그녀는 아흐멧에게 뛰어갔다.

"아흐멧, 아흐멧, 아흐멧, 가지 말아요…… 아흐멧, 아흐멧, 아흐멧!"

아으르 산이 온통 그녀의 목소리로 메아리쳤다. 그녀의 비명소리가 저 멀리 마을까지 들렸다. 산도 그녀의 울부짖는 소리에 몸을 움츠렸다.

귈바하르가 다가갈수록 아흐멧은 그녀에게서 멀어져갔다. 귈바하르가 멈추면 그도 멈추고 그녀가 다가가면 그는 멀어졌다. 이렇게 그들은 큅 호수에 이르렀다. 궐바하르는 거기서 그만 아흐멧을 잃어버렸다. 얼굴을 두 손으로 감싸고 큅 호수의 황토 위에 앉아 투명하고 맑은 물만 하염없이 바라볼 뿐이었다.

그날 이후 큅 호수를 지나는 사람들은 삼단처럼 검은 긴 머리를 등 뒤로 늘어뜨리고 두 손으로 얼굴을 감싼 채 호숫가에 앉아, 투명한 물만 내려다보고 있는 궐바하르를 볼 수 있었다. 가끔씩 물 위로 아흐멧의 얼굴이 눈에 비칠 때마다 궐바하르는 팔을 벌리고 아흐멧에게로 뛰어갔다. "아흐멧, 아흐멧." 그녀의 절규는 온 산에 메아리쳤다. "아흐멧, 아흐멧! 당신도 내 입장이었다면 나처럼 할 수밖에 없었을 거예요. 이제 그만 해요. 그만 하고 돌아와요. 아흐멧, 아흐멧!"

호수가 따뜻해지면 아흐멧도 사라졌다. 그러면 궐바하르도 따라서 사라져버리고, 대신 작고 하얀 새 한 마리가 날아와 날개를 물에 적셨다. 이어서 커다랗고 시커먼 말 그림자가 호수를 잠시 덮었다 사라졌다.

봄꽃이 만발하고 세상이 노래를 부를 때면 목동들이 사방에서 모여들었다. 목동들은 나비를 황토에 흩뿌리며 천년이나 된 사랑의 땅 위에 걸터앉았다. 먼동이 터 오를 때면 허리춤에서 피리를 꺼내 아으르 산의 분노를, 사랑을 불기 시작했다. 날이 저물면 하얀 새가 날아들었다······

■ 작품 해설

저항과 투쟁으로서의 글쓰기
── 세계적인 터키 국민 작가 야샤르 케말

　제3세계에 대한 관심이 높아지면서, 국내에도 벌써 터키 작가가 여러 명 소개되었다. 그러나 몇몇 터키 현대 작가들을 만나는 것만으로 터키를 느끼기란 쉽지 않은 일이다. 터키를 방문해 보면, 터키인들이 한국에 갖는 끈끈한 애정 때문에 놀라게 된다. 터키에서는 어디를 가도 한국전쟁을 몸으로, 가슴으로 기억하는 사람들을 쉽사리 만날 수 있기 때문이다. 역사학자 토인비는 터키를 살아 있는 박물관이라 하였다. 그만큼 터키 구석구석에는 온갖 문명의 발자취가 남겨져 있고, 지구상에 문명이 생긴 이래 수많은 문화와 종족의 무대가 되었다. 수천 년 전의 수메르, 히타이트 문명을 비롯하여 그리스-로마 문명, 비잔틴 문명, 이슬람 문명에 이르기까지 터키는 그야말로 살아 있는 역사 그 자체라고 할 수 있다. 그러나 이러한 생생한 역사적 현장에도 불구하고 진정한 터키적 가치를 발견해내기란 쉽지 않다.

　터키적 가치를 찾아내기 위해 우리가 반드시 만나야 하는 작가가 바로 야샤르 케말이다. 야샤르 케말이야말로 가장 터키적이며, 가장 세계적인 작가라고 할 수 있기 때문이다. 야샤르 케말은 또한 한국 문학의 위상을 짚어내기 위해 국내 연구자들이 주목해야 하는 작가이기도 하다. 그는 한국 독자들에게는 아직 낯설지만, 서구 유럽에서는 매우 잘 알려진 작가이다. 1987년 노벨문학상 후보에 올랐던 야샤르 케말은 터키 문단의 중심에 서 있다고 해도 과언이 아닐 만큼 터키 현대 문학에 굵은 한 획을 그었다.

야샤르 케말의 작품 세계는 크게 두 단어, '휴머니즘'과 '리얼리즘'으로 요약될 수 있을 것이다. 언제나 소외된 주변부 사람들을 주목하는 작가의 시선은 소수민족, 여성, 가난한 소시민, 도시 빈민 들에게 향해 있고, 서구화를 통해 잃어버린 전통과 가치 회복을 위해 많은 민속학 자료들이 동원된다. 야샤르 케말이 가장 터키적이며, 가장 세계적인 이유도 바로 여기에 있다. 그러나 야샤르 케말의 관심이 전통과 민족 문화의 복원에만 고정되어 있는 것은 아니다. '전통'보다는 '보편적이며 인간적인 가치'에 작가의 무게 중심이 놓인다. 그에게는 전통과 구습보다는 인간에 대한 사랑이 우주적 가치이다.

1

구습의 청산과 비판을 주제로 한 작품 가운데 「독사를 죽였어야 했는데 Yılanı Öldürseler」는 터키 동부 지방을 비롯하여 중동 Middle East을 포함한 이슬람 문화권에 계승되고 있는 명예살인(피의 복수)을 주제로 한 작품이다. 갖은 고생과 고학이라는 험난한 인생 여정을 통해 작가로 성장할 수 있었던 야샤르 케말은 어린 시절 피의 복수 때문에 아버지를 잃었다. 피의 복수, 즉 명예살인은 대부분의 문화권에서는 이미 오래전에 소멸되었지만 유목민으로서 오랜 세월 혈연공동체적 삶을 살아온 많은 이슬람 문화권 국가에서는 아직도 면면히 세습되고 있는 풍습이다. 야샤르 케말은 「독사를 죽였어야 했는데」에서 피의 복수의 가혹한 종말이 무엇인지를 희생양이 되었던 한 여성의 삶을 통해 보여준다.

여기에서 주목해야 할 것은 명예살인의 성별화된 정치학이다. 유지되어야 하는 것은 어디까지나 남성의 명예이며, 가문의 명예이다. 혈통과 가문은 남성만의 것이므로, 재생산의 도구에 불과한 여성의 몸은 교환의 대상에 지나지 않다. 여성은 가문의 영토이며, 남성의 영토이다. 그러므로 남성의 영토인 여성의 몸에 침입자가 있다면, 그것은 곧 남성 주체와 가문에 대한 명예 훼손으로 치부된다.

아내나 누이가 성폭행을 당하거나, 혹은 혼외 성관계가 발각되는 경우 아내나 누이는 명예살인의 대상이 된다. 곧바로 아버지나 오빠, 남편이 처벌의 임무를 수행한다. 이때 명예살인으로 여성들이 처벌당하는 것은 '당연'하고 마땅한 결과이다. 국가 권력은 여성들의 처형을 집행한 살인자 남성을 그다지 통제하지 않는다. 결과적으로 명예살인, 피의 복수가 여성의 몸과 섹슈얼리티를 통제하는 강력한 수단으로 활용되고 있는 것이 명백한 현실이다.

명예살인의 부조리를 고발하는 소설 「독사를 죽였어야 했는데」는 야샤르 케말이 1950년대에 코잔Kozan 교도소에 수감되었을 때에 만났던 한 소년이 겪었던 실화이다. 이 작품은 1976년 일간지 『줌후리에트*Cumhuriyet*』 신문에 연재되었다가, 같은 해 단행본으로 출판되었다. 작품이 출판된 이후 1982년에는 투르칸 소라이Turkan Soray 감독에 의해 영화로, 그리고 1983년 파리에서는 마리아닉 레빌론Marianik Revillion의 각색에 의해 연극으로 재탄생하기도 했을 정도로 터키와 유럽 여러 지역에서 인기가 높았다.

이 작품이 여러 장르를 넘나들며 각색되고, 세계적으로 널리 알려진 이유는 치밀한 심리 묘사와 추진력 있는 전개, 날카로운 사회 고발적 요소를 포함한 드라마틱한 내용 때문일 것이다. 여기에는 두 가지 서사가 얽혀 있다. 소설은 작가와 아이와의 만남에서 비롯되지만 아이의 이야기가 내부를 채우는 액자 소설이다. 소설은 얽혀 있는 실타래를 푸는 듯한 느낌으로 추진력 있게 전개된다.

야샤르 케말은 1962년 발표한「아나톨리아 아이들」이란 글에서 이 작품을 쓰게 된 계기를 다음과 같이 회상한다.

> 코잔 교도소에 있을 때였지요. 어느 날 열두 살쯤 되어 보이는 한 소년이 들어왔는데, 사고로 자기 엄마를 죽였다고 하더군요. 사냥총으로 쏘았다는 거예요. 3개월 정도 같이 있었는데, 친구처럼 지낼 수 있었어요. 그 애는 입에 자물쇠라도 달아놓은 것처럼 3개월 동안 입도 벙긋 안 했지요. 잠도 한숨 못 자는 것 같았어요. 신경은 또 얼마나 예민한지…… 그래도 나한테는 아무도 없을 때면 자기 얘기를 털어놓더군요. 그런데 알고 보니 어머니를 죽인 게 실수가 아니더군요. 사고가 아니라 그야말로 '살인 사건'이었어요……!

야샤르 케말은 교도소에서 만난 아이가 겪은 사연을 글로 옮긴다. 소설의 시작은 하산의 동네에서 시작되지만 하산과 작가와의 만남이 궁극적인 소설의 발단이다. 주변 사람들과 가족들의 압력에 시달린 나머지 어머니를 활활 타오르는 아궁이로 몰아넣고 총부리를 겨눌 수밖에 없었던 아이의 복잡한 심정과 처절한 가족사, 그리고 사람들의 질투와 증오가 간결한 문체로 생동감 있게 그려진다.

문제의 복수극은 하산의 아버지 할릴Halil이 어머니 에스메Esme를 납치해 오는데서 시작된다. 터키에는 마음에 드는 여성을 강제로 납치해도 결혼으로 인정받는 납치혼(크즈 카츠르마, Kızçırma) 풍습이 남아 있다. 이는 오랜 역사 동안 도전과 약탈로 다져진 호전적 유목 문화의 잔재이다.

에스메에게는 사랑하는 사람이 있었다. 그러나 어느 날 그녀의 사랑과 행복은 산산조각이 나버리고 만다. 에스메에게 눈독을 들이고 있던 할릴 때문이다. 마을에서 나름대로 부와 용맹으로 인정받던 할릴은 여러 차례 에스메에게 청혼을 했지만 번번이 거절당한다. 그러자 그녀를 납치해서 강제로 신부로 삼는다. 어느 날 에스메가 사랑하던 압바스는 총을 들고 찾아와 할릴을 살해하게 되고, 급기야 피의 복수가 시작되고 만다.

이 소설에서 가장 중요한 부분은 하산이 살인을 저지르기까지의 사회적, 심리적 배경이다. 아버지 할릴이 죽고, 압바스도 처벌을 받았지만 주변 사람들로부터 받는 냉대와 소외감은 조금씩 하산의 목을 조이고 있었다. 어린 하산이 감당하기에 이 모든 것은 너무도 크고 무거웠다. 그것은 언제 터질지 모르는 화약고를 가슴에 품고 있는 것이기도 했다. 도저히 풀리지 못할 저주의 사슬…… 그 사슬 속에서 하산은 살고 또 견뎌야 했던 것이다.

하산은 극도의 소외감 속에서 할머니, 삼촌 그리고 마을 사람들의 숨통을 조여 오는 심리적 압박 때문에 출구를 찾게 된다. 하산은 무의식적으로 어머니의 죽음이 준비되고 있다는 것을 알고 있었고, 더 이상은 빠져나갈 구멍이 없다는 것도 알고 있었다. 그러던 어느 날, 그의 무의식은 현실이 된다. 하산이 어머니를 살해하고 '피의 복수'의 소임을 다한 것이다.

대부분의 중동 국가들은 굳건한 친족 중심 체제를 유지하고 있다. 혈연공동체는 동시에 경제적, 정치적 공동체의 성격을 갖는다. 하산과 에스메가 살고 있는 마을도 이러한 혈연 관계를 중심으로 이루어진 마을이다. 봉건적인 구조 안에서 혈연은 너무도 강력한 응집력이며, 가부장적 권력

구도는 숨이 막힐 정도로 폐쇄적이다. 그러므로 세대를 통해 대물림되는 것은 재산만이 아니다. 명예나 복수심도 대를 물려 전승되는 중요한 가치이다. 가족과 가문에 속한 것이기 때문이다.

증오와 질투는 폐쇄된 사회와 닫힌회로 안에서 출구를 찾지 못할 때, 비극적인 살인으로 끝나게 되며 할릴의 아내 에스메가 희생양이 된다. 에스메가 할릴이 아닌 압바스를 사랑하고 만남을 지속했다는 사실은 명예죄의 처벌 대상이 되기 때문이다. 게다가 그녀의 아름다움에 대한 질투심과 파괴 욕망이 가세한다. 궁극적인 피의 복수는 에스메를 살해함으로써 종결될 수 있는 것이다. 젠더화된 명예살인은 희생양인 여성들을 처벌해야 할 마녀로 만든다. 에스메는 할릴 때문에 행복을 도둑맞은 피해자였다. 그러나 마을 사람들과 할릴의 가족의 눈에 그녀는 할릴을 살해한 장본인으로 비쳐질 뿐이었다. 여기에서 그녀의 행복 추구권 따위는 중요하지 않다. 정당한 심판자도 없다. 그녀는 거대하고 철통 같은 남성 중심적 혈연 구도 안에서 철저한 '외부인'이었으므로 그녀를 지켜줄 수 있는 사람은 단 하나 아들 하산밖에 없었다. 그러나 아들은 패륜의 주역으로 길러진다.

가부장제의 구도 안에서 남편이 없는 아름다운 여자는 소멸되고 소비되어야 하는 존재이며, 단두대의 처벌을 기다리는 버림받은 '마녀'가 된다. '마녀'에게 사람들은 '창녀'의 옷을 입힌다. 소문은 사람들의 입에서 입으로 회자되어 그녀의 죽음은 그렇게 준비된다.

에스메의 죽음을 구체화시키는 것은 할릴의 유일한 혈통인 아들 하산의 몫이자 의무이다. 하산에게는 어려서부터 어머니에 대한 증오심이 주입되고, 분노하도록 길들여지며, 조상 대대로 내려오는 장총이 쥐어진다. 이로써 피의 복수라는 의무 수행을 위한 모든 작업이 완결된다. 마지막 남은 것은 그 총의 방아쇠를 당기는 일뿐이다. 하산은 이렇게 가업을 청산할

전사(戰士)로 길러진다.

하산의 거부와 질긴 버팀은 오래 가지 못한다. 하산도 역시 창녀가 된 어머니를 용납하지 못한다. 그의 자존심을 지켜주는 것은 어머니가 재혼하기를 거부하고 '홀로 자기를 위해 살고 있다는 것'이었으므로 어머니와 아들의 끈을 지켜주는 고리를 놓치고 만다. 하산은 어머니가 다른 남자와 있는 환상을 보게 되고 살인 유혹에서 벗어나지 못한다. 하산의 살인은 어린아이가 일으킨 사고로 처리되며, 천륜을 역행한 피의 복수는 사람들의 침묵 속에 전설이 되어 떠돌게 된다.

2

두번째 소설 「아으르 산의 신화 Ağrıdağı Efsanesi」는 오스만 제국 말기 쿠르드족에게 동화 정책을 강제 집행하던 오스만 제국과 쿠르드족의 갈등을 풍자한 작품이다.

쿠르드족은 인구가 2200만 명에 달하는 세계 최대 소수민족이다. 그러나 역사적으로 단 한 번도 독립 국가를 형성하지 못하였기 때문에 다른 민족의 지배를 받으며 설움을 당하고 있다. 현재는 시리아, 이라크, 이란, 터키, 러시아에 퍼져서 살고 있으며 대부분이 산악지대이므로 반농 반목 생활로 삶을 영위하고 있다. 그 중에 약 절반 가량인 천만 명 정도는 터키 영토에 거주하고 있다. 그런데 이들은 오스만 제국에 이어 터키 공화국에 이르기까지 일관되게 시행된 철저한 쿠르드족 동화 정책으로 인해서 민족적 정체성 자체가 흔들리고 있는 상황이다.

대부분이 험난한 산악지대에서 살고 있고, 목축이나 유목으로 생활을 영위해나가기 때문에 이러한 지형적인 한계를 극복하고 조직적인 정치 통합을 이룩한다는 것은 결코 쉬운 일이 아니다. 따라서 중앙 정부에 완전히 복속되거나 부족 자치를 인정받는 방법을 통해서만 겨우 민족의 정체성을 이어나갈 수 있었다. 그러나 19세기 말부터 중앙 정부의 권한을 강화하여 서구 제국주의의 침입에 대항하고자 하였던 오스만 제국은 소수민족 쿠르드족의 완전한 동화 정책을 감행하게 된다. 이에 대해 민족적 권리를 주장하려는 쿠르드인들의 견고하고 조직적인 반란은 계속된다.

급기야 오스만 제국이 멸망하고 1920년 세브르Sevres 조약에 의해 쿠르디스탄 지역의 포괄적 자치가 보장되기에 이르렀다. 그러나 쿠르드인의 자치와 독립에 관련된 세브르 조약의 조항들은 결국 이행되지 않았다. 영국은 세브르 조약을 철회하였으며, 터키의 무스타파 케말 장군이 지휘하는 독립전쟁에 의해 1923년 로잔Lausanne 조약이 새로이 체결되었기 때문이다. 이 조약에서는 쿠르드족의 민족 문제는 아예 언급되지도 않았다. 뿐만 아니라 그 이후 쿠르드인이 살고 있는 지역은 터키, 이란, 이라크, 시리아, 소련 등으로 분할 구획되는 참상으로 이어졌다.

이때부터 오랫동안 잠재되어 있던 쿠르드인의 민족주의 화약고에 불이 붙여졌다. 특히 터키의 쿠르드인들은 공화정 출범 이후 중앙 정부에 대해 맹렬한 저항 운동을 펼치게 되었다. 이들은 크게 두 가지 측면에서 초대 대통령 무스타파 케말 아타튀르크에게 적대적인 태도를 취했다. 첫번째는, 쿠르드인의 존재가 무시된 공화국 선포에 대한 반발이었고, 두번째는 그가 지향하는 비종교적 세속주의에 대한 저항이었다. 독실한 순니파 무슬림들이 절대 다수인 터키의 쿠르드인들은 세속주의를 받아들일 수 없었던 것이다.

터키 당국은 쿠르드족에게 '쿠르드 정체성의 부정과 터키화' 정책을 지속시키고 있다. 쿠르드인의 민속 의상이 금지되고 쿠르드어 저술과 출판, 방송은 철저히 봉쇄되어 있다. 이와 더불어 쿠르드인을 가장 절망에 빠뜨리고 있는 것은 경제적 불균형이다. 쿠르드인이 살고 있는 지역은 터키에서도 가장 낙후된 지역이며, 병원이나 의료 시설도 턱없이 부족한 곳이 대부분이다.

쿠르드인의 민족 해방 운동에 대한 강력한 탄압이 지속되는 상황에서 쿠르드인의 저항 운동에 대해서 언급한다는 것은 정치적으로 매우 민감한 문제이며, 경우에 따라서는 신변의 위협을 초래할 수도 있다. 그래서 특히 쿠르드 역사나 문화에 대한 연구는 극히 미미한 수준일 수밖에 없었다. 1970년대까지 터키=쿠르드 통합 이론에 저촉되는 저술의 출판은 전면적으로 금지되어 있었기 때문이다.

쿠르드족은 터키에서는 존재하지만 존재하지 않는 듯 살아야 한다. 존재하지 않는 쿠르드족에 대해 언급하는 것 또한 목숨을 담보로 한 행위이다. 이러한 삼엄한 분위기 속에서 야샤르 케말은 타자로만 역사 속에 존재했던 소수민족 쿠르드족의 현실을 설화 형식과 알레고리를 통해 세상에 드러낸다. 동시에 쿠르드인의 민속을 소재화함으로써 소멸되어 가는 그들의 민족문화를 복원하고자 했다. 『아으르 산의 신화』는 야샤르 케말 작품 중에서 가장 많은 외국어로 번역되었다. 이 작품에 전 세계가 주목했던 이유는 이면에 깔린 야샤르 케말의 정치적 의도와 작가 정신을 읽어냈기 때문일 것이다.

아으르 산의 영어명칭은 '아라라트'이다. 아라라트는 '노아의 방주'로 유명한 산이다. 터키 동부지방에 있는 이 산은 세계에서 몇 안 되는 높고 영험한 산이다. 그 기운이 신령스럽기로 유명해서 아으르 산에는 예로부터 여러 가지 신화나 전설 등이 역사와 함께 전해져오기도 한다. 이 작품에서 아으르 산은 쿠르드인들의 생활 공간이며, 산사람들의 풍습과 민속이 어우러져 이스탄불이라는 막강한 중앙정부 도시 권력, 오스만 제국과 대결하는 공간이다.

막강한 권력을 이용하여 제멋대로 폭정을 휘두르며 그 지방의 풍습이나 문화를 부정하는 마흐뭇 제후와 아흐멧을 비롯한 아으르 산 사람들의 대결 구도는 터키 정부와 쿠르드족과의 갈등을 보여주는 알레고리이다. 마흐뭇 제후는 오스만 제국 지배 세력을 대표하는 자로서 아으르 지방의 풍습을 전면 무시하고 횡포를 일삼는다. 게다가 신심이 강한 이슬람교도인 쿠르드족의 종교 행위를 인정하지 않는 무신론자이다. 이는 오스만 제국이 쿠르드인의 민족정체성을 말살하고 동화 정책을 감행하는 것, 이슬람을 부정하고 세속화 정책을 썼던 것 등을 풍자한 것이다.

마흐뭇 제후의 손에 우습게 제압될 줄만 알았던 아흐멧과 아으르 산 사람들의 저항은 끈질기고도 강력하다. 이는 쿠르드족의 저항과 생명력을 보여준다. 그들의 투쟁과 저항은 짓밟히고 짓밟혀도 또 다시 살아나기를 반복하는 들풀과도 같은 생명력을 지녔다. 그런데 강자와 약자의 대립 구도에는 언제나 기회주의자들이 동원된다. 마흐뭇 제후의 횡포를 부정하면서도 신변의 안전을 위해서 마흐뭇 제후를 돕는 일부 쿠르드 호족들이 그들이다.

아으르 산에 전설이 되어 회자되는 아흐멧과 궐바하르의 사랑 이야기는 마흐뭇 제후와 아으르 산 사람들의 분쟁에 도화선이 되기도 하지만 결국에는 문제를 해결하는 실마리를 제공한다. 아흐멧과 궐바하르의 절절한 사랑으로 인해 결국 마흐뭇 제후와 아으르 산 사람들은 화합의 물꼬를 틀 수 있었다. 두 사람은 갖은 역경을 딛고 사랑을 이루어낸다. 그러나 궐바하르를 사랑했던 메모의 헌신 때문에 아흐멧은 결국 궐바하르의 사랑을 저

버리게 된다. 귈바하르의 순결과 정조를 의심한 아흐멧의 어리석음으로 인해 그들의 사랑은 물거품이 되어버리는 것이다. 마흐뭇 제후와 아흐멧의 갈등 사이에서 화해와 중재를 위해 노력한 귈바하르에게 아흐멧은 성적인 잣대를 들이댄다. 이로 인해 두 사람의 사랑은 비극적 전설이 된다. 여성이 가부장제 사회에서 영웅으로 탄생하기 위해서는 남성 권력의 섹슈얼리티 통제를 받아들여야만 한다는 삼엄한 교훈을 보여주는 대목이다.

3

    터키 문학은 물론이고 제3세계 문학에 대한 이해가 국내 지성계에 생겨난 것은 그리 오래되지 않은 일이다. 터키로 유학을 떠날 당시만 해도 국내 지성계는 터키 문학이나 제3세계 문학에 대한 이해가 전무한 상태였다. 터키 유학은 많은 사람들의 냉소를 감당해야 했다. 뿐만 아니라 평범한 여자로 살아주길 바라는 부모님의 만류를 극복해야 하는 용기도 필요로 했다. 나를 둘러싼 제3세계적 상황 때문에 떠나기까지 쉽지 않은 여러 가지 우여곡절이 있었지만 운명은 터키와 인연을 맺어주었다.
    나는 터키라는 머나먼 낯선 나라에서 이방인으로 살면서, 오랜 시간 갇혀 있던 '나'에서 빠져나와 인생을 배울 수 있었다. 터키라는 이국적인 공간은 나와 주변을, 그리고 한국을 비추어 볼 수 있게 하는 거울이 되어주었다. 더불어 세상을 알고자 하는 욕망과 갈증은 많은 곳을 여행하도록 이끌었다. 지금은 제국/비제국, 남성/여성, 부자/빈자 등의 힘의 역학관계 그리고 욕망이라는 주제에 대해서 탐구하고 있다. 권력과 소외가 존재하지 않는 세상에 대한 갈증 때문이다. 존재하는 것을 존재하는 것 그 자체로 받아들이고, 이 세상에서 모두가 더불어 사는 방식, 우주와 더불어 호흡하는 삶이란 무엇일까.

터키 유학이 끝나갈 즈음, 나는 영혼의 유배기를 맞이하게 되었다. 그 시간을 보내면서 산다는 것은 그저 그런 것이라는 생각을 하게 되었다. 세상은 좋기도 하고 나쁘기도 하며, 행복하기도 하고 불행하기도 하며, 아름답기도 추하기도 한 것이 공존하는 장(場)이라는 것을 받아들이게 된 것이다. 선이니, 악이니 하는 도덕적 기준이 얼마나 허구적인지 허탈감에 빠지기도 했다. 그러나 나는 아직도 인간에 대한 신뢰감을 잃지 않았다는 것에 안도감을 느낀다. 특히 그 땅에 대한 그리움을 고향에 대한 향수로 가슴속에 묻어둘 수 있는 넉넉함이 아직 내게 남겨져 있음에 고마움을 느낀다.

몇 년 전 부시 정권이 이라크를 침공하던 그날, 나는 버스 안에서 라디오를 통해 전쟁이 났다는 소식을 들었다. 그 소식을 듣고 창밖을 바라보는데 자꾸만 눈물이 났다. 뺨을 타고 흐르는 눈물을 훔치며 자신에게 물었다. 이 눈물의 정체는 무엇인가. 나중에서야 깨닫게 된 것이지만 그것은 생명에 대한 사랑이었다. 그 땅과 그 땅에 사는 사람들에 대한 사랑이었다.

이 지구상에서 전쟁은 곧 죽음을 의미한다. 살면서 죽음이라는 것을 겪지 않고 살 수 있는 사람이 있을까. 하루하루 살아가고 있다고 착각하며 죽어가는 인간 자체가 아이러니하기도 하지만, 죽음은 그 어느 누구에게라도 고통이며 슬픔이다. 전쟁은 크고 작은 여러 가지 형태로 존재한다. 전쟁은 권력이 작동하는 대표적인 방식이다.

아프가니스탄에서는 얼마 전에 서양 음악을 소개하는 여성 비디오자키가 부르카를 벗었다는 이유로 오빠에게 명예살인을 당했다. 전쟁은 집안과 가족 내부에 존재하는 폭력의 확장된 형태일 수 있다. 제국/비제국, 빈자/부자, 남성/여성의 모든 층위의 권력이 점철되는 소외의 최상급이 제3세계 여성의 몸이다. 세상에는 많은 권력관계가 존재한다. 권력의 층위가 무엇이든 가진 게 없는 자에게 삶은 고통이며 슬픔이다. 이것의 제3세계의 현실이다.

21세기도 테러와 전쟁으로 점철되고 있고, 지배와 종속이라는 지구촌 권력 지도는 더욱 더 굳건해지고 있다. 세상은 언제나 힘센 자의 것이었으니, 역사는 언제나 지배자의 담론에 불과하다. 소수자는 혀를 잘리고, 침묵을 강요당한다. 목소리를 잃은 숱한 절규와 아우성은 유령이 되어 떠돌고 있다.

야샤르 케말은 소수자의 눈으로 세상을 보고자 했던 작가이다. 제 3세계적 한계 상황에서 야샤르 케말의 글쓰기는 저항이며 고단한 투쟁의 과정이었다. 그렇다면 우리가 제3세계 문학을 읽는 것은 어떤 의미가 있는 것일까. 가난과 기아, 분쟁, 소외, 투쟁…… 치열하고 숨이 막히는 처절한 삶의 현장에서 권력과 지배의 그늘에 가려진 수많은 그림자들의 절규를 지켜보는 것을 의미할 것이다. 그러나 많은 사람들이 더 많은 것을 갖기 위해 수단과 방법을 가리지 않는 오늘, 투쟁의 현장에 남아 있기란 많은 용기를 필요로 한다.

야샤르 케말은 신화나 동화 같은 가벼움으로 처절한 현실과 절망을 재현해냈다. 그러나 가볍고 순수한 우화나 동화적 세계 속에 야샤르 케말의 피와 고통이 녹아 있는 것을 우리는 기억해야 한다. 제3세계 작가로서 리얼리즘을 실현하기에는 정치적 현실 장벽이 너무나 두터웠고, 지불해야 할 대가도 만만치 않았다. 어쩌면 동화적 요소 속에 가려진 해학은 야샤르 케말이 보내는 세상에 대한 희망의 메시지일지도 모른다. 우리는 야샤르 케말의 작품 속에서 몸을 태워 세상을 밝히는 촛불 같은 작가의 노력과 희망을 볼 수 있다.

제3세계 문학과 터키 문학을 공부하겠다고 훌쩍 터키로 떠난 후 많은 방황과 절망을 반복하다 만난 야샤르 케말은 단비와도 같았다. 그것은 어쩌면 내 마음속에 자리 잡은 부채의식 때문인지도 모른다. 아니면 언제나 투쟁보다는 회피를 삶의 방식으로 선택했던 나의 비겁함에 대한 속죄일지도 모른다. 여전히 내게 세상은 공포이고 두려움이기만 하기에 나는 아직도 세상 속으로 들어가지 못했다. 그렇지만 외로운 투쟁의 삶을 살았던 작가 야샤르 케말을 한국 독자들에게 소개하는 것으로 그들의 한계 상황을 전달하는 작은 임무를 완수하고자 한다.

존재하는 모든 것이 존재 그 자체로 인정받는 세상, 이것이 인권작가 야샤르 케말이 꿈꾸는 세상일 것이다. 세상은 조금씩 변하고 있다. 아직 지구촌 곳곳에 살아 있는 양심들의 투쟁이 숨쉬고 있으니 우리에게는 희망이 있다.

이 책이 출판되기까지 7년이라는 시간이 걸렸다. 세상에 나오지도 못한 채 사라져버릴 뻔했던 원고가 책으로 나오기까지 기다릴 수 있었던 것은 야샤르 케말과 터키와의 인연을 소중히 생각했던 마음 때문이었다.

귀국 당시 터키 문학을 전공한 나를 반겨줄 사람은 없었다. 더구나 국내 인맥이 전무한 당시 상황에서 터키 문학을 출판하겠다고 나서는 곳도 찾을 수 없었다. 모두 누가 터키 소설을 읽겠냐며 고개를 설레설레 저었다. 이 글을 빌어 고단하고 오랜 기다림을 세상으로 꺼내준 대산문화재단과 문학과지성사 측에 감사의 마음을 전하고 싶다.

한편으로 묶어 있던 번역 원고가 출판된다는 설렘과 함께 고마움을 전할 분들이 떠오른다. 살면서 내겐 고마운 얼굴들이지만 나의 불찰로 오랫동안 인연의 끈을 놓치고 사는 분들이 대부분이다. 이런 지면을 빌어서라도 작은 고마움이라도 전해야 한다는 생각이 든다.

아주 오래 전 터키가 내게 도약의 땅일 때 그곳과 인연을 맺게 해주셨던 은사 조순덕 선생님, 꿈을 붙들고 두려움에 떨며 주저하던 내게 학문의 길을 열어주셨던 은사 서재만 교수님, 은사 김대성 교수님, 유학 시절 힘들고 어려운 시간 많은 도움을 주셨던 선배 연규석 교수님, 논문 학기 귀국했을 때 연구 공간을 마련해주시며 격려해주셨던 선배 이희수 교수님과 신양섭 교수님, 터키에서 많은 시간을 함께 했던 후배 신혜영과 이종현 부부, 귀국 뒤처리를 혼자 감당해주었고 현재는 미국 유학 중인 후배 하일주, 터키에서 얻은 귀한 친구 멜라핫 파르스 교수, 절망에 빠져 있던 내게 위로를 보내주던 친구 김신영, 꼼꼼히 원고를 읽어주며 격려해주었던 드라마 작가 큰언니 오계진, 늘 곁에서 다정하게 보살펴주는 백의의 천사 둘째 언니 오금이, 몇 년 전 몸으로 전쟁을 막아보겠다며 무모하게 이라크로 떠났던 친구 숲날, 그리고 투병 중이신 아버지와 어머니께도 고마움을 전하고 싶다. 이외에도 내게 온갖 고통과 슬픔, 그리고 기쁨을 가져다주었던 모든 지인들에게 마음의 빚이 있다. 내가 삶을 있는 그대로, 그리고 축복으로 받아들일 수 있도록 해준 소중한 사람들이기 때문이다.

■ 작가 연보

1923	터키 남부 아다나Adana 시(市) 헤르미테라는 작은 마을에서 튜르크멘 계열 아버지와 쿠르드계 어머니 사이에서 출생. 원래 이름은 케말 사득 괴의젤리Kemal Sadık Göğceli.
1927	다른 집안과의 피의 복수에 연루되어 아버지 사망. 야샤르 케말은 사고로 인해 한쪽 눈 실명.
1932	떠오르는 시상을 글로 옮기기 위해 글을 배우기로 결심. 약 2km 정도의 거리를 매일 걸어서 통학하며 알리 르자 선생에게서 글을 배움. 3개월 정도 글을 배운 후 카디를리Kadirli 초등학교에 다님. 같은 반 친구로부터 전통 악기 사즈saz를 배움.
1938	카디를리 초등학교 졸업. 벨기에인이 설립한 공장에 취직, 동시에 아다나 제일 중학교 입학.
1939	야샤르 케말의 첫 작품인 시(詩) 「세이한Seyhan」을 아다나 민속지에 발표. 시를 쓰면서 문단에 등단.
1941	질병으로 학교를 계속 다닐 수 없게 되어 중학교 중퇴. 학교를 그만둔 이후 약 1년 정도 목화 농장에서 관리직 일을 함. 목화 농장 일을 그만둔 후로는 공사판 현장의 관리직, 논에 물 대는 일, 트랙터

	모는 일, 시골 초등학교 교사 보조역 등 여러 가지 일을 함.
1942	라마잔오울루 도서관에서 근무. 이 시기 터키의 여러 문인들과 친분을 쌓고 교류함. 특히 터키의 주요 작가인 오르한 케말Orhan Kemal과 사귀게 됨. 도서관에서 근무하는 기간 동안 세계 고전을 섭렵할 기회를 얻게 됨.
1943	공화당 조직 위원으로서 마을을 돌아다니는 기회를 얻게 됨. 이때 각 지방의 민속을 연구하고 전래 민요 채취 작업을 벌임. 각 지방의 민요를 모아서 『아으트라르 Ağıtlar』라는 제목으로 발표.
1944	군에 입대. 군대 생활을 하면서도 작품 활동을 계속함.
1945	『추한 이야기 Pis Hikâye』 발표.
1946	군에서 제대. 이스탄불로 가서 프랑스계 가스 회사에 취직. 이 기간 동안에는 전혀 작품 활동에 시간을 할애하지 못함.
1948	다시 카디를리Kadirli로 돌아감. 논에 물 대는 일을 함. 단편소설 「아기 Bebek」 「가게 주인 Dükkâncı」발표.
1950	공산당 설립에 가담하였다는 제목으로 체포. 코잔 교도소 수감. 이 기간 동안 고문에 시달림.
1951	진보적인 경향을 띤 중앙 일간지 『줌후리에트 Cumhuriyet』 신문에서 기자 생활 시작. 르포르타주를 연재하게 됨. 야샤르 케말이라는 필명을 쓰기 시작함.
1952	신문사 동료인 틸다 세레로Thilda Serrero와 결혼.
1952-54	아나톨리아 르포르타주를 계속 연재함. 터키 민속에 관한 자료 수집에 몰두. 이 시기 수집한 민속 자료는 작품의 기반이 됨.
1955	수확이 많은 해. 언론 협회가 처음 제정한 인터뷰상 수상. 르포르타주를 모아 책으로 출판한『불타는 숲 속에서의 50일』출간. 소설 『말라갱이 메메드 I İnce Memed I』『양철통 Teneke』 출판.
1956	『말라갱이 메메드 I』로 바르륵Varlık 소설상 수상. 국제 펜클럽의 추천으

로 『말라깽이 메메드 I』 프랑스어로 번역.

1960 소설 『중산층 Ortadirek』 출판.
1962 터키 노동자당 TIP에 입당, 운영위원회 회원이 됨. 왕성한 정치 활동을 함.
1963 영국에서 영어를 배우기 위해 체류. 3개월 후 프랑스로 가서 터키 문단의 사회주의자 나즘 히크멧 Nazım Hikmet과 만남. 오랫동안 근무하던 줌후리예트 신문사에서 정치적인 이유로 퇴직 당함. 소설 『땅은 쇠 하늘은 구리 Yer Demir Gök Bakır』 출판.
1964 터키 노동자당 중앙 집행위원으로 선출. 선전위원장과 중앙위원직 역임.
1965 이스탄불 국회의원 선거에 출마하였지만 낙선. 불가리아와 소비에트 연방 여행. 고위 관료들, 문인들과 사귐.
1966 어머니 별세. 터키 문인 협회 제2대 회장으로 선출.
1968 『불로초 Ölmez otu』 출판.
1969 당에서 탈퇴. 전업 작가로 활동하기 시작. 『말라깽이 메메드 II』 출판.
1970 『아으르 산의 신화 Ağrıdağı Efsanesi』 출판.
1971 『빈보아 신화 Binboğalar Efsanesi』 출판. 3월 12일 군사 쿠데타 이후 부인 틸다 여사와 함께 구속되었다가 한 달 후 석방.
1973 소비에트 연방 방문. 알마아타에서 열린 아시아-아프리카 작가협회 총회에 참석.
터키 문인 노조 결성에 참여. 1974년까지 초대 문인 노조위원장직 역임. 6년 실형을 선고 받지만 이스탄불 고등법원에서 무죄 판결을 받음.
1974 마다라르 Madaralı 소설상 수상. 소설 『양철통』이 스톡홀름에서 연극으로 무대에 올려짐. 핀란드 연극 무대에서 소설 『중산층』 공연. 터키 펜클럽 결성 후 회장직 역임.
1975 소설 『양철통』이 스웨덴 국립극단에 의해 무대에 올려짐.
1976 소설 「아기」를 각색한 프로그램이 스웨덴 텔레비전에서 방영됨. 파리에서 열린 '야샤르 케말의 밤' 행사에 참석. 이후 소련에서 열린 제8회 작

	가 총회와 뉴욕 중동 작가 총회에 참석하여 연설. 9월에는 벨기에서 개최된 '국제 시 비엔날레'에 참석하여 터키 시의 전통에 대하여 발표. 소설 『독사를 죽였어야 했는데』 출판.
1977	소설 『땅은 쇠 하늘은 구리』가 프랑스 비평가 연맹에 의해서 그 해의 가장 좋은 외국 소설로 뽑힘.
1979	『불로초』로 프랑스에서 그해의 '최고의 외국 문학상' 수상.
	『빈보아 신화』, 파리 비평가들에 의해 그해 최고의 작품으로 선정.
1980	'지중해 작가 총회'에 참석. 『비에 젖은 새 Yağmurcuk kuşu』 『썩은 나무 Ağacın Çürüğü』 출판.
1981	파리에서 개최된 작가 총회에 참석. 아서 밀러Arthur Miller, 제임스 볼드윈James Baldwin, 하인리히 뵐Heinrich Böll, 사무엘 베케트Samuel Beckett 등과 교류. 소설 『독사를 죽였어야 했는데』가 영화로 제작되기 시작. 프랑스 대통령 프랑수아 미테랑의 초청으로 대통령 취임식에 참석. 단편 소설 『로도스 향기 Lodos'un Kokusu』 출판. 오스트리아 문화국 언어 전승 심포지엄에서 발표. 펜실베니아 대학에서 『야샤르 케말 특별집』 발간.
1982	야샤르 케말의 모든 작품을 출판한 출판사 토로스Toros 설립.
	프랑스에서 제정한 국제 델 두카DEL DUCA 상 수상. 프랑스 텔레비전에서 야샤르 케말 특별 다큐멘터리 방영.
1983	60세 기념 소르본느 대학 심포지엄에 참석. 독일에서 야샤르 케말 다큐멘터리 제작, 이어 핀란드 텔레비전에서 야샤르 케말에 관한 다큐멘터리 제작.
	소설 『독사를 죽였어야 했는데』가 파리에서 연극 무대에 올려짐.
1984	『빈보아 신화』가 제라드 제라스Gerard Gelas 연출로 프랑스 연극 무대에 올려짐. 이어 벨기에, 룩셈부르크, 스페인에서 상연.
	얼마 동안 스톡홀름에서 체류함. 국제 문화 예술 활동에 기여한 공로로

	프랑스 정부의 레종 도뇌르 Léion d'honner 훈장을 받음. 『말라깽이 메메드 III *İnce Memeds III*』 출판.
1985	인권 협회 모임에 참석. 『말라깽이 메메드 III』으로 세다트 시마비 Sedat Simavi 문학상 수상.
	『성문 *Kale Kapısı*』으로 오르한 케말 소설상 수상. 주간지 『녹타 *Nokta*』의 앙케트 조사에 의해 좋은 작가로 선정, 터키 문화부 홍보상 수상.
1987	『말라깽이 메메드 IV *İnce Memed IV*』 출판. 소설 『땅은 쇠 하늘은 구리』 영화로 제작.
	프랑스 『콩바 *Combat*』 신문과 스웨덴 학술원 그리고 작가 협회 추천으로 노벨문학상 후보에 오름.
1988	튀얍 TÜYAP 이스탄불 도서 전시회 국민상 수상.
1991	스트라스부르그 대학으로부터 명예 박사 학위 받음. 터키 정부로부터 국민 예술가로 선정되었지만 터키의 민주화가 실행되지 않았다는 이유로 거부.
1992	BBC 방송국에서 야샤르 케말에 관한 다큐멘터리 방영. 터키 문화부상 수상.
1992	터키 동부지방을 작품의 배경으로 삼은 작가의 공로로 인해 추쿠로바 신문 협회 특별상 수상. 뤼스튀 코라이 Rüstü Koray 상 수상.
1993	세계 문화 아카데미 회원이 됨.
1994	『슈피겔 *Der Spiegel*』지에 썼던 글의 내용으로 인해 구속되어 2년 동안 수감 생활.
1997	독일 도서협회상 수상.*

현재 계속 작품 활동에 전념 중.

■ 기획의 말

'대산세계문학총서'를 펴내며

　근대 문학 100년을 넘어 새로운 세기가 펼쳐지고 있지만, 이 땅의 '세계 문학'은 아직 너무도 초라하다. 몇몇 의미 있었던 시도에도 불구하고, 전체적으로는 나태하고 편협한 지적 풍토와 빈곤한 번역 소개 여건 및 출간 역량으로 인해, 늘 읽어온 '간판' 작품들이 쓸데없이 중간되거나 천박한 '상업주의적' 작품들만이 신간되는 등, 세계 문학의 수용이 답보 상태에 머물러 있었음을 부인하기 힘들다. 분명한 자각과 사명감이 절실한 단계에 이른 것이다.
　세계 문학의 수용 문제는, 그 올바른 이해와 향유 없이, 다시 말해 세계 문학과의 참다운 교류 없이 한국 문학의 세계 시민화가 불가능하다는 의미에서, 보다 근본적으로, 우리의 문화적 시야 및 터전의 확대와 그 질적 성숙에 관련되어 있다. 요컨대 이것은, 후미에 갇힌 우리의 좁은 인식론적 전망의 틀을 깨고 세계 전체를 통찰하는 눈으로 진정한 '문화적 이종교배'의 토양을 가꾸는 작업이며, 그럼으로써 인간 그 자체를 더 깊게 탐색하기 위해 '미로의 실타래'를 풀며 존재의 심연으로 침잠하는 작업이라 할 수 있다.

우리의 현실을 둘러볼 때, 그 실천을 위한 인문학적 토대는 어느 정도 갖추어진 듯이 보인다. 다양한 언어권의 다양한 영역에서 문학 전공자들이 고루 등장하여 굳은 전통이나 헛된 유행에 기대지 않고 나름의 가치 있는 작가와 작품을 파고들고 있으며, 독자들 또한 진부한 도식을 벗어나 풍요로운 문학적 체험을 원하고 있다. 새롭게 변화한 한국어의 질감 속에서 그 체험이 이루어지기를 바라는 요청 역시 크다. 그러므로 필요한 것은 어쩌면 물적 토대뿐일지도 모른다는 판단이 우리를 안타깝게 해왔다.

이러한 시점에서, 대산문화재단의 과감한 지원 사업과 문학과지성사의 신뢰성 높은 출간을 통해 그 현실화의 첫발을 내딛게 된 것은 우리 문화계의 큰 즐거움이 아닐 수 없다. 오늘의 문학적 지성에 주어진 이 과제가 충실한 결실을 맺을 수 있도록, 우리는 모든 성실을 기울일 것이다.

'대산세계문학총서' 기획위원회